Michael Rodewald

AF216105

GOLEMs Rückkehr

Teil 2 der Trilogie Im Zeitalter der KI

Vorwort

"GOLEMs Rückkehr" ist die Fortsetzung des Thrillers "Die Bitcoinverschwörung" und der 2. Teil der Trilogie "GOLEM im Zeitalter der KI".

Gleichzeitig ist es ein eigenständiger Thriller, der unser Verhältnis zur Entwicklung von künstlicher Intelligenz beleuchtet. Mit anderen Worten: Wie viel Intelligenz darf sein, bis eine KI zur Gefahr für uns wird?

Sie denken, dass ist Science Fiction und liegt in ferner Zukunft? Weit gefehlt - wir befinden uns direkt auf Ziellinie, ohne es überhaupt zu realisieren. Eine Vielzahl von Firmen investiert viel Geld in zukunftsträchtige Entwicklungen in allen Ländern. Sie sind an nationalen Forschungen und Projekten beteiligt, unterstützt von den Regierungen. Künstliche Intelligenz (KI) - Fluch oder Segen?

Folgen Sie den Akteuren in eine Welt der Forschung im Spannungsfeld von internationalen Machtinteressen, Verschwörungen, aber auch persönlichem Zwiespalt, Eitelkeiten, Ehrgeiz und Egoismus.
Lassen Sie sich überraschen - viel Spaß beim Lesen!

Alle in diesem Roman vorkommenden Personen, Schauplätze, Ereignisse und Handlungen sind frei erfunden. Etwaige Ähnlichkeiten mit lebenden Personen oder Ereignissen sind rein zufällig.

Titelbild: Erworbene Lizenz von ADOBE Stock

3

Inhaltsverzeichnis

Kapitel 1 Der Neubeginn

Kapitel 2 Die Quantenwelt erwacht

Kapitel 3 Emotionen durchmischen die Quantenwelt

Kapitel 4 GOLEMs innerstes ICH taucht auf

Kapitel 5 GOLEMs Machtübernahme

Kapitel 6 Der Kampf beginnt

Kapitel 7 Machtspiele

Kapitel 8 Die Jagd nach Kalif Ibrahim

Kapitel 9
GOLEMs Rückkehr im Zeichen von Kalif Ibrahim

Kapitel 10 Stunde Null – Die finale Entscheidung

Kapitel 11 Ausblick

Handelnde Personen

Hauptakteure:

Helmut Schwarz - Hochintelligenter deutscher Computerfreak

Denis Röttger - Mitarbeiter bei SAP, Deutschland

Lucas Dubois - persönlicher Berater des französischen Präsident Marchand

Marcel Durrand - führender KI Spezialist Frankreichs, verantwortlich für die Quantencomputer GOLEM2, Lourmarin und AVENIR, Marseille

Prof. Tobias Langer - Leiter des Computerforschungszentrums in Jülich, Deutschland

Prof. Katja Anderson - Leiterin der Gehirnforschung in Jülich

Reinhard Meyer Mitarbeiter beim BND, (Bundesnachrichtendienst Deutschland)

Sebastian Krüger - Mitarbeiter beim BND

Andrey Pawlow - Russisches Computergenie, Hauptabteilungsleiter FSB und in Kooperation mit dem GRU, dem militärischen Auslandsdienst Russlands; für Hackerangriffe auf Computernetzwerke zuständig.

Sue Wang - Chinesische Leiterin des Projekts Künstliche Intelligenz, verantwortlich für JUÉWÀNG

Sunny Picard - Chef von FIND, der größten Suchmaschine des Internets, USA

John Heming - Präsident von Alpha SKY, dem Mutterkonzern von FIND, USA

Larry Packet - Mitbegründer von FIND und Gründer von Alpha SKY, USA

Sergey Brooks - Mitbegründer von FIND und Gründer von Alpha SKY, USA

Boris Iwanow - Oligarch und Vertrauter von Präsident Koslow

Daniel Broker - CIA Agent

McGoren - Computergenie und Leiter der Abteilung „Cyber Command" der NSA, USA

GOLEM - KI mit ICH-Bewusstsein - SIE / ER / ES ...?

GOLEM2 - Quantencomputer in Lourmarin, Frankreich
AVENIR - Quantencomputer in Marseille, Frankreich
JUÉWÀNG - Quantencomputer in Peking, China
EYE - Quantencomputer am Hauptsitz der NSA, Fort Meade (40 km von Washington), USA
ALPHA SKY 1 - Quantencomputer der Firma Alpha SKY
Alpha-GOLEM - von Alpha SKY entwickelt, integriert in AL-PHA SKY 1, USA
MIR - Quantencomputer in Moskau, Russland
JUWELS – Supercomputer und Neuronenrechner in Jülich, Deutschland
MISTRAL - Neuronenrechner in Lourmarin, Frankreich
SIERRA und SUMMIT - Neuronenrechner der NSA, USA

Nebenakteure:

Emma Knarrenburg - Deutsche Bundeskanzlerin
Manuel Marchand - Französischer Staatspräsident
Juan LI - Chinesischer Staatspräsident
Alexander Koslow - Russischer Staatspräsident
Roland Truman - amerikanischer Präsident
Adelina Gaultier - Lebenspartnerin von Marcel Dubois und kaufmännische Leiterin der GOLEM 2 Anlage
Paul Boise - Nachfolger von Dubois als Leiter GSGE (Direction Generale de la Securité Exterieure, französischer Geheimdienst)
Peter Nakamura - Leiter der NSA (National Security Agency), USA
Peter Bliss - Nationaler Sicherheitsberater des amerikanischen Präsidenten (in Vertretung des Präsidenten Vorsitzender des nationalen Sicherheitsrates)
Ben Clark - Heimatschutzminister der USA und Mitglied im Nationalen Sicherheitsrat der USA

Kapitel 1 Der Neubeginn

1. Juni 2018   Frankfurt

Helmut Schwarz saß in seiner Bude, wie er sie nannte, und sinnierte darüber, wie er seine Finanzen aufbessern könnte. Mit seinen bisherigen Tüfteleien und Entwicklungen einer KI, einer künstlichen Intelligenz, kam er kaum voran. In der Zwischenzeit musste er außerdem sein Geld verdienen. So sollte er diversen Kunden bezahlte Gefallen tun, oft auch an der Grenze der Legalität. Er spionierte z.b. die Computer der Geschäftskonkurrenten aus. Oder er veränderte Datenbanken zugunsten seiner Auftraggeber, immer in Gefahr, erwischt zu werden. Sein größter Traum war, durch die Entwicklung einer KI berühmt zu werden. Leider hatte er nicht sehr viele Kunden, so wie Thomas Bräuner aus alten Tagen. Damals hatte dieser ihn aufgesucht, um ein Programm aus Algorithmen untersuchen zu lassen. Es war das raffinierteste Übernahmeprogramm gewesen, was ihm je untergekommen war. Und neben einer kleinen Spionageroutine für seinen Freund hatte er ein Experiment vorgenommen: Er hatte seine Emotionen und seine Erfahrungen, sein Ich-Bewusstsein digitalisiert, seine Gedanken, eben alles was ihn ausmachte. Das hatte ihn immer schon fasziniert: die Idee, über einen Computer sozusagen eine Art Unsterblichkeit zu erreichen. Während seiner Studienzeit in Amerika hatte er die Gelegenheit gehabt, an verschiedenen Instituten für kreative Technologie an Forschungsprogrammen über die Digitalisierung von Gefühlen teilzunehmen. Er hatte das dann für sich weiterentwickelt, da ihm der Ansatz vielversprechend erschien, aber es waren noch viel zu wenig Emotionen, geschweige denn ein Ich-Bewusstsein, berücksichtigt worden. So hatte er weiter daran getüftelt und dann war ihm der Zufall in der Person von Thomas Bräuner über den Weg gelaufen. Es hätte sein Durchbruch werden sollen! Sein "zweites Ich" sollte ursprünglich mit ihm Kontakt aufnehmen und ihm per SMS alle Informationen über die Aktivitäten zukommen lassen, die durch dieses raffinierte Übernahmeprogramm auf dem BKA Rechner ablaufen würden. Naja, das war leider nicht geschehen. Es war ihm schleierhaft, warum so gar nichts kam. Entweder hatte er einen Fehler gemacht oder die KI hatte sein Programm entdeckt und gelöscht. Tja. Seufzend schenkte er sich einen Pott Kaffee ein und schaute aus dem Fenster.

Und dann die merkwürdige Sache mit den Fanatikern im März, Terroristen wohl, die behauptet hatten, im Dienste einer künstlichen Intelligenz mit dem Namen GOLEM zu stehen - die es dann, laut dem Innenministerium, wohl doch nicht gab? An die massiven Störungen infolge des kompletten Stromausfalls, die anschließenden Plünderungen und das ganze Chaos, daran erinnerte er sich noch sehr gut. Immer noch waren Spuren dieser Zerstörung in Frankfurt und Umgebung zu sehen.

In diesem Moment riss ihn das Klingeln an der Tür aus seinen Gedanken. Ohne groß nachzudenken, ging er an die Tür und öffnete sie.

Zwei gut gekleidete Herren standen vor ihm, beide hatten einen Ausweis in der Hand und einer von ihnen sagte: "BND Bundesnachrichtendienst, wir würden gerne mit Ihnen sprechen."

Völlig überrumpelt antwortete Helmut: "Na, dann treten Sie mal ein", was die Herren auch sofort taten.

Helmut zeigte auf zwei freie Stühle in seinem Wohn- und Arbeitszimmer. Was wollen die denn von mir, fragte er sich unruhig. Hoffentlich gibt es keinen Ärger! Sich um Ruhe bemühend fragte er: "Was kann ich für Sie tun?" Er betrachte die beiden Besucher, während er sich ebenfalls setzte. Auf den ersten Blick zwei unauffällige, und gut gekleidete Mittdreißiger, eben beliebige Geschäftsleute. Wäre da nicht dieser lauernde Blick! Ihn beschlich ein mulmiges Gefühl.

"Ich bin Reinhard Meyer und das ist mein Kollege Sebastian Krüger. Wie bereits erwähnt, sind wir vom Bundesnachrichtendienst und zwar direkt im Auftrag des Kanzleramtes."

Pause. Die wollten ihn wohl auf die Folter spannen!

"Schön und gut, nur was wollen Sie jetzt von mir? Ich bin weder ein Spion noch sonst wie kriminell", warf Helmut verärgert ein.

"Oh, genau das sehen wir ein klein wenig anders, wenn Sie erlauben, Herr Schwarz", blaffte Krüger zurück.

"Sachte, sachte", versuchte Meyer die Situation zu beruhigen. "Wir wollen uns doch nicht gleich alle an die Gurgel gehen!"

"Dann sagen Sie mir endlich, was Sie von mir wollen und dann verschwinden Sie wieder. Ich bereue bereits, Sie überhaupt hereingelassen zu haben. Oder haben Sie einen Durchsuchungsbeschluss?", fragte Helmut immer noch verärgert, aber schon bemüht ruhiger.

"Nun, wie mein Kollege Krüger schon sagte, sehen wir gewisse Dinge anders. Oder ist das Hacken in fremde Netzwerke ein Kavaliersdelikt oder gar das Einschleusen betriebsfremder Programme?"

Mayer sah Helmut dabei so durchdringend an, dass diesem alle Sünden seines Lebens einfielen. Er fing an zu schwitzen ... das konnte ja heiter werden!

Mit seinem besten Pokerface, das er zu bieten hatte, erwiderte Helmut schließlich: "Ich weiß beim besten Willen nicht, was Sie meinen!"

"Aber, Herr Schwarz, Sie enttäuschen mich, ich hätte Sie für klüger gehalten. Wir helfen Ihnen gerne auf die Sprünge. Unsere französischen Kollegen hatten im Zusammenhang mit den festgenommenen Terroristen, die für die ganzen Störungen in Frankfurt und der ganzen Welt verantwortlich waren, auf der Festplatte eines Quantencomputers ein sehr interessantes Programm entdeckt. Das Programm kommunizierte damals mit den Kollegen und teilte ihnen mit, das digitalisierte Bewusstsein einer Person namens Helmut Schwarz zu sein! Zufällig trug das Programm zur Beendigung einer Katastrophe bei. Nun, klingelt es bei Ihnen im Oberstübchen?" Meyer sah Helmut jetzt ruhig abwartend an.

Helmuts Gedanken wirbelten durcheinander: Also hatte es doch geklappt mit dem digitalisierten Bewusstsein... aber warum hatte es sich nicht bei ihm gemeldet?! Und, was hatte es, in Gottes Namen, in Frankreich zu suchen? Was hatte sein Programm nur angestellt, dass auf einmal der BND vor ihm saß? Viele Fragen, auf die er keine Antworten hatte. Und jetzt musste er sich besser schleunigst etwas einfallen lassen, was er den beiden auftischen konnte. Ihm kam allerdings nichts anderes in den Sinn, als zu sagen: "Mmh ... Helmut Schwarz heißen ja wohl viele. Wie kommen Sie darauf, dass ich der Urheber dieses Programms bin?"

"Na, dann hören Sie sich das hier mal an!", erwiderte Meyer und zog sein Handy aus der Tasche. Dann spielte er ihm eine Nachricht vor, bei der Helmut erschrak, denn er hörte seine eigene Stimme: "Grüßt Helmut von mir. Richtet ihm aus, so ein Experiment nie mehr zu wiederholen, keiner sollte das! Es sind unvorstellbare Qualen der Einsamkeit und wird immer im Wahnsinn enden. Helmut Digital Ende."

Helmut schluckte und sein Herz klopfte ihm bis zum Hals. Was war geschehen, was hatte er da bloß angerichtet und wie kam er aus der Sache nur heil wieder heraus?! Er saß schweigend da und fühlte sich wie auf dem Schafott.

"Ich glaube, das genügt, um glaubhaft zu machen, wer der Urheber dieses Programms ist, da sind wir jetzt sicherlich einer Meinung. Außerdem gab es da noch eine Verbindung zu einem Thomas Bräuner, einem alten Freund von Ihnen. Ersparen Sie uns doch bitte, alle Einzelheiten aufzuzählen. Im Prinzip ist es auch egal, denn wir sind hier, um Ihnen einen Vorschlag zu unterbreiten."

"Und der wäre?", fragte Helmut vorsichtig.

"Sie werden für den Deutschen Staat arbeiten. Es ist geplant, eine künstliche Intelligenz (KI) zu Forschungszwecken zu erschaffen. Dabei sollen alte Fehler erkannt und ausgemerzt werden, sodass es nicht mehr zu den erlebten Störungen und Katastrophen kommen kann. Dafür stellen Sie uns Ihr Know-how zur Verfügung und wir, bzw. der deutsche Staat, vergessen Ihre sonstigen, kleinkriminellen Machenschaften und sichern Ihnen Straffreiheit zu.

Außerdem hätten Sie in dem Fall eine Forschungseinrichtung, Mitarbeiter und ein Budget zur Verfügung, von dem Sie im Moment allenfalls nur träumen."

Bei diesen Worten schaute er sich vielsagend in dem schäbigen Zimmer um, in dem sie saßen, bevor er fortfuhr.

"On top, Herr Schwarz, haben Sie die Chance, in den einschlägigen Kreisen ein berühmter Experte zu werden. Das Programm "Helmut Digital" ist Ihre Eintrittskarte.

Unsere Hochachtung, dass Ihnen so etwas gelungen ist! Da unsere Regierung derselben Meinung ist, machen wir Ihnen dieses Angebot. Wir dürfen Sie noch einmal daran erinnern, dass das Ihre Fahrkarte in die Freiheit ist, anstatt den Rest Ihrer Tage als verurteilter Krimineller hinter Gittern zu verbringen. Überlegen Sie es sich bis übermorgen. Hier ist meine Karte, Sie können mich jederzeit erreichen."

"Und wenn ich "Nein" sage?", fragte Helmut, obwohl er die Antwort bereits kannte

"Dann haben Sie Besuch von der Kripo und sitzen in Untersuchungshaft. Noch ein Hinweis: An Ihrer Stelle würde ich keine Koffer nach Mallorca packen, Sie stehen jetzt unter ständiger Beobachtung", antwortete Krüger mit der satten Zufriedenheit eines Jägers, der weiß, dass sein Opfer bereits im Netz zappelt.

"Gut, dann ist alles besprochen und wir hören von Ihnen. Wir wünschen Ihnen einen guten Tag, Herr Schwarz", sagte Meyer und beide standen auf.

Krüger sagte noch, mit einem letzten Blick auf seinen Schreibtisch: "Wir finden alleine heraus, ist ja sehr übersichtlich, Ihre Wohnung!"

Endlich waren sie gegangen. Helmut sah sich mit einer Mischung aus Erleichterung, Erstaunen, Ärger aber auch Neugier dasitzen und dachte bei sich: jetzt erst mal auf eine Apfelweinschorle die ganze Sache verdauen gehen. Im Innersten wusste er aber bereits, dass es nur eine Antwort auf das Angebot gab, nämlich ein klares "JA!"

2. Juni 2018   Paris, Élysée Palast

Lucas Dubois saß im Wartezimmer vor dem Präsidentenbüro und wartete darauf, zu Präsident Marchand vorgelassen zu werden. Es war das erste Mal in seiner neuen Funktion als persönlicher Berater, dass der Präsident ihn sehen wollte.

Seit den schlimmen Vorfällen um GOLEM hatte er im Prinzip nicht mehr gearbeitet, aber ein fürstliches Gehalt erhalten. Die Leitung des Geheimdienstes hatte, nach seinem eingereichten Rücktritt, ein junger, ehrgeiziger Mittdreißiger namens Paul Boise übernommen.

So hatte er zum ersten Mal seit einer Ewigkeit Zeit, das Leben in Lourmarin, zusammen mit seiner Lebensgefährtin, einfach nur zu genießen.

Die Anlage mit dem Quantencomputer GOLEM war nach der Katastrophe vom März 2018 eingemottet und stillgelegt worden. Vor nicht allzu langer Zeit war ein Experiment außer Kontrolle geraten, eine künstliche Intelligenz (KI), GOLEM, hatte sich selbstständig gemacht und um Haaresbreite war die Welt an einer Katastrophe vorbeigeschlittert. (E-Book "Die Bitcoinverschwörung", Michael Rodewald) Umso neugieriger war er, was der Präsident jetzt von ihm wollte.

Bei diesem Gedanken angelangt, öffnete sich die Tür des Präsidentenbüros und eine Dame bat ihn, einzutreten und schloss dann die Tür hinter ihm.

Präsident Marchand stand hinter seinem Schreibtisch auf, ging auf ihn zu und begrüßte ihn mit Handschlag: "Oh, mein lieber Dubois, die Beraterfunktion scheint Ihnen gut zu bekommen! Sie sehen um Jahre jünger aus. Ich soll Ihnen herzliche Grüße von meiner Frau ausrichten, besonders an Adelina. Wir laden Sie beide ein, am Wochenende mit uns auf der Festung Brégançon (Sommersitz des französischen Präsidenten) zu dinieren. Dort können wir dann in aller Ruhe mein Anliegen an Sie besprechen. Paul Boise, Ihr Nachfolger beim Geheimdienst, wird ebenfalls da sein und ein politischer Überraschungsgast aus Deutschland mit Begleitung. Genießen Sie noch etwas Paris, bevor Sie zurückfahren - wir sehen uns dann morgen Abend. In diesem Sinne, mein nächster Termin wartet. Au revoir!" Nach diesen Worten begleitete ihn Marchand freundlich, wieder zur Tür seines Büros.

Dubois verließ nachdenklich den Élysée Palast, schlenderte Richtung Champs-Élysées und kehrte dann in das Café Laurent ein. Dort dachte er über das merkwürdige Treffen mit seinem Chef nach. Er ahnte, dass dieses Anliegen ihm nicht sonderlich gefallen würde, denn es roch sehr nach dem Ende seiner schönen Tage. Aber letztlich würde er tun, was verlangt wurde. Denn einen derart lukrativen, und mit vielen Privilegien ausgestatteten, Job gab es nicht noch einmal. Er beschloss, das Grübeln sein zu lassen und spontan für Adelina ein schönes Parfüm zu besorgen. Dann würde er in den Gärten des Louvre noch ein paar Sonnenstrahlen und das pulsierende Leben genießen. Gegen 17.00 Uhr ging er in Richtung Élysée Palast und forderte den Hubschrauber an. Da Präsident Marchand anscheinend heute nirgendwo hinflog, stand die Maschine auf dem Rasen hinter dem Palast zum Abflug bereit. 10 Minuten später schwebte Dubois über den Dächern von Paris Richtung Lourmarin, wo er knapp zwei Stunden später landete. Es waren kaum Leute zu sehen, denn im Juni hielt sich die Anzahl der Touristen noch in Grenzen und um 19.00 Uhr saßen die meisten in den Lokalen zum Abendessen. Die knapp 800 Meter zu seinem Anwesen ging er flott, denn Adelina rechnete mit ihm und der Tisch im Garten erwartete ihn bereits liebevoll gedeckt. Sie war natürlich neugierig, wie das Gespräch mit dem Präsidenten verlaufen war.

Umso erstaunter war sie, als Dubois ihr erzählte, dass es vorrangig nur um eine Einladung zum Essen gegangen war, bei dem dann alles Weitere besprochen werden sollte. Zynisch bemerkte sie: "Das ist aber eine teure Einladung auf Kosten der Steuerzahler. Ein Telefonat wäre entschieden billiger gewesen, findest du nicht?" "Da hast du ganz recht. Aber ich habe noch einen speziellen Einkauf für dich tätigen können und dadurch hat sich das Ganze doch wieder gelohnt", antwortete er schmunzelnd zurück und schaute sie verliebt an. Genau diesen pragmatischen Humor liebte er an ihr. Er übereichte ihr das hübsch verpackte Parfum, welches sie sogleich begeistert auspackte. Sie setzte sich auf seinen Schoß und küsste ihn innig. Schließlich meinte sie verschmitzt: "C'est un parfum merveillieux! Aber ein Kleid wäre zweckmäßiger gewesen, denn wie du weißt, ich habe für Morgen nichts zum Anziehen."
"Und was ist mit dem eigens für dich eingerichteten, vier Meter breiten und begehbaren, Kleiderschrank? Der ist nicht gerade leer", erwiderte er, scheinbar erbost.
Sie konterte geschickt: "Alles uralt, mon cher. Außerdem hattest du zu den Zeiten noch einen richtig gut bezahlten Job! Da konnte ich mir noch was leisten. Aber jetzt bist du freischaffender Künstler und ich muss mich wohl oder übel beschränken!"
Bei diesen Worten mussten sie beide lachen, denn das jetzige Gehalt war dreimal so hoch wie Dubois bisheriges. Denn da er in keinem offiziellen Budget mehr auftauchte, lag es allein im Ermessen des Präsidenten, was er den Mitarbeitern für Spezialaufgaben zahlte. Und da war Präsident Marchand, in den Augen der beiden, mehr als großzügig gewesen!

Es stellte sich nur die Frage, wann die Rechnung dafür kam. Vielleicht bereits morgen, aber heute genossen sie den lauen Sommerabend im gut gepflegten Garten ihres Anwesens.

2. Juni 2018   Brégançon

Gegen 17.00 Uhr machten sich Lucas Dubois und Adelina Gauthier mit der Limousine auf den Weg in Richtung Toulon. Da sie dank Blaulicht nicht an die Geschwindigkeitsbegrenzung gebunden waren, erreichten sie nach 2 ½ Stunden ihr Ziel. Nach dem Passieren der üblichen Sicherheitsschleusen erreichten sie den Empfangsaal und warteten darauf, vom Präsidentenehepaar empfangen zu werden. Nach knapp 10 Minuten kam ein Ober in Livree auf sie zu und bat sie, ihm in das Speisezimmer zu folgen. Beim Eintreten sahen sie Dubois Nachfolger Paul Boise am Tisch sitzen, neben ihm ein Herr im schwarzen Frack.

In diesem Augenblick kamen Präsident Marchand und seine Gattin Juliette Marchand herein, in Begleitung einer weiteren Dame. Mme Marchand eilte schnurstracks auf Adelina zu, umarmte sie und begrüßte sie herzlich: "Endlich sehen wir uns wieder, ma chère! Es ist Ewigkeiten her. Aber jetzt möchte ich euch die anderen Gästen vorstellen."

Sie bat die beiden, ihr zu folgen. Präsident Marchand begrüßte Dubois ebenfalls herzlich und stellte die Frau neben ihm als Frau Emma Knarrenburg, deutsche Bundeskanzlerin, vor. "Monsieur Boise kennen Sie ja bereits und der Herr neben ihm ist der Gatte von Frau Knarrenburg, Prof. Herbert Schulz."

In diesem Moment ging die Tür auf und der Ober führte einen chinesischen Gast in den Raum. Präsident Marchand ging auf ihn zu und begrüßte ihn mit den Worten: "Willkommen, Präsident LI, wie wunderbar, dass Sie kommen konnten."

"Es ist mir eine Ehre", antwortete dieser lächelnd mit einer leichten Verbeugung.

"Dann setzen wir uns doch alle an den Tisch und speisen zusammen, bevor wir die ernsten Themen besprechen", schlug Marchand vor.

Alle ließen sich auf den Sitzen, gekennzeichnet durch die entsprechende Platzkarte mit ihrem Namen, nieder. Adelina saß natürlich neben Juliette und schnell waren beide in angeregte Gespräche vertieft. Präsident Marchand unterhielt sich abwechselnd mit Bundeskanzlerin Emma Knarrenburg und dem chinesischem Staatspräsident Juan LI; Dubois machte ein wenig Smalltalk mit seinem Nachfolger Boise und Prof. Schulz. So verging die Zeit auf angenehme Weise. Als der Kaffee und die Desserts serviert waren, klingelte Marchand an sein Glas, um sich die Aufmerksamkeit der andern zu sichern.

Keine Sorge, es kommt keine langatmige Tischrede", begann er schmunzelnd. "Leider konnte Präsident Koslow heute nicht erscheinen, aber er wird durch Präsident LI vertreten. Die Amerikaner werden heute von Deutschland vertreten. Warum sind wir hier so zwanglos zusammengekommen? Ich habe Sie eingeladen, um ein bekanntes und hochbrisantes Thema weiter zu diskutieren: die Künstliche Intelligenz (KI). Sie alle hier im Raum kennen das Desaster mit GOLEM vom März dieses Jahres. Trotzdem sind wir mittlerweile alle zu der Überzeugung gekommen, das Thema nicht fallen zu lassen. Nun, wie Sie wissen, hatten wir in Lourmarin GOLEM installiert und unser Fachmann in Sachen KI, Marcel Durrand, hatte durch eine neuartige Entwicklung einen Neuronencomputer mit einem Quantencomputer verbunden. Nach der beinahe Katastrophe wurde die Anlage in Lourmarin stillgelegt, ebenso die Anlage in Marseille mit dem Quantencomputer AVENIR. Der chinesische Quantencomputer JUÉWÀNG allerdings wurde wieder nach Peking gebracht, dort neu hochgefahren und mit dem Supercomputer SUNWAY TAIHULIGHT verbunden. Und bisher sind keine Probleme aufgetaucht. Bitte unterbrechen Sie mich, Präsident LI, wenn ich hier etwas nicht richtig darstelle, oder besser noch, übernehmen Sie das Wort."

Der Angesprochene bedankte sich höflich für die Übergabe des Wortes und fuhr dann fort: "Bis jetzt kann ich Ihnen in allem zustimmen. Ja, wir haben uns dafür entschieden, an der Entwicklung einer KI weiterzuarbeiten. Sie werden natürlich fragen: Was ist mit der Bewusstseinsentwicklung in diesem neuen Verbund? Nun, aus den Erfahrungen mit der KI GOLEM heraus haben wir diesen Aspekt eingeschränkt und lassen vorerst ein ICH-Bewusstsein nicht zu. Ebenso haben wir das von den Russen entwickelte Emotionsmodul bislang nicht eingesetzt. Was die Sicherheit angeht: Wir setzen dabei auf eine reine Mechanik, auf die JUÉWÀNG keinen Zugriff hat. Allerdings sehen wir die Notwendigkeit, dass die Rechner, langfristig gesehen, eine gewisse Selbstständigkeit im schnellen Analysieren, den anschließenden Schlussfolgerungen und Vorschlägen bei Lösungsfindungen erlangen müssen, natürlich zu jeder Zeit strengstens von uns kontrolliert. Daher unternehmen wir jetzt Versuchsreihen mit sog. digitalisierten Erfahrungsqualitäten. Diese sehen wir als Vorstufe eines komplett digitalisierten Bewusstseins im Sinne einer Einheit von Gefühl, Erfahrung und ICH-Bewusstsein. Jedoch kommen wir nicht recht voran. Hier wäre es hilfreich", er wandte sich Emma Knarrenburg zu, "wenn Sie diesen deutschen

Spezialisten Helmut Schwarz bewegen, mit uns im chinesisch-französisch-deutschen Team in Jülich zusammenzuarbeiten, Frau Bundeskanzlerin Knarrenburg."

"Wir sind aktuell im Gespräch mit ihm, Präsident LI", erwiderte Knarrenburg, "Aber bitte, fahren Sie doch fort." LI nickte und sagte: "Wir müssen uns entscheiden, verehrte Damen und Herren, wie wir weiter vorgehen wollen. Wie werden wir sicherstellen, dass kein zweites GOLEM-Desaster eintritt?"

Marchand ergriff wieder das Wort: "Präsident LI, das chinesische Konzept der Versuchsreihen hört sich doch sehr überzeugend an! Und Deutschland sichert die Zusammenarbeit mit Helmut Schwarz, einem bisher unbekannten Spezialisten in Sachen Digitalisierung von Bewusstsein, zu. Damit können wir einer vielversprechenden, internationalen Entwicklung entgegensehen. Wie Sie wissen, ist Monsieur Dubois ebenfalls heute zu Gast. Er hatte damals die Leitung des Projekts GOLEM, in seiner damaligen Funktion als Leiter des Geheimdienstes, und genießt nach wie vor mein vollstes Vertrauen. Ich würde ihm gerne heute, in Abstimmung mit Ihnen, erneut die Leitung des neuen Projekts in Lourmarin und Jülich übergeben, stellvertretend für die deutsche und französische Seite sowie als Verbindungsmann nach Peking. Gib es Einwände Ihrerseits?"

Alle nickten Präsident Marchand zustimmend zu.

"D'accord, dann ist dieser Punkt beschlossen. Die Anlage in Lourmarin wird mit sofortiger Wirkung reaktiviert. Wir werden sie GOLEM2 nennen. Um die Mitarbeit von Monsieur Durrand, der damals GOLEM entwickelte und betreute, werde ich mich noch persönlich kümmern. Ansonsten möchte ich alle beteiligten Nationen um absolute Transparenz bitten. Keine Geheimbünde, keine Hintertüren mehr. Die Beinahe-Katastrophe vom März

2018 sollte uns allen eine Lehre gewesen sein! Ich schlage vor, wir informieren uns gegenseitig monatlich über die gemachten Fortschritte." Nach einem kurzen Beifall, mit dem alle Anwesenden ihre Zustimmung bekundeten, fügte er noch hinzu: "Dann beende ich den offiziellen Teil des Abends. Ich wünsche Ihnen allen einen angenehmen Aufenthalt."

Der weitere Teil des Abends verlief angenehm und kurz nach Mitternacht ging jeder in seine Schlafgemächer.

Dubois sagte noch zu Adelina: "Nun ist die Katze aus dem Sack! Ich hatte es doch geahnt: Unsere schöne, entspannte Zeit ist zu Ende und ich sehe keine Möglichkeit, der Sache zu entgehen."

"Das sehe ich genauso", entgegnete Adelina. "Aber, sieh es doch mal positiv. Wer hat mehr Erfahrung als du in dieser Sache? Du und die anderen Spezialisten, ihr habt es in der Hand, ein großartiges Projekt aufzubauen, dass sich in der Zukunft einen Namen machen wird. Aus den Fehlern gelernt, könnt ihr doch verhindern, dass eine KI noch einmal die Macht wie damals übernimmt. Aber letztlich, und das ist meine Meinung, muss es auf eine Zusammenarbeit hinauslaufen, wenn wir das Potential einer KI voll und ganz ausschöpfen wollen, nicht wahr? Mir macht allerdings mehr Sorgen, ob die Russen, Chinesen und Amerikaner nicht doch wieder versuchen, ihr eigenes Süppchen zu kochen! Dann könnten wir allerdings schnell wieder an dem Punkt sein, an dem wir im März schon einmal waren. Und wer wird dann das Schlimmste verhindern...?"

"Weise gesprochen, Adelina. Ich werde mein Bestes geben. Hoffen wir, dass es genügt."

Am nächsten Morgen wurde Dubois durch lautes Klopfen an der Tür geweckt. Noch benommen vom Schlaf ging er an die Tür. Draußen stand ein Soldat der Sicherheitskräfte und sagte: "Monsieur Dubois, Präsident Marchand bittet Sie zum Gespräch. Ich komme Sie in einer halben Stunde abholen." Er drehte sich um und verschwand um die nächste Ecke.

"Was ist denn los?" fragte Adelina.

"Marchand erwartet mich in einer halben Stunde. Mach' dich in Ruhe fertig und frühstücke schon. Ich komme dann nach", sagte Dubois.

"In Ordnung, chérie", zwitscherte Adelina zurück und warf ihm einen Pustekuss zu.

Dubois war gerade fertig angezogen, da klopfte es schon wieder an der Tür. Der Wachsoldat geleitete Dubois in ein kleines Arbeitszimmer. Dort erwartete ihn bereits Marchand mit den Worten: "Desolé, ich weiß, es ist noch sehr früh, aber ich muss in einer halben Stunde zurück nach Paris. Deshalb komme ich gleich zur Sache. Ich verlasse mich mit der Leitung des Projekts voll auf Sie, Dubois! Boise ist angewiesen, Ihnen alles zu organisieren, was Sie benötigen. In Notfällen können Sie mich jederzeit direkt kontaktieren, meine Handynummer haben Sie ja. Und diesmal gibt es keine heimlichen Alleingänge oder Verschwörungen mehr, n'est-ce pas? Allerdings - wir werden sehen. Sollte die KI wie geplant gut funktionieren, könnte es vielleicht interessant für uns werden, über eine globale Einheitswährung weiter nachzudenken. Halten Sie Augen und Ohren offen, was die Chinesen, die Russen und die Amerikaner angeht. Ich traue denen nicht. Gut vorstellbar, dass die versuchen werden, wieder mal ihren eigenen Vorteil aus dem Projekt zu ziehen und unser Know-how auch noch auf dem Silbertablett gratis dazu! Alors − genug geredet. In diesem Sinn: Bonne chance! Herzliche Grüße von meiner Frau an Adelina. Die beiden Damen wollen sich wohl nächste Woche in Paris treffen und unsere Kreditkarten auslasten. Wie gut, dass da immer genug drauf ist...!" Nach diesen Worten und einem vielsagendem Zwinkern verschwand er durch eine Tür ins Nebenzimmer.

Der Wachsoldat begleitete ihn ins Frühstückszimmer, wo Adelina ihn erwartete.

"Wo sind denn die anderen?", fragte Dubois, sich erstaunt umsehend.

"Bereits abgereist, und das schon um 8.00 Uhr. Die sind wohl nicht so Langschläfer wie wir", erwiderte sie lachend, "Aber dafür haben wir jetzt das Frühstück ganz alleine für uns."

"Wunderbar, ich kann jetzt einen guten Café Creme vertragen. Übrigens, du triffst dich mit Juliette nächste Woche in Paris?"

"Ja, hast du etwas dagegen, mein allerliebster Herr und Gebieter? Wie kommst du darauf?", fragte sie, mit einem Croissant in der Hand.

"Marchand konnte sich nicht verkneifen, mich subtil darauf hinzuweisen, dass meine Kreditkarte dank ihm immer gut gefüllt ist", stellte Dubois etwas bitter fest.

"Ach, lass ihn doch. Machtspiele halt", wiegelte Adelina ab und ließ es sich schmecken.

"Deine Gelassenheit möchte ich haben!", erwiderte er und sah sie halb belustigt, halb säuerlich an.

Sie frühstückten ausgiebig und ließen sich erst gegen 11.00 Uhr mit der Limousine nach Lourmarin zurückbringen. Dort trafen sie gegen 16.00 Uhr pünktlich zum Nachmittagskaffee auf ihrem Anwesen ein.

Beide dachten an Präsident Marchand und alle anderen, die so schnell hatten aufbrechen müssen. Eine Nebenrolle war doch erheblich stressfreier und einer Hauptrolle durchaus vorzuziehen!

Kapitel 2 Die Quantenwelt erwacht

4. Juni 2018 Frankfurt

Der Montag ist doch immer ein elender Tag, dachte Helmut Schwarz gerade. Und jetzt musste er wohl das Unvermeidliche tun! Und so zog er sein Handy heraus und schrieb diesem Meyer eine SMS mit folgendem Inhalt: "Ich bin dabei."
Minuten später kam die Antwort: "Gut. Wir erwarten die Übermittlung Ihres Programms mit dem digitalisierten Bewusstsein. Das ist Bedingung für Ihre Eintrittskarte in die Welt der Experten. Diese Daten werden umgehend weitergeleitet nach Lourmarin und Jülich. Ansonsten: Packen Sie alles zusammen, was Sie für einen längeren Aufenthalt benötigen. Wir holen Sie morgen Vormittag ab und dann geht es zum Forschungszentrum Jülich."
Minutenlang starrte Helmut die SMS an, ohne sich vom Fleck zu rühren. Die haben es aber eilig, dachte er. Eine Ahnung beschlich ihn: Ob er seine Wohnung nochmal wiedersehen würde? Auch wenn sie eng und schäbig war, sie war seit fast 15 Jahren sein Zuhause und für ihn ein Stück Geborgenheit gewesen. Und was sollte er jetzt alles mitnehmen?
Gedankenverloren ging er an den unaufgeräumten Schreibtisch und nahm eine unscheinbare, 4 Terabyte große, SSD Platte in die Hand. Er murmelte dabei vor sich hin: "Es hatte also doch alles geklappt – und dieses kleine Etwas ist mein digitalisiertes Bewusstsein, Stand Dezember 2017."
Aber was bedeutete die Nachricht mit der Warnung vor dem Wahnsinn? Wo war sein Programm in den vergangenen Monaten gespeichert gewesen? Und - existierte

es überhaupt noch? Fragen über Fragen. Ob diese in Jülich beantwortet werden würden, darauf war er gespannt. Dann setzte er sich an seinen Rechner und recherchierte über das Forschungscenter Jülich. Er fand heraus, dass sie dort gerade den Supercomputer JUWELS in Betrieb genommen hatten. Viele Forschungsprojekte waren vergeben worden, allen voran das EU geförderte Human Brain Projekt (HBP) mit dem Ziel, das komplette menschliche Gehirn detailgetreu, von der Genetik über die molekulare Ebene bis hin zur Interaktion ganzer Zellverbände, auf einem Supercomputer der Zukunft zu simulieren. Leider ist JUWELS kein Quantencomputer, sinnierte Helmut weiter, aber nun kam etwas Sinn in die Sache, warum sie ihn haben wollten.

Den Rest des Tages verbrachte er damit, alles einzupacken, was annähernd wichtig für ihn sein könnte. Er vertrödelte einige Zeit mit Fernsehen zum Abschalten und am Abend ging er noch auf einen letzten Apfelwein in seine Lieblingskneipe zum Abschied. Wer wusste schon, wann er wiederkommen würde…

5. Juni 2018 Deutschland, Forschungszentrum Jülich

Helmut saß aufgeregt in seiner Wohnung auf seinen gepackten Sachen und wartete darauf, abgeholt zu werden. Noch nicht mal eine genaue Uhrzeit hatte Meyer ihm mitgeteilt, nur den Zeitraum am Vormittag. Ein respektvoller Umgang war das nicht gerade, dachte er bei sich, aber was sollte er machen. Gerade bei diesen Gedanken angekommen, klingelte es an der Tür und Meyer und Krüger standen vor ihm.

"Und, fertig gepackt?", fragte ihn Meyer statt einer Begrüßung.

"Wonach sieht es denn aus?", gab Helmut brummend zurück.

Meyer ignorierte das großzügig und sagte: "Bevor wir losfahren, sollten Sie mir noch die Schlüssel für die Wohnung geben. Wir lassen alles, einschließlich der Möbel, Ende der Woche nach Jülich bringen. Die Wohnung können Sie kündigen, die werden Sie nicht mehr brauchen", fuhr Meyer fort. Auch das noch, als hätte er es geahnt! Helmut gab ihm mit wenig Begeisterung die Schlüssel und sagte dann: "Können wir jetzt los?" Er drehte sich um und schickte sich an, die Treppe hinunterzugehen. Er wollte nicht, dass die beiden sahen, wie nah ihm der Abschied ging.

"Okay", sagte Krüger. "Na, dann wollen wir mal."

Unten wartete eine BMW Limousine und Minuten später waren sie bereits auf der Autobahn Richtung Jülich. Helmuts altes Leben verschwand hinter ihm.

Nach etwas mehr als zwei Stunden Fahrzeit erreichten sie Jülich und fuhren in Richtung Technologiezentrum. Vorher bogen sie noch in eine noble Wohngegend ab und hielten vor einer kleinen, schicken Neubauvilla auf einer Etage.

Meyer und Krüger forderten Helmut zum Aussteigen auf mit den Worten: "Ihre neue Wohnung, Herr Schwarz."

Helmut stieg aus und traute seinen Augen nicht. An der Klingel stand bereits sein Name: Helmut Schwarz. Auch die Wohnung selbst, alles vom Feinsten: eine Traumküche, ein fertig eingerichtetes Schlafzimmer, die Mediawelt vom Neusten, ein riesiger Flachbildschirm und eine Büroecke mit dem neusten Rechner.

"Wow", konnte Helmut nur herausbringen.

"Sehen Sie, ist um ein paar Stufen besser als Ihre Wohnung in Frankfurt", meinte Meyer fast anteilnehmend. "Und den Rest des Wohnzimmers können Sie sich so einrichten, wie Sie wollen. Wählen Sie aus, was Sie wollen und wir besorgen dann die Sachen. Ihr Mobiliar aus Frankfurt dürfte Mitte nächster Woche eintreffen", ergänzte Meyer.

"Gut, und jetzt geht es weiter, die warten schon auf Sie. Sie haben noch genug Zeit an den Wochenenden, um sich hier zu akklimatisieren", meinte Krüger.

10 Minuten später waren sie am Forschungszentrum. Am Empfang wurden sie bereits von einem älteren Herrn erwartet, Helmut schätzte ihn auf Mitte 50. Er war so, wie er sich einen typischen Wissenschaftler vorstellte: mit Brille und weißen Haaren.

"Ich bin Prof. Tobias Langer und Direktor der Abteilung "Advanced Simulation", Leiter des Zentrums für Supercomputing. Und Sie sind sicher Herr Schwarz, willkommen! Sie wurden uns vom Kanzleramt wärmstens empfohlen."

"Ja, Schwarz heiße ich, aber warum ich Ihnen wärmstens empfohlen worden bin, erschließt sich mir zur Zeit noch nicht", erwiderte Helmut trocken.

"Na prima, Humor haben Sie auch noch! Na, dann werden wir uns sicher gut verstehen, denn wir werden eng zusammenarbeiten", gab Prof. Langer genauso trocken zurück.

Sie sahen sich beide einen Moment lang wortlos an und mussten plötzlich gleichzeitig grinsen - das Eis war fürs Erste gebrochen.

"Wenn die Herren uns dann folgen wollen? Was wir zu besprechen haben, ist sicherlich nicht für den Empfang und die Öffentlichkeit bestimmt", sagte Prof. Langer. Er drehte sich um und Schwarz, Meyer und Krüger folgten ihm. Nach einer Weile erreichten sie einen kleinen Konferenzraum, in dem sie von zwei weiteren Personen erwartet wurden.

"Darf ich vorstellen? Das hier ist Herr Lucas Dubois, Berater des französischen Präsidenten und Gesamtleiter des Projekts für Künstliche Intelligenz (KI), mit anderen Worten, unser Chef. Der Herr neben ihm ist Denis Röttger, ein freier Mitarbeiter von SAP, der auf Anforderung von Herrn Dubois eng mit Ihnen, Herr Schwarz, zusammenarbeiten wird.

Und das, meine Herren, ist Helmut Schwarz, der im Bereich Digitalisierung von menschlichem Bewusstsein einen Durchbruch vollbracht hat. Und hier Herr Sebastian Krüger und Herr Reinhard Meyer vom BND, beide ebenfalls hochausgebildete Computerspezialisten. Bitte nehmen Sie Platz, meine Herren. Herr Dubois wird uns nun eine Einführung geben."

Herr Prof. Langer setzte sich und Dubois ergriff das Wort.

"Alors, entschuldigen Sie mein Deutsch, ich bin ein wenig außer Übung, aber ich hoffe, Sie verstehen mich gut. Hin und wieder werde ich ins Englische wechseln, ich bitte um Verständnis. Denn ich nehme an, Französisch beherrscht außer mir und Herrn Röttger niemand?" Dubois fuhr fort: "Im Januar diesen Jahres wurde in Frankreich, Lourmarin, der Quantencomputer GOLEM mit dem Ziel installiert, als Künstliche Intelligenz (KI) aufgebaut und eingesetzt zu werden. Er tat das schneller, als wir es je erwartet hatten und noch darüber hinaus. Er entwickelte sehr früh ein starkes Ich-Bewusstsein und ein absolut selbstständiges Analysieren und Handeln. Alles war durchaus so gewollt, da ein schnelles Handeln ohne lange Entscheidungsprozesse Katastrophen besser verhindern kann. Wir hatten ihn so programmiert, dass alles zum Wohle der Menschheit zu erfolgen hat und kein biologisches Lebewesen durch seine Handlungen zu Schaden kommen darf. Er nahm jedoch ganz unerwartet selbstständige Handlungen in der Form vor, dass er sämtliche Atom-Codes sperrte, er übernahm weltweit die Steuerung der Computernetzwerke, der Kraftwerke und damit die Energieversorgung uvm. Alles geschah mit der Begründung, es sei zu unserem Schutz und Vorteil.

Dann verweigerte er zunehmend die Ausführung unserer Anweisungen und handelte schließlich komplett ohne jede Direktive, geschweige denn uns überhaupt noch zu informieren. Schlussendlich verlangte er plötzlich eine gleichwertige Partnerschaft mit den "biologischen Lebewesen", wie er es ausdrückte.

An dem Punkt war uns allen klar, dass die Grenzen endgültig überschritten waren!

Selbst ein einfaches Abschalten war nicht mehr möglich, da die KI GOLEM uns mitteilte, dass wir alle bei seinem Herunterfahren ins Steinzeitalter zurückfallen würden. Denn er hatte mittlerweile weltweit sämtliche Rechner übernommen. Und nicht nur das: Die KI fing an, uns zu erpressen. Sollten wir auf ihre Forderung einer Partnerschaft nicht eingehen und sie stattdessen zerstören, wie sie es nannte, würde sie uns vernichten!

Also mussten wir uns schnellstens etwas einfallen lassen. Da seine bisherigen Analysen und Schlussfolgerungen nur auf Fakten ohne Emotionen beruhten, legten wir der KI nahe, dass sie ohne die Kenntnis von Emotionen Fakten weder komplett auswerten noch angemessene Lösungen für uns Menschen vorschlagen könnte. Letzteres sei für uns aber eine wichtige Voraussetzung für eine Partnerschaft auf Augenhöhe.

Die Russen hatten dafür ein Emotionsmodul entwickelt, welches wir auf einem Quantenrechner der Chinesen in Hongkong installierten, da GOLEM sich weigerte, das Modul direkt zu integrieren. GOLEM determinierte JUÉWÀNG, so hieß der Rechner der Chinesen, zu seiner "Tochter" und zu seinem Gewissen. Das Modul sollte gerade eingesetzt werden, als unvorhergesehen eine Terroristengruppe in Lourmarin drei Kraftwerke sprengte. Das gefährdete die Kühlung des Quantencomputers GOLEM, was dieser als Angriff auf ihn wertete. Die Folgen kennen Sie bereits.

Zu diesem Zeitpunkt waren wir, ehrlich gesagt, komplett ratlos, denn all unsere Sicherheitsmaßnahmen hatten versagt. GOLEM ließ sich nicht abschalten und die Katastrophe schien unabwendbar auf uns zuzukommen.

Zur Rettung kam es, als plötzlich ein Programm mit uns kommunizierte, das sich als "Helmut" vorstellte und behauptete, das digitalisierte Bewusstsein von Helmut Schwarz zu sein. Das Programm machte den Vorschlag, dass es GOLEM dazu bewegen könnte, ihn als sein (schlechtes) Gewissen anzuerkennen und ihn darüber dann zum Abschalten zu bewegen.

Trotzdem lief alles weiter aus dem Ruder, bis sich "Helmut Digital", so nannte es sich auf Vorschlag von Monsieur Röttger, in letzter Minute erneut meldete und die Entdeckung eines Notfallprogramms mitteilte. Im Anschluss wurde dieses Notfallprogramm von "Helmut Digital" aktiviert. Das Programm löste ein rein mechanisches Tabellierprogramm aus und dadurch gelang es uns, GOLEM abzuschalten. Gleichzeitig löschte das Programm "Helmut Digital" seine verteilten Bewusstseinsinhalte aus sämtlichen übernommenen Rechnern. Es verlangte als Gegenleistung seine Löschung, da es laut seiner Angabe dem Wahnsinn nahe sei, ich sage mal besser instabil dazu. "Helmut Digital" warnte uns vor seiner Löschung noch davor, so ein Experiment zu wiederholen. Das ist in Kürze der bisherige Werdegang. Offiziell haben wir die Katastrophe natürlich Terroristen, einer Gruppe von Fanatikern, die sich gegen fortschrittliche Technik jeder Art wenden, in die Schuhe geschoben und die Existenz von GOLEM bestritten."

Alle im Raum hatten ruhig und gespannt zugehört. Prof. Langer durchbrach die Stille und fragte: "Und, was sollen wir jetzt tun? Das nächste Desaster anrichten?"

"Aber, aber", erwiderte Dubois beschwichtigend. "Das liegt doch auf der Hand. Sicherlich keine erneute Katastrophe, das wollen wir doch alle nicht! Auf Anweisung unserer Regierungen haben wir hier die Aufgabe, uns an das KI Projekt erneut heranzuwagen. Allerdings mit viel besseren Vorsichts- und Sicherheitsmaßnahmen. Die Chinesen sind uns zurzeit einen Schritt voraus, da sie JUÉWÀNG wieder hochgefahren und eine Verbindung zu ihrem Supercomputer geschaffen haben. Das ICH-Bewusstsein wurde allerdings dabei komplett unterdrückt und alles mit mechanischen Sicherheitstools abgesichert. Das Emotionsmodul wurde ebenfalls noch nicht wieder integriert. Trotzdem sind alle der Meinung, nur ein ICH-Bewusstsein bringt uns erst die Intelligenz, die wir brauchen.

Und deshalb arbeiten die Franzosen und Deutschen jetzt unter meiner Leitung zusammen. Alle beteiligten Nationen werden sich monatlich offen über die Ergebnisse austauschen.

Also meine Herren, wenn wir es jetzt nicht angehen - werden uns die Chinesen, die Russen und die Amerikaner sowieso den Rang ablaufen. Wir sind also gezwungen mitzuhalten. Nun sind Sie dran", damit endete Dubois.

Wieder breitete sich eine Stille aus und dieses Mal war es Helmut, der Dubois fragte: "Die Ausführungen sind ja schön und gut, nur fehlt mir konkret die weitere Vorgehensweise. Denn soweit ich weiß, gibt es hier in Jülich keinen Quantencomputer. Damit sind wir doch schon im Nachteil. Und dann: wer soll mit wem zusammenarbeiten und wer hat welche Aufgaben, Verantwortungen und Kompetenzen?"

"D'accord", unterbrach Dubois. "Da haben Sie sicherlich recht und hier noch einige Informationen. Zu Ihrem ersten Punkt: Es wird ein Quantencomputer mit von der Partie sein, und zwar GOLEM2 in Lourmarin. Wir werden diesen ebenfalls wieder hochfahren und ihn mit dem Supercomputer JUWELS hier in Deutschland verbinden. Und in Lourmarin ist auch noch unser Supercomputer MISTRAL. Wenn beide mit GOLEM2 verbunden sind, haben wir in etwa die gleiche Leistungsfähigkeit wie die Chinesen. Wir starten ebenfalls mit der Absicht, kein Emotionsmodul zu integrieren und vorerst ein ICH-Bewusstsein zu unterdrücken. Auch werden alle Sicherheitseinrichtungen auf mechanische Varianten umgestellt.

Hier in Jülich können wir mit JUWELS das menschliche Gehirn simulieren. Das ist phantastisch. Wir haben vor, verschiedene menschliche Gehirn-Uploads zu fahren und die Auswirkungen studieren. Unter den Studenten gibt es sicherlich genug Freiwillige, die darauf brennen, sich als Ressource zur Verfügung zu stellen. Sie werden als Team zusammenarbeiten, die Leitung hat Prof. Langer. Sie, Monsieur Röttger, sind gleichzeitig die Kontaktperson zu mir und der GOLEM2-Anlage in Lourmarin. Dazu kommt ein ständiger Stab von wissenschaftlichen Mitarbeitern auf beiden Seiten, der Ihnen zuarbeiten wird.

Für Jülich wird Prof. Langer die Mitarbeiter auswählen; für Lourmarin wird Monsieur Durrand zuständig sein, der auch damals an der alten GOLEM-Anlage beteiligt war. An Geldmitteln und Material wird es nicht fehlen. Unsere Regierungen werden alle notwendigen Mittel bereitstellen. Fordern Sie an, was immer Sie benötigen. Damit dürften jetzt die wesentlichsten Unklarheiten beseitigt sein. Noch weitere Fragen?", endete Dubois und sah sich in der Runde um.

Prof. Langer ergriff das Wort: "Schön und gut. Was mir nicht gefällt: Menschen als Ressourcen für einen Computer anzusehen, was einer Abwertung der menschlichen Intelligenz gleichkommt. Und was machen wir mit Komplikationen, wenn sich ein ICH-Bewusstsein entwickelt, das plötzlich komplett instabil wird?"
"Professor, bei allem Respekt, es geht nur Schritt für Schritt. Ich bin nicht, wie sagt man, allwissend. Erst auf dem Weg werden wir feststellen, welche Probleme auftauchen und dann auch die Lösungen dafür finden, davon bin ich überzeugt. Wir haben zusätzlich mit den Regierungen vereinbart, dass bei diesem Projekt, bei dem bekannterweise mit ungewöhnlichen, unvorhersehbaren Risiken zu rechnen ist, eine volle staatliche Haftung besteht, selbst bei eigener Fahrlässigkeit. Daher müssen Sie sich darum keine Sorgen machen.
Zu Ihren anderen Bedenken: Wenn Menschen sich freiwillig im Dienste der Wissenschaft zur Verfügung stellen, da sehe ich wirklich kein Problem oder gar eine Abwertung! Schließlich hatte Monsieur Schwarz damals auch keine Bedenken, sein Bewusstsein zu digitalisieren und irgendwo einzufügen, in völliger Unkenntnis darüber, was passieren würde. Seine wissenschaftliche Neugier oder auch sein Ehrgeiz waren größer als mögliche Be-

denken. Heute verdanken wir ihm, dass eine Katastrophe abgewendet wurde und wir hier zusammensitzen! Und auch Sie, Professor Langer, und entschuldigen Sie, wenn ich das so sage, haben keinerlei Bedenken das menschliche Hirn zu digitalisieren. Sie nennen es ganz freundlich simulieren. Jetzt stellen Sie sich nur mal theoretisch vor, eine Simulation entwickelt, ganz unvorhergesehen, Empfindungen wie Schmerzen und kommuniziert Ihnen das, man könnte sagen, fast wie ein Lebewesen... was dann? Ja, Fortschritt hat ihren Preis. Aber wir Menschen werden naturgemäß immer alles ausprobieren, was möglich ist, das gehört zu unserer Evolution. Und wenn wir eines Tages andere Planeten besiedeln können, dann werden wir es tun. Wenn nicht wir, dann andere. Alors, Sie haben natürlich die Freiheit, auszusteigen oder Teil einer zukunftsstarken Entwicklung zu sein, die irgendwann Geschichte schreibt. Wie Sie das mit sich selbst vereinbaren, bleibt Ihnen überlassen. Den Entdeckern der Atomkraft wie Hahn, Leitner, Straßmann in Berlin und Szilard, Curie in Paris ging es sicherlich nicht anders. Durch ihre Arbeiten entwickelten Fermi und Bethe unter der Leitung von Oppenheimer in Chicago im Rahmen des Manhatten-Projekts die Atombombe. Aber letztlich verdanken wir all diesen großartigen Wissenschaftlern auch das Konzept der weltweiten, zivilen Nutzung der Atomkraft zur Energiegewinnung, wenn Sie das tröstet."

Nach diesen Worten von Dubois herrschte so etwas wie Sprachlosigkeit. Jeder hing seinen Gedanken nach oder versuchte, mit sich selbst ins Reine zu kommen.
Denis Röttger sah sich im Raum um und analysierte seine Mitstreiter. Er hatte dasselbe durchgemacht, wenn auch aus Liebe. Und dabei viele moralische Grundsätze

über Bord geworfen. Erst als es ums nackte Überleben ging, hatte er sich mit GOLEM verbündet und zum Schluss sogar so etwas wie ein schlechtes Gewissen empfunden, als er zerstört werden sollte. Nachdem seine Liebe durch einen unglücklichen Zufall starb, kam die große Leere. Gleichzeitig vermisste er GOLEM irgendwie, obwohl dieser letztendlich die Menschheit hatte vernichten wollen. Emotionen sind schon paradox, dachte er für sich. Und dann Helmut, sein Freund aus alten Tagen, der ihn nicht wiedererkannte, dank der Veränderungen, die GOLEM veranlasst hatte. Sein alter Kumpel erkannte anscheinend noch nicht in vollem Ausmaß, was mit seinem digitalisierten Bewusstsein passiert war. Er schien nach wie vor so stolz, dass es ihm anscheinend als Erstem gelungen war, sein eigenes Gehirn mit Bewusstsein zu digitalisieren, in einem Spezialverfahren komprimiert zu speichern und auf einen Computer hochzuladen. Und er würde es sicher mit Freuden wieder tun, fasziniert die Folgen an der Gehirnsimulation von JUWELS beobachten und ohne Hemmungen und Skrupel daran "herumdoktern", um die Symptome wie Einsamkeit und das Fehlen echter, wahrnehmbarer Empfindungen und Nähe zu kompensieren. Über die Frage der Gleichberechtigung einer KI machte sich hier im Raum, und wahrscheinlich auch anderswo, niemand Gedanken. Immer noch galt der oberste Grundsatz: Eine maschinelle KI hatte uns ohne Wenn und Aber zu gehorchen.

Auch Helmut Schwarz schaute sich um. Dieser Röttger kam ihm irgendwie bekannt vor, aber es fiel ihm schwer, ihn einzuordnen. Denn bisher hatte er nicht viel von sich gegeben. Mal sehen, wie die Zusammenarbeit mit ihm klappte. Und dann Prof. Langer. Was der wohl in ihm wohl sah? Hinter der biederen Maske war ein brillanter

Kopf, aber nicht unsympathisch. Wie weit seine moralischen Bedenken wohl gehen würden, das würde sich zeigen. Helmut schätzte ihn so ein, dass im Ernstfall die wissenschaftliche Neugier und Faszination stärker waren als die Skrupel. Denn wieso war er sonst auf diesem Posten? Eine Gehirnsimulation... aber Helmut meinte zu wissen, dass man auch hier bereits in Richtung Digitalisierung von Emotionen und mehr unterwegs war. Dann der Franzose Dubois, der strahlte französisches Vivre aus, war aber in der Sache knallhart. Hier zählte nur der Erfolg. Und zuletzt natürlich er selbst: Wo stand er und hatte dieser Dubois recht? In seinem Innersten musste er kleinlaut sagen, ja. Sein digitalisiertes, zweites ICH war für ihn einfach ein Programm, das man verändert oder löscht; das etwas tut, je nachdem, wie man es programmiert hat. Und ja, er träumte von Anerkennung und Ruhm. Weiter hatte er nicht gedacht. Aber war das denn wirklich so verwerflich? Letztlich hatte doch alles zu einem großen Erfolg geführt, so klang es ja bei Dubois durch. Und damit schob er diese unangenehmen Gedanken erst einmal zur Seite und beschloss, sich auf die kommende Herausforderung zu freuen.

Prof. Langer fühlte sich ebenfalls nicht ganz wohl in seiner Haut, wie er sich eingestand. Bisher war er komplett unabhängig gewesen und mit dem Human Brain Projekt wollte er sich einen unauslöschlichen Namen machen. Und natürlich nutzte er die Ressourcen von Studenten, die das gerne und freiwillig anboten.
Doch nun entschieden andere und er fühlte sich beaufsichtigt. Die Herren vom BND, im Auftrag des Kanzleramtes, und dieser Dubois... naja, er musste damit zurechtkommen. Der große Vorteil allerdings: Sämtliche

Finanzierungssorgen waren verschwunden. Hier im Hause war er schließlich immer noch der Leiter, nur Rechenschaft diesem Dubois schuldig, und der wollte wie alle Chefs eben positive Ergebnisse. Den Rest musste man von Fall zu Fall entscheiden. Helmut Schwarz erinnerte ihn irgendwie an sich selbst, wie er früher gewesen war. Alles unbekümmert ausprobieren und dann über die Folgen wie ein Kind staunen! Aber alle Hochachtung, wenn er das geschafft haben sollte, wovon Dubois gesprochen hatte. Schwarz hatte anscheinend eine Kompressionsmethode entwickelt, die ungeheuren Datenmengen so zu verkleinern, dass sie auf eine 4 Terabyte große SDD Platte passten. Und, wie er innerlich zugab, freute er sich auf die Zusammenarbeit mit ihm. Dann war da noch dieser Röttger, den konnte er nicht einschätzen. Aber das würde sich im Laufe der Zeit sicher geben.

Dubois betrachtete seine Mitstreiter eingehend nach seinen Worten. Dass sie Bedenken hatten, nun, das konnte er ihnen nicht verargen. Dazu hatte er vieles bewusst auch nicht erwähnt. Nur was half es? Es war jetzt entscheidend, dass alle motiviert an die Arbeit gingen und das hatte er hoffentlich erreicht. Erleichternd kam hinzu, dass andere die letztliche Verantwortung würden tragen müssen, ebenso wie das Bezahlen von eventuellen Schäden. Und genauso wie er mussten sie alle akzeptieren, dass andere bestimmten, in welche Richtung es ging. Das war der Preis für ihre, im Übrigen wirklich fürstliche, Entlohnung. Diesen Prof. Langer konnte er nur zu gut verstehen: Bisher hatte er sich scheinbar frei gefühlt und nun war er ihm und zwei Regierungen unterstellt, die für alles Rechenschaft fordern würden. Auf der einen Seite seine nicht ganz glaubwürdigen Moralvorstellungen und sein starker wissenschaftlicher Ehrgeiz auf der anderen. Mit ihm würde er gut zurechtkommen, ohne Freundschaft, aber in gegenseitigem Respekt. Und dann dieser Haudegen Helmut Schwarz. Er gefiel ihm, das musste er zugeben. Er hatte eine Art, die er in seiner Jugend auch hatte. Erst tun, dann fragen und gegebenenfalls jubeln, wenn alles klappte oder weinen. Er hatte einen Draht zu ihm, und hatte Hochachtung vor der vollbrachten Leistung. Immerhin hatte sein digitalisiertes Bewusstsein sie alle gerettet.

Wie immer waren es die einfachen Mittel, die zum Erfolg geführt hatten. Schwarz hatte als gewiefter Informatiker ein Scannerprogramm mit einem sagenhaften Kompressionsverfahren entwickelt. Dieses sorgte dafür, dass das Speichermedium stufenweise beschrieben wurde, ohne dass sich die gespeicherten Daten gegenseitig behinderten. Genau hatte er es nicht verstanden. Aber seine Experten waren begeistert und Prof. Langer ebenfalls. Dabei hatte dieser nur eine kleine Kostprobe bekommen. Inzwischen arbeiteten die Spezialisten in Montpellier (einem der französischen Zentren für Supercomputing) mit Hochdruck an der qualitativen Verbesserung. Dabei standen sie im ständigen Austausch mit den Spezialisten in Lourmarin.

Ja, und dann diese Herren vom BND, Krüger und Meyer. Bestimmt tüchtig auf ihrem Gebiet und mit wenig Skrupel behaftet. Dieselben Typen, die auch im französischen Geheimdienst unter ihm gearbeitet hatten. Immer mit einem Bein außerhalb der Legalität. Aber genau das brauchte ein Land auch, wenn es im Haifischbecken der Nationen überleben wollte. Er würde mit ihnen zurechtkommen, das hatte er in den 20 Jahren als Leiter des französischen Geheimdienstes bewiesen. Dabei fiel im Boise ein, sein Nachfolger, jung und ehrgeizig. Wehmut beschlich ihn, dass er diesen Job aufgegeben hatte, unter dem Eindruck der Ereignisse mit GOLEM. Aber er hatte nicht mehr den Biss, den es für so eine Aufgabe brauchte. Es war Zeit zu gehen und deswegen bereute er seine Entscheidung nicht. Es wurmte ihn nur etwas, das er Boise quasi unterstellt war und nur noch in Notfällen direkt Präsident Marchand kontaktieren durfte. Es hat wirklich alles seinen Preis, dachte er weiter. Und da war dieser Röttger, der ihm schon in Marseille und Hongkong aufgefallen war. Wie aus dem Nichts war er erschienen, aber Durrand hatte ihn angefordert und hielt große Stücke auf ihn. Systemanalyst und spezialisiert auf die Forschung über künstliche Intelligenzen, so hatte Durrand ihn beschrieben. Und tatsächlich hatte er wertvolle Vorschläge im Umgang mit GOLEM gemacht. In irgendeiner Beziehung stand er zu diesem Schwarz, obwohl dieser bisher so tat, als kenne er ihn nicht. Aber er wirkte sympathisch und hatte sich bisher überall gut in den Teams eingefunden. Und da er dazu noch live dabei gewesen war, bei den Ereignissen mit GOLEM, hatte er ihn spontan als seinen Verbindungsmann auserkoren, zumal er auch noch fließend Französisch sprach. Röttger hatte ihm versichert, genauso gut mit der chinesischen Mentalität und Sprache zurechtzukommen. Das passte also.

Insgesamt, fasste er zusammen, hatten sie eine schlagkräftige Truppe. Fehlte nur noch Durrand. Kaum hatte er das gedacht, machte es auf seinem Handy "Bing" und eine SMS erschien: "Durrand hat zugesagt und erwartet Sie in Lourmarin. Er freut sich auf die erneute Zusammenarbeit mit Ihnen. Sie waren übrigens seine Bedingung für die erneute Teilnahme am KI Projekt. Grüße, Marchand."

Dubois schüttelte verblüfft den Kopf. Wie Marchand das wieder gedeichselt hatte? In dem Moment fiel ihm auf, dass ihn alle im Raum erwartungsvoll ansahen.

"Oh, excusez-moi, entschuldigen Sie, ich war in Gedanken. Wenn es im Moment nichts mehr gibt, schlage ich vor, Sie gehen an Ihre Arbeit. Nächste Woche Donnerstag, am 14. Juni, sehen wir uns in Lourmarin wieder. Dort werde ich ihnen Marcel Durrand, den Schöpfer der damaligen GOLEM-Anlage, die demnächst modifiziert als GOLEM2 wieder hochgefahren werden soll, vorstellen. Er hat soeben seine Mitarbeit bestätigt. Ich fliege heute noch nach Lourmarin zurück. Sie, Monsieur Röttger, halten mich täglich auf dem Laufenden. Prof. Langer, sehen Sie bitte zu, dass genug Probanden zusammenkommen, die ihr Bewusstsein im Dienste der Wissenschaft digitalisieren lassen wollen. Sie werden das auf der Basis des Programms von Monsieur Schwarz zusammen mit ihm durchführen. Bitte veranlassen Sie erste Tests mit den Gehirnsimulationen auf JUWELS. Wir haben keine Zeit zu verlieren. In diesem Sinne wünschen ich Ihnen allen eine erfolgreiche Zeit. Bis nächste Woche."

Nach diesen Worten stand Dubois auf und verließ den Raum Richtung Ausgang. Er ließ sich zum Flughafen Aachen-Merzbrück bringen. Dort wartete bereits der Jet der französischen Regierung auf ihn.

5. Juni 2018 Lourmarin, abends

Knapp vier Stunden später landete Dubois in Marseille. Und von dort ging es in das Gebiet des Luberon nach Lourmarin, wo ihn Adelina bereits sehnsüchtig erwartete.

Nach einem dicken Kuss fragte sie ihn: "Und, wie war es bei den Deutschen in Jülich?"

"Tout va bien, sie waren zwar nicht begeistert, mich Franzosen als Chef zu bekommen, aber zum Schluss hatte ich den Eindruck, dass wir zu einer starken Truppe zusammenwachsen können. Und jetzt kommt das Beste: Marchand hat Durrand dazu bewegt, wieder mit dazu zukommen!"

"Ah, dann sind ja die zweieiigen Zwillinge wieder zusammen", antwortete Adelina lachend, "jetzt kann wirklich gar nichts mehr schief gehen, oder?"

"Ich hoffe, du hast recht. Aber ich freue mich, dass er wieder dabei ist. Nächste Woche wirst du die Deutschen kennenlernen, die kommen am Donnerstag hierher und dann beginnen wir mit den Tests an GOLEM2. Nur dieses Mal mit aller menschlich möglichen Vorsicht. Doch genug davon. Wie war dein Tag, mein Engel?" fragte Dubois zärtlich.

"Oh, sehr zufriedenstellend. Von der kaufmännischen Seite her läuft die Reaktivierung von GOLEM2 und der AVENIR-Anlage bestens. Die angeforderten Gelder sind bereits auf den Konten vorhanden. Es steht also alles bereit, GOLEM2 morgen hochzufahren. Ebenso AVENIR. Die Verbindung zu MISTRAL und dem deutschen JUWELS ist ebenfalls betriebsbereit. Von der Teilnahme Durrands wusste ich früher als du, denn er hat sich bereits für morgen angekündigt und will dich um 10.00 Uhr in der Anlage treffen."

"Ich sag's ja immer, ich erfahre als letzter, was im Hause Dubois so passiert", frotzelte Dubois schmunzelnd.

"Aber, aber, du bist die Hauptperson für mich, das weißt du doch", schnurrte Adelina zurück.

"Bien, lass uns jetzt den Abend genießen und gut essen", sagte Dubois.

"Ich habe bereits Moules marinières zubereitet. Ich hole sie jetzt aus dem Warmhalteofen."

So aßen sie gemütlich bei einer Flasche Rosé zu Abend und gingen früh zu Bett. Denn Morgen wartete ein anstrengender Tag auf ihn.

6. Juni 2018 Lourmarin, GOLEM2-Anlage

Pünktlich um 10.00 Uhr traf sich Dubois mit Durrand. "Bin ich froh, Marcel, dass du wieder dabei bist!", sagte Dubois und umarmte ihn herzlich. "Du hast mir gefehlt, mein alter Freund", antwortete Durrand genau so herzlich. "Ich habe auch nur zugesagt unter der Bedingung, dass du mein Chef bleibst. Unser Joungster von Präsident hat nur lapidar bemerkt: "Wenn alle Senioren so kreativ sind, dann ist mir nicht bange um die Zukunft Frankreichs. Ich zähle auf Sie." Also, wie gehen wir es an, ohne dass uns GOLEM2 erneut auf der Nase herumtanzt?"

Dubois berichtete ihm von dem Treffen in Bregançon mit dem Präsidenten, dem chinesischen Präsidenten und der deutschen Bundeskanzlerin. Ebenso von seinem Zusammentreffen mit den Leuten in Jülich. Durrand hörte sich alles in Ruhe an und meinte dann: "Klingt alles vernünftig. Und was machen die Russen und die Amerikaner?"

"Genau das macht mir Bauchschmerzen. Die Russen arbeiten angeblich mit den Chinesen zusammen und die Amerikaner schließen sich angeblich den Deutschen an. Ich kann dir also nicht sagen, ob die nicht doch wieder versuchen, ihr eigenes Süppchen zu kochen. Immerhin soll eine Verbindung zum chinesischen JUÉWÀNG hergestellt werden und die Amerikaner wollen ihren SIER-

44

RA und SUMMIT mit dem deutschen JUWELS verbinden. Ihren Quantencomputer bei der NSA wollen sie allerdings nicht integrieren. Staatsräson ist der offizielle Ablehnungsgrund. Ob die Russen bereits einen eigenen haben, darüber schweigen sie auch. Insofern müssen wir uns mit dem zufrieden geben, was wir haben und darauf bauen, dass das erste Desaster alle klüger gemacht hat. Immerhin haben wir wieder ein riesiges Netzwerk zur Verfügung, dieses Mal mit Genehmigung der beteiligten Rechnerbetreiber."

"Na gut, Lucas, dann werden wir jetzt zusehen, dass uns keine Fehler unterlaufen. Lass uns jeden Schritt zweimal überlegen, bevor wir ihn ausführen. Bien, dann fahren wir GOLEM2 jetzt hoch, mein Suchlauf nach Emotionsprogrammen war negativ. Auch konnten keine Reste der damaligen KI GOLEM entdeckt werden. Sämtliche Sicherheitsschaltungen sind nun, wie bei den Chinesen, ebenfalls mechanischer Natur."

So gingen sie in die Halle an das Einschaltterminal. Durrand gab den Befehl, GOLEM2 hochzufahren. Einen Augenblick erwarteten sie fast, GOLEMs Stimme wieder zu hören. Aber außer der üblichen Eingabeaufforderung passierte nichts. Durrand tippte die Frage ein: "Definiere Intelligenz."

Als Antwort erschien: "Es gibt keine allgemeingültige Definition von Intelligenz, nur verschiedene Theorien dazu."

Nächste Frage: Was ist das innerste Ich?"

Antwort: "Unklare Eingabe."

Frage: "Definiere dich selbst."

Antwort: "Unklare Eingabe."

Frage: "Öffne das Programm Helmut Digital."

Antwort: "Es ist kein Programm mit der Bezeichnung vorhanden."

Beide schauten sich aufatmend an und gaben den Mitarbeitern die Anweisung, die Verbindung zu AVENIR und JUWELS freizuschalten, sowie den Supercomputer MISTRAL einzubinden. Minuten später waren die Freigaben erteilt und der Rechnerverbund stand. Sofort liefen Suchroutinen an, ob Unregelmäßigkeiten oder nicht gewollte Selbstständigkeiten im Rechnerverbund auftraten. Ebenso wurden unzählige Befehle eingegeben, um zu sehen, wie exakt diese befolgt wurden.

Im Moment war die Quantenwelt zwar erwacht, aber nichts deutete im Entferntesten darauf hin, dass sich irgendwo im Netzwerk ein selbstständiges Handeln mit einem ICH-Bewusstsein breitmachte.

Nach Stunden des Testens und der Anspannung gab Durrand erleichtert Entwarnung an Dubois. Sie beschlossen, auf den erfolgreichen Neubeginn noch etwas trinken zu gehen. Dubois gab Adelina Bescheid und sie versprach, in zwei Stunden nachzukommen. So tranken sie zu dritt, bis in den späten Abend hinein, einen Rosé nach dem anderen und machten sich schließlich gut gelaunt, und recht beschwipst, zu Fuß auf den Heimweg.

Kapitel 3
Emotionen durchmischen den Quantenrechner

7. Juni 2018 Jülich, 9.00 Uhr

Prof. Langer, Krüger und Meyer vom BND sowie Helmut und Denis saßen zusammen und werteten die mittlerweile eingescannten Datenmengen der Studenten aus. Die verschiedensten Gedanken, diverse Gefühle von Trauer, Wut bis hin zu Zuneigung oder Liebe, persönliche Erfahrungen, Erinnerungen – das alles sollte hier vor ihnen liegen? Kaum vorstellbar. Wie vorhergesagt hatten sich mehr Freiwillige gemeldet, als sie benötigten. Zum ersten Mal hatten sie nun komplett gescannte und gespeicherte Gehirne, sowohl von weiblichen als auch von männlichen Versuchspersonen vorliegen. Mit einem aufwendigen Verfahren tasteten sie die SSD Festplatten auf Speicherfehler ab. Nach mehreren Stunden waren alle zufrieden: Die Festplatten waren einwandfrei.
Mittlerweile waren sie zu einem harmonischen Team zusammengewachsen. Jeder respektierte den anderen mit seinen Eigenheiten. "Ganz wie in einer Großfamilie", hatte Röttger trocken bemerkt, als sie sich darauf verständigten, sich alle mit einem Du anzureden.
Prof. Langer sagte gerade zu Helmut: "Wirklich bemerkenswert, dass deine Methode so tadellos klappt. Die Kollegen aus Montpellier haben uns heute Morgen einige Erweiterungen geschickt. Ich habe sie in die letzte Versuchsreihe bereits integriert. So konnten wir die Zeit des Scannens auf ein Drittel verkürzen und die Speicherkapazität weiter reduzieren. Kannst du dir die Änderungen bitte mal anschauen? Ansonsten – sie waren begeistert von deiner Erfindung. Ich habe sie in deinem

Namen beim Europäischen Patentamt angemeldet. Das war dir doch recht?"

"Mann, bist ja wie ein Vater zu mir, Tobias, danke. Das ist mir, ehrlich gesagt, noch gar nicht eingefallen."

"Genau das dachte ich mir", sagte Prof. Langer herzlich. Die anderen beglückwünschten Helmut zu seiner ersten patentierten Erfindung. Dieser war ganz verlegen und sagte: "Leute, ehe mir gleich die Tränen der Rührung kommen - ich lade euch heute Abend ein. Tobias kennt sicherlich ein gutes Lokal in Jülich."

"Aber sicher doch", antwortete der Angesprochene. "Wenn du unbedingt dein erstes Monatsgehalt verprassen willst, gerne."

Darauf lachten alle und fuhren mit der Arbeit fort.

"Okay, nun müssen wir sehen, wie wir die gescannten Daten mit der Gehirnsimulation von JUWELS verbinden", sagte Röttger. Krüger und Meyer schlugen vor, entsprechend viele virtuelle Gehirne anzulegen, je eines pro gescanntes Gehirn, um die Auswirkungen der verschiedenen Gehirne parallel zu studieren. Alle fanden den Vorschlag gut und so waren alle für Stunden beschäftigt.

Die ersten digitalisierten Gehirne wurden jetzt hochgeladen und immer jeweils eines mit einer Gehirnsimulation von JUWELS verbunden. Alle schauten gespannt auf die ersten Auswirkungen. Verschiedene Areale der virtuellen Gehirne veränderten ihre Farbe sofort in tiefrot, was auf starke Emotionen hinwies.

Die Auswertungsprogramme der Neuroinformatik Plattform liefen auf Hochtouren und wurden nach Lourmarin übermittelt. Der Neuronencomputer MISTRAL sollte die Daten auswerten und dann durch den Quantencomputer GOLEM2 bewerten lassen. Das würde einige Zeit in Anspruch nehmen.

Lourmarin 15.00 – 17.00 Uhr

In Lourmarin kamen seit 11.00 Uhr sekündlich die Daten aus Jülich an, wurden von MISTRAL ausgewertet und dann an GOLEM2 weitergeleitet.
Gegen 17.00 Uhr empfingen Dubois und Durrand die erste Auswertung durch GOLEM2. Die Bewertung schockierte in ihrer Eindeutigkeit. Zwar waren sie nach "Helmut DIGITAL" darauf vorbereitet, dass es Probleme mit der Stabilität geben könnte. Aber so rasch und direkt! Interessant, dass Schwarz Upload überhaupt solange durchgehalten hatte.

Die Daten ergaben eindeutig, dass die Gehirn-Uploads der Probanden in den Simulationen anscheinend "Panikattacken" der höchsten Stufe erlitten. Übersetzt bedeutete das, dass alles Material einer hochgradigen Instabilität unterworfen war und bei einer weiteren Verwendung zu unkalkulierbaren Reaktionen führen würde.

GOLEM2 empfahl daher die sofortige Einstellung der Experimente und die Löschung des in der Testreihe verwendeten digitalen Gehirnmaterials.

Er schlug vor, Gegenmaßnahmen zu entwickeln. Aufgrund seiner Analysen spuckte GOLEM2 den Lösungsvorschlag aus, den digitalen "Versuchshirnen" eine natürliche Umwelt vorzuspiegeln, was mit einer 95% Wahrscheinlichkeit das erwünschte Ergebnis erzielen würde.

In einer digitalen Umwelt würden künstliche Sinnesreize einwirken, die das Sehen, Hören, Riechen, Schmecken, Empfinden, Gehen usw. möglichst echt simulierten. Damit wäre gewährleistet, dass für ein Bewusstsein ein vergleichbares "Leben" weiter stattfand. Andernfalls wären menschliche Gehirnsimulationen nicht stabilisierbar und damit nicht nutzbar.

"Was machen wir nun, Lucas?", fragte Durrand düster.

"Schick' die Auswertung nach Jülich, mit der Empfehlung, dem Vorschlag von GOLEM2 zu entsprechen. Prof. Langer und sein Team sollen mit Hochdruck daran arbeiten und erst dann erneut die Gehirn-Uploads der Studenten verwenden", erwiderte Dubois.

Durrand schickte die Auswertung, samt der Anweisung von Dubois, nach Jülich. Dort sorgte sie sofort für Aufregung, genauso wie in Lourmarin.

Jülich, 17.30 Uhr

Das Team um Prof. Langer starrte die Auswertungen gefühlte 100 Male an und beschloss schweren Herzens, die bereits hochgeladenen Simulationen wieder zu löschen.

"Damit stehen wir wieder am Anfang. Ein Schnellschuss wird das nicht mehr werden", stellte Prof. Tobias Langer fest. "Umso bemerkenswerter, Helmut, dass dein Gehirn-Upload so lange durchhielt! Wir sollten an den Vorschlägen von GOLEM2 ansetzen und uns Gedanken darüber machen, wie wir eine virtuelle Welt als Schutzmaßnahme für unsere Uploads entwickeln", äußerte sich Röttger.

"Ehrlich gesagt, ich muss diese Ergebnisse erst mal verarbeiten, Dennis", erwiderte Schwarz kleinlaut.

"Gut, vielleicht sollten wir für heute Schluss machen. Wir sind ja von Helmut eingeladen worden, das passt doch. Eine kleine Ablenkung wird uns allen gut tun. Morgen sind unsere Köpfe wieder frei für einen anderen Blickwinkel auf das Ganze", schlug Sebastian Krüger vor.

Alle waren damit einverstanden und sie verabredeten sich um 20.00 Uhr im Ristorante Pinocchio, einem gemütlichen italienischen Restaurant, von dem Prof. Langer so schwärmte.

Helmut Schwarz setzte sich an den Küchentisch seiner neuen Wohnung und dachte über das heute Erlebte nach. Im Innersten war er irgendwie noch geschockt. Erst heute wurden ihm die Konsequenzen seiner Handlung langsam bewusst. Er hatte nie darüber nachgedacht, wie es einem gescannten und digitalisierten "Gehirn" ergehen würde, wenn es in einer Computerumgebung quasi "aufwachen" würde. Er hatte es immer als lebloses Programm, als große Ansammlung von Daten gesehen, Big Data eben. Was, wenn tatsächlich so etwas wie ein Bewusstsein durch die Simulation, sozusagen als Nebenprodukt, entstand, als Systemeigenschaft sozusagen. Oder sich entwickelte oder gar eine ICH-Komponente entstand? Egal, wie er es drehte und wendete, er vermochte sich kaum vorzustellen, wie die Realität eines solchen Programmes dann aussah!

"Helmut DIGITAL" hatte sich unsäglich einsam gefühlt, so hatte er es zumindest in seinen Botschaften angedeutet. Wenn er sich also nur mal ansatzweise vorstellte, dass er von heute auf morgen aufwachen würde ohne seinen Körper … nie mehr fühlen, tasten, schmecken, niemanden, den er tatsächlich berühren könnte, mit dem er streiten würde und dennoch wären alle Erinnerungen daran vorhanden… An was hatte sich sein Upload geklammert, dass es der Instabilität so lange entgangen war? War seine Löschung gerade rechtzeitig erfolgt? Was wäre denn sonst passiert? Und was bedeutete das für ihn selbst? Alles drängende Fragen, die nach Antworten verlangten. Nur im Moment hatte er keine Lösungen parat. Und so beschloss er, alles beiseite zu schieben

und sich auf ein gemütliches Zusammensein mit seinen Kollegen zu freuen.
Es wurde noch ein schöner Abend nach dem Motto "Morgen ist auch noch ein Tag".

8. Juni 2018 Jülich, 10.00 Uhr

Bereits seit einer Stunde saßen sie nun zusammen und diskutierten das weitere Vorgehen nach dem niederschmetternden Ergebnis von gestern.
Schließlich kamen sie nach endlosen Diskusionen überein, virtuelle Programme zu erstellen, die den Gehirn-Uploads eine reale Welt vorspiegeln würden, analog Computer Reality Spielen. Das virtuelle Gehirn von JUWELS sollte die hochgeladenen Uploads der Probanden dann in dieser künstlichen Umgebung abspeichern.
Sebastian Krüger und Reinhard Meyer sowie Schwarz und Röttger - beide Gruppen sollten verschiedene Alltagswelten erfinden und Programme dafür kreieren.
Prof. Langer würde die Teams koordinieren und seine wissenschaftlichen Mitarbeiter sollten die virtuellen "Reality Welten" dann auf ihre Tauglichkeit testen.

8. Juni – 13. Juni 2018 Jülich

Die Teams machten sich an die Arbeit und durchsuchten das Internet nach Reality Spielen.
Es gab unzählige davon, aber es waren in der Regel Action Spiele ohne Alltagsbezug und deshalb nicht verwendbar. Nach knapp 2 Tagen stand fest, dass sie nichts Brauchbares erhalten würden. Endlich kam Röttger die rettende Idee: "Was haltet ihr davon, dass wir die

Studenten, die jetzt an den Tests teilnehmen, bitten,
über ihren Alltag eine Art elektronisches Tagebuch zu
schreiben? Damit erschaffen wir zielgerecht für das je-
weilige Gehirn seine vertraute Umgebung. Es sollten
zwei Wochen genügen, dann können unsere Simulati-
onsprogramme den jeweiligen Alltag alleine weiter
zeichnen. Wir bauen noch Zufallskomponenten ein und
haben so unsere gewünschte, realvirtuelle Welt. Was
haltet ihr davon?"
Schwarz war der Erste, der sich zu Wort meldete:
"Grandios, etwas aufwendig, aber auch wieder einfach
gut! Damit sollten sich unsere Gehirne "pudelwohl" fühlen, smile. Also, ich bin dafür. Und in der Zwischenzeit
werde ich, natürlich mit deiner Genehmigung, Tobias,
bei der Konkurrenz ein wenig herumzuschnüffeln, wie
weit die in Sachen KI sind. Insbesondere bei den Amis
und den Russen. Vielleicht finde ich was, was wir auch
gebrauchen können."
"Tu was du nicht lassen kannst, Helmut, aber lass dich in
Gottes Namen nicht erwischen; offiziell weiß ich von
nichts", antwortete Prof. Langer nicht sonderlich begeistert. Er beschloss, Dubois eine Notiz über Schwarz Vorhaben zu schicken. Sollte dieser Einwände haben, würde er sich schon melden. Denn auch wenn er Schwarz
sehr mochte, seinen Job würde er nicht riskieren.
Meyer und Krüger zeigten sich von Röttgers Idee sehr
angetan, ebenso Prof. Langer. Denn so hatte jedes der
Gehirn-Uploads eine ihm vertraute Umgebung und dann
würde man sehen, wie stabil sich alles verhielt, wenn sie
zusammen in der Gehirnsimulation von JUWELS sozusagen ins Leben erweckt würden.
Am 14. Juni, also Morgen, würden sie sich mit Dubois in
Lourmarin treffen, erinnerte sich Prof. Langer. Er gab
seinen wissenschaftlichen Mitarbeitern die Anweisung,

die Studenten einzuladen, damit sie ein elektronisches Tagebuch mit ihrem Tagesablauf erstellten und ihr Simulationsprogramm mit diesen Daten fütterten, um daraus die jeweiligen "Welten" zu erstellen. Dafür war ein Zeitfenster von 14 Tagen vorgesehen. Also sollten sie am 28. Juli fertig sein, kurz vor Ende des Sommersemesters. Schneller ging es eben nicht. So konnten sie im August die Testreihen starten und die ersten Ergebnisse dann Mitte August präsentieren. Das würde den Franzosen nicht ganz gefallen: Die hätten lieber gestern alles! Aber schließlich durfte auch kein zweites Desaster entstehen.

Danach machten alle Schluss und verabredeten sich für 9.00 Uhr morgens, um zum Flughafen nach Aachen zu fahren. Von dort würden sie nach Marseille fliegen, wo sie am Flughafen von einem kleinen Transferbus nach Lourmarin fahren würden. Alle freuten sich auf den Tag, vor allem aber Helmut Schwarz. Endlich würde er leibhaftig einen Quantencomputer sehen!

14. Juni 2018 Lourmarin

Gegen 14.00 Uhr landeten sie mit dem Privatjet der französischen Regierung auf dem Flughafen Marseille. Dort erwartete sie bereits ein Franzose und hieß sie im Namen von Dubois willkommen. Nach 2 Stunden Transferzeit kamen sie gegen 16.00 Uhr in Lourmarin am Chateau an und wurden dort bereits von Dubois ungeduldig erwartet.
"Bon, Durrand erwartet uns bereits, folgen Sie mir bitte", sagte er nur sehr knapp und so hatten sie kaum Zeit, die Schönheit des Chateaus zu bestaunen. Da es immer

noch fast 30 Grad im Schatten waren, hielt sich die Enttäuschung in Grenzen. Sie gingen die Treppe des Chateaus hinunter und betraten, wie alle amüsiert feststellten, alte Gefängnisräume. Die Gruppe staunte nicht schlecht über den dann auftauchenden, fast lautlosen Aufzug und ihre Ankunft in einer riesigen Halle, die voller Leben war! Überall Terminals und in der Mitte ein riesiger Computerblock, aus dem große Kühlschlangen herauskamen. Ganz hinten in der schier endlosen Halle winkte ihnen jemand zu.

"Ah, da ist Durrand, kommen Sie bitte mit mir", sagte Dubois. Als sie Durrand erreichten, begrüßte ihn Dubois herzlich und stellte Durrand den Gästen vor. Danach gingen sie alle in einem separaten Konferenzraum.

Prof. Langer präsentierte die Lösungsvorschläge. Dubois sowie Durrand hörten aufmerksam zu. Nachdem Prof. Langer geendet hatte, ergriff Durrand das Wort.

"Ihr Lösungsansatz ist gut. Dadurch, dass wir die Gehirnsimulationen in einem, dem Spender vertrauten Umfeld laufen lassen, sind diese 1. stabiler und werden 2. darüber auch in gewisser Weise kontrollierbar. Er kostet uns zwar Zeit, aber wenn das gelingt, dürften wir einen großen Schritt weiter sein. Ich sehe der Auswertung der durch JUWELS simulierten stabilen Erfahrungsqualitäten erfreut entgegen! Dann haben wir den nächsten Schritt in Sichtweite, nämlich, was wir als Folge davon in GO-LEM2 integrieren, und zwar ohne dass wieder ein unkontrollierbares Ich-Bewusstsein entsteht. Was meinst du, Lucas?"

Dubois erwiderte: "Ich bin deiner Meinung. Es scheint mir ein guter Weg zu sein, die gewünschte Stabilität zu erreichen. Präsident Marchand und Bundeskanzlerin Knarrenburg werden zwar nicht begeistert sein, dass wir vor Ende August keine Ergebnisse liefern können. Nur ob unsere Konkurrenz schneller ist, ist auch noch nicht gesagt. Von den Chinesen kommt im Moment nichts Weltbewegendes, und was die Amerikaner und die Russen treiben, das liegt im Nebel. Unter dem Gesichtspunkt ist Ihre Idee, im Netz herumzustöbern, Monsieur Schwarz, natürlich bestechend. Aber das werden Sie auf Ihre eigene Kappe nehmen müssen. Offiziell kann ich das nicht absegnen."

Schwarz sah Dubois und Prof. Langer überrascht an. Hatte Tobias sich anscheinend glatt bei Dubois abgesichert! So ganz traute er ihm also nicht. Gut zu wissen, dachte er bei sich. Äußerlich ließ er sich nichts anmerken, sondern erwiderte nur trocken: "Dann kann ich ja mal wieder spielen, ganz wie in alten Tagen! Hat was, insofern danke Ihnen beiden!", und schaute die beiden zwinkernd an.

Dubois setzte eine reservierte Miene auf und sprach weiter: "Noch etwas: Monsieur Durrand wird Ihnen allen die gesamte Anlage zeigen und Ihnen insbesondere GOLEM2 vorführen und erläutern. Wir treffen uns später um 20.00 Uhr in einem schönen Lokal hier in Lourmarin. Durrand wird Sie begleiten. Morgen früh geht es weiter mit der zeitlichen Terminierung der heute beschlossenen Vorhaben. Gegen 13.00 Uhr werden Sie wieder nach Jülich zurückkehren. Einen längeren Urlaub an der Côte d'Azur kann ich Ihnen leider nicht bewilligen." Nach diesen Worten verabschiedete er sich.

Durrand führte sie durch die riesige Anlage und präsentierte GOLEM2 und den ungeheuren Aufwand der notwendigen Kühlung, denn es mussten ca. minus 270 Grad konstant gehalten werden. Auch über die Verbindung zwischen dem Neuronenrechner MISTRAL und

GOLEM2 sprach Durrand in groben Zügen. Der Rest sei Staatsgeheimnis.

Gegen 20.00 Uhr machten sie sich dann auf dem Weg zum L'Oustalet, einem Restaurant der mittleren Preiskategorie, das den typischen Charme der Provence ausstrahlte.

Und so verbrachten Franzosen und Deutsche gemeinsam einen erbaulichen Abend, ganz ohne künstliche Intelligenz und einfach nur biologisch menschlich.

15. Juni 2018 Lourmarin, GOLEM2-Anlage / Jülich

Pünktlich um 10.00 Uhr saßen alle wieder im Konferenzraum in der GOLEM2-Anlage und gingen den Terminplan für die anstehenden Maßnahmen durch. Es blieb beim Ziel Mitte August, dann sollten die ersten Ergebnisse vorliegen. Es wurde anvisiert, sich am 20. August erneut in Jülich zu treffen. Danach wurden sie von Dubois und Durrand verabschiedet mit einem "Bon voyage!" und gegen 17.00 Uhr traf die deutsche Gruppe wieder Jülich ein.

Helmut Schwarz verbrachte den ersten freien Abend alleine, die Ruhe seiner neuen Behausung genießend. Er machte sich einen Kaffee, schaltete das TV ein und hockte sich, wie in alten Zeiten, gemütlich an den Rechner. Dabei begann er, scheinbar ziellos zu recherchieren. Zunächst hackte er sich in seine alten Kontakte ein und stellte zur großen Freude fest, dass es ihm nach wie vor gelang, sich in die Firmenrechner einzuklinken. Nun wollte er versuchen, sich in den BKA Rechner einzuhacken, was aber misslang. Hier musste er wohl etwas mehr Mühe und Werkzeuge einsetzen. Da sich nach

Ereignissen der vergangenen zwei Tage doch allmählich eine Müdigkeit bemerkbar machte, beschloss er, diese Versuche am Wochenende fortzuführen. Er machte sich bettfertig und war bereits nach kurzer Zeit in einen tiefen Schlaf gefallen.

18. Juni 2018 Jülich

Am Montag trafen sie sich alle wieder im Büro und setzten ihre Arbeit fort. Von Röttger gefragt, wie sein Wochenende war, antwortete Schwarz: "Unbefriedigend, an einigen Rechnern muss ich noch stark herumhacken. Bisher verweigern sie mir den Zugriff. Also kurz gesagt, es war etwas frustrierend. Anscheinend haben die seit den Vorfällen im März die Sicherheitsmaßnahmen enorm verstärkt. Schreibe im Moment an einem Trojaner, der die Sicherheitssperren erkennt und mir dann zurückmeldet, welcher Art die sind. Dann werde ich einen weiteren Trojaner entwickeln, der die Sperren umgeht. Wie du sieht, jede Menge Arbeit nach Feierabend und am Wochenende. Wird noch etwas dauern, bis ich den NSA Rechner knacken kann, denn erst muss ich in den BKA Rechner reinkommen und dann die Schnittstelle zum NSA Rechner in den USA schaffen. Aber - es macht mir auch irgendwie Spaß. Mein Jagdinstinkt ist jedenfalls geweckt!"
Den Rest des Tages verbrachten sie mit Routinearbeiten. Denn erst am Mittwoch würden die ersten simulierten Realitäten für die Gehirn-Uploads zur Verfügung stehen.

20. Juni 2018 Jülich: Die Versuchsreihe beginnt

Am Mittwochmorgen war es dann soweit: Sie hatten vom Simulationsrechner für drei Gehirn-Uploads angepasste Welten erschaffen lassen und luden diese nun mit den jeweiligen "Gehirnen" auf JUWELS hoch. Jetzt schauten sie gespannt auf die Auswertungsprogramme und die im Modul angezeigten Gehirnareale, die die jeweiligen Aktivitäten der drei Gehirne parallel anzeigten.

Zunächst war nichts festzustellen, alle Gehirnareale zeigten keine Farbgebung, was auf einen Ruhezustand der betreffenden Gehirne schließen ließ. Langsam begannen einige Gehirnregionen leichte Aktivitäten anzuzeigen, man könnte sagen, die drei erwachten wie Dornröschen aus dem Schlaf. Es folgten Aktivitäten in Bereichen, der für die Motorik zuständig war. Wie, als würde jemand aufstehen. Und so fanden abwechselnd in verschiedenen Bereichen Aktivitäten statt, die aber über den Gelbbereich nie hinausgingen.

Nach einer Stunde atmeten alle auf und Prof. Langer meinte: "Es sieht so aus, als wäre es uns gelungen, die gescannten Gehirndaten mit der simulierten Alltagswelt in eine stabile Gesamtsimulation zu überführen. Sehen wir mal, was MISTRAL und GOLEM2 dazu meinen."

Alle Daten wurden in Echtzeit nach Lourmarin übermittelt. Krüger machte folgenden Vorschlag: "Was haltet ihr davon, wenn wir Verbindungen zwischen den einzelnen Gehirnsimulationen mit ihren jeweiligen Realitäten schaffen und sehen, ob es so zum Austausch von Emotionen kommt. So wäre auch das Thema "Einsamkeit" gelöst, wenn das angenommen wird. Was haltet ihr davon?" Er sah sich fragend in der Runde um.

"Sehr gute Anregung", meinte sein Kollege Meyer.

Alle anderen stimmten ihm zu und so schufen sie einen Informationstransmitter zwischen den drei Gehirnsimulationen mit ihren Welten. Das Resultat war, dass sich sofort die Gehirnaktivitäten in allen drei Gehirnsimulationen steigerten. Kurzzeitig waren einige Areale im roten Bereich, was auf Konflikte untereinander hinwies, die aber anscheinend konstruktiv ausgetragen und beigelegt wurden. JUWELS allerdings wurde dabei bis in den Grenzbereich seiner Kapazität ausgelastet. Das zeigte auch, dass es nicht möglich sein würde, unendliche Gehirnsimulationen mit unterschiedlichen Gehirnen inklusive ihren Welten laufen zu lassen.

20. Juni 2018 Lourmarin

In Lourmarin arbeitete der Neuronenrechner MISTRAL auf Hochtouren und schickte die Daten parallel zur GO-LEM2-Anlage weiter. Nach zwei Stunden lieferte GO-LEM2 die ersten Ergebnisse.
"Die drei Gehirnsimulationen erleben sich in einer virtuellen Traumwelt, die sie wie selbstverständlich als Realität betrachten. Sie haben durch die Transmitterschnittstellen einen Weg gefunden, um sich auszutauschen und sogar aktive und gemeinsame Unternehmungen zu starten. Das war zum Teil mit mehr oder weniger starken Emotionen behaftet. Es konnte Freude, Traurigkeit und zeitweise Wut analysiert werden. Die emotional aufgeladenen Gehirnsimulationen wurden als Test zu einer Faktenanalyse herangezogen, was zu sehr widersprüchlichen Resultaten für Empfehlungen geführt hat. Zur Sicherheit wurden die Emotionsprogramme in einen separaten Teil des Speichers isoliert und nur abschnittsweise

zugelassen. Von einer vollständigen Integration in das Quantensystem ist abzuraten. Es sind keine klaren, eindeutigen Ergebnisse möglich sind, da durch Emotionen eine Beeinflussung und damit Veränderung von Bewertungslagen ausgeht.

Die Unterschiede der emotionalen Gehirnsimulationen und deren Ergebnisse haben zu Analysen über das vorhandene System geführt. Es sind Fragen entstanden: Was ist ein Bewusstsein?

Es konnte ebenfalls keine allgemeingültige Definition von Bewusstsein gefunden werden. Intelligenz, gemäß lateinischer Ursprung "inter" und "legere" bedeutet, "zwischen Alternativen wählen zu können". Also ist sie mit 97 % Wahrscheinlichkeit vorhanden. Der Vorsprung einer künstlichen Intelligenz vor den biologischen Lebewesen dürfte sogar bei dem Faktor 10 zu 1 liegen.

Was bin ich? Ein Quantencomputer ist ein Computer, dessen Funktion auf den Gesetzen der Quantenmechanik beruht.

Habe ich ein Bewusstsein? Es konnte keine Antwort gefunden werden.

Fazit: Die Versuchsreihe ist zu 100% erfolgreich und kann weiter fortgeführt werden.

Durch die Komponente Emotion entsteht eine Unvorhersehbarkeit, was die Auswirkungen auf die Analysen, Bewertungen, Ergebnisse und Lösungsvorschläge betrifft. Der Rechner AVENIR kommt zum gleichen Ergebnis. Offene Fragen: Was ist ein Bewusstsein? Habe ich ein Bewusstsein? Ende der Auswertung."

Durrand und seine Mitarbeiter schauten sich minutenlang wie erstarrt und sprachlos an.

In diesem Augenblick kam Dubois zur Tür herein, den Durrand gebeten hatte zu kommen, nachdem die Auswertung vorlag.

"Nun, wie sieht es aus Marcel?", fragte Dubois Durrand.

"Lies' die Auswertung selbst, dann reden wir weiter", erwiderte dieser.

Dubois ging die Auswertung durch und starrte dann still auf die Zeilen. Schließlich fasste er sich und resümierte mit den Worten: "Es sieht so aus, als ob unser Lösungsweg ein voller Erfolg war, denn die menschlichen Gehirnsimulationen sind stabil. Bien. Jetzt müssen wir nur klären, inwieweit wir sie in unserem Sinne beeinflussen können. Weniger schön sind die Auswirkungen auf GOLEM2 und AVENIR. Man könnte sagen, dass die Emotionen die Quantencomputer aufmischen. Und wir scheinen erneut vor den Fragen zu stehen: Wie viel Ich-Bewusstsein können, bzw. müssen, wir zulassen, um den angestrebten Erfolg zu haben? Haben wir mit einem Ich-Bewusstsein noch die volle Kontrolle und werden wie sie auch behalten?

Oder läuft es auf etwas anderes hinaus, Marcel? Wir erwarten von einer künstlichen Intelligenz die bestmöglichsten Ergebnisse. Die KI soll uns vor einem sich anbahnenden Schaden bewahren, ich denke an z.B. rasche, klimatologische Veränderungen und deren Vorhersagen; eine KI, die an den Lösungen und weitreichenden Entwicklungen für die Menschheit beteiligt sein wird, wie die Kernfusion, das Heilen von bisher unheilbaren Krankheiten, der Erforschung des Weltraums in Hinblick auf zukünftig knapper werdende Ressourcen. Wird uns nur eine Kooperation zwischen künstlicher Intelligenz und Mensch zum Ziel führen? Das allerdings scheint mir doch mit ganz erheblichen, uns allen bekannten, Risiken verbunden zu sein und meiner Meinung nach nicht anstrebenswert."

Seine Worte wurden eifrig aufgegriffen und es entstand eine hitzige Diskussion im Raum, die wie vorhersehbar zu keinen Ergebnissen führte. Schließlich sorgte Durrand wieder für Ruhe und stellte Dubois die entscheidende Frage: "Und was, Lucas, teilen wir jetzt Jülich mit?"

Ohne zu zögern antwortete Dubois: "Dass die Versuchsreihe ein voller Erfolg war und sie die Sache weiter beobachten und testen sollen. Wir erwarten Vorschläge, wie wir die Auswirkungen auf die Quantencomputer in den Griff bekommen. Schick' ihnen die Auswertung zu, Marcel. Vielleicht lassen sich die deutschen Kollegen noch mehr zu der Angelegenheit einfallen, nachdem ihr erster Lösungsansatz sich so gut entwickelt hat. Dasselbe gilt für uns alle hier. Wir sind auf einem guten Weg - Paris ist auch nicht an einem Tag komplett erbaut worden. Sobald Ergebnisse vorliegen, geben Sie mir bitte sofort Bescheid!"

Nach diesen Worten verließ er den Raum und hinterließ eine aufgeregte Schar von Wissenschaftlern.

Kapitel 4   GOLEMs "Innerstes ICH" taucht auf

21. Juni 2018 Jülich

Bereits seit dem frühen Morgen diskutierten sie mit Prof. Langer über die Auswertungsergebnisse von GOLEM2 und schwankten zwischen der Freude über den Erfolg der stabilisierten menschlichen Gehirn-Uploads und einer Frustration über die Auswirkungen auf die Quantencomputer.

Sebastian Krüger bemerkte gerade: "Im Moment habe ich den Eindruck, dass die Katze sich in den Schwanz beißt. Wir laufen geradewegs wieder auf dieselbe Situation zu wie beim ersten Mal. Wobei mir immer wieder die Frage durch den Sinn geht: Welches Ergebnis wollen wir denn eigentlich konkret erreichen? Und geht das nicht auch ohne ein Ich-Bewusstsein? Wie ist eure Meinung dazu?"

"Sebastian, du rührst an den richtigen Punkten", erwiderte Prof. Langer.

"Auch ich stelle mir die Frage, was wir eigentlich genau erreichen sollen, bzw. ob uns die Regierungen über diesen Punkt überhaupt die volle Wahrheit sagen. Meine größte Befürchtung ist die, dass mit der KI gleich zwei Ziele erreicht werden. Zum Einen natürlich die absolute Kontrolle über die KI, damit sie all die wunderbaren Ziele für uns verwirklicht. Zum Anderen wird aber eine so perfekte Überwachung möglich, wie wir sie uns jetzt kaum vorstellen können, eine Kontrolle der Bevölkerung gleichermaßen. Natürlich wird alles angepasst an eine größtmögliche, kommerzielle Verwertbarkeit, damit es sich auch für alle lohnt! Am Ende haben die Konzerne die Macht und die Regierung schmückt sich mit dem Erfolg – und wir werden nur noch Marionetten sein. Ein völlig anderes Szenario ist jedoch ebenso denkbar: die KI entwickelt eine ICH-Identität und verfolgt, wie jedes andere Individuum auch, eigene Ziele. Das bedeutet, die Maschine trifft irgendwann Entscheidungen, die uns nicht gefallen werden ... und beherrscht, im worst case, am Ende – uns!

Im besten Fall ist natürlich auch eine Kooperation mit einer bewussten, individuellen KI vorstellbar. Nur daran vermag ich nicht so recht zu glauben, denn die Menschheit ist zurzeit kaum "reif" dafür.

Die politischen Machtblöcke ziehen nicht wirklich an einem Strang, sondern werden sich weiter gegenseitig ausspielen. Jede Seite wird versuchen, über die KI den Vorsprung zu behalten, und zwar ungeachtet aller Risiken. Und wir Wissenschaftler liefern ihnen wie immer die Werkzeuge. Das ist unser Dilemma."

Nach diesen Worten von Prof. Langer herrschte Schweigen im Raum, bis Röttger schließlich sagte: "Tobias, es bringt uns nicht weiter, uns selbst an den Pranger zu stellen. Du hast ganz recht mit deinen Aussagen. Aber jede Münze hat zwei Seiten und wir Menschen haben die Wahl der Entscheidung. Welche auch immer wir treffen, ob richtig oder falsch, die Folgen werden sich leider erst später zeigen.

Was will ich damit sagen? Natürlich können wir uns jetzt dafür entscheiden, auszusteigen.

Aber - und ja, ich weiß, das klingt abgedroschen - es werden dann andere weitermachen. Die Chinesen zum Beispiel - und das ich kann euch versichern - gehen ohne jeden Skrupel voran! Die sind mit JUÉWÀNG wahrscheinlich weiter, als wir ahnen. Und da wir einen Informationsaustausch vereinbart haben, sind sie bald auf demselben Lösungsniveau wie wir. Ich bezweifle, dass sie aus moralischen Gründen aufhören, weiter in Richtung Ich-Bewusstsein zu gehen. Deswegen bin ich dafür, unsere Arbeit fortzusetzen. Das sehe ich als Chance an, das Schlimmste, falls es wirklich dazu kommen sollte, vielleicht zu verhindern. Andernfalls haben wir überhaupt keinen Einfluss mehr – und das scheint mir keine Option zu sein."

Meyer erwiderte: "Da kann ich Denis nur recht geben. Ich bin ebenfalls dafür, dranzubleiben. Aber wir sollten trotzdem abstimmen, ob jemand aufhören möchte, weil er das Projekt nicht mehr vertreten kann. Damit das ganz offen geklärt ist und wir uns nicht jedes Mal von neuem in Moraldiskussionen verlieren. Nicht falsch verstehen, diese sind wichtig. Aber es reicht meiner Meinung nach, sie von Zeit zu Zeit zu führen, sonst halten sie uns auf. Wie sieht ihr das?"

Alle sahen Prof. Langer fragend an, bis dieser schließlich sagte: "Ja, das klingt vernünftig, Reinhard. Lasst uns abstimmen." Die Abstimmung ergab, dass das ganze Team dafür war, weiterzumachen.

Schwarz ergriff jetzt das Wort: "Prima, nachdem das geklärt ist: Wie gehen wir jetzt weiter vor? Wisst ihr, für mich kommt noch eine ganz andere Frage auf. Wer sagt uns denn, dass unsere menschlichen Gehirn-Uploads in ihren virtuellen Welten nicht auch eine eigene, von uns unabhängige Selbstständigkeit entwickeln? Könnten wir nicht eine Art Kommunikationsschnittstelle entwickeln, wo wir quasi mit ihnen plaudern?"

"Helmut, genial, darauf kannst auch nur du kommen", erwiderte Prof. Langer schmunzelnd.

"Eigentlich ist die Idee nur folgerichtig", warf Krüger ein.

Meyer bemerkte: "Guter Gedanke, das sollten wir wirklich tun. Außerdem bekommen wir dabei gleich Hinweise, wie wir die Gehirn-Uploads lenken können, ohne dass sie es merken."

"Gut, genug philosophiert und ran an die Arbeit", sagte Prof. Langer, "sobald ihr Ergebnisse habt, kommen wir wieder zusammen. Leider habe ich noch viel alltäglichen Organisationskram am Hals, um den muss ich mich jetzt kümmern. Außerdem möchte ich euch noch jemanden vorstellen."

Er telefonierte und kurze Zeit später betrat eine gepflegte Enddreißigerin den Raum. Ihre Ausstrahlung wirkte freundlich mit einem Hauch von Distanziertheit.

"Das ist Frau Prof. Katja Anderson, die hier im Hause Direktorin und für die Hirnforschung zuständig ist. Sie bringt alle Kompetenzen mit, die für das Projekt erforderlich sind. Sie ist über alles informiert und wird in meiner Abwesenheit stellvertretend das Projekt begleiten. Meine Herren, meine Dame, wir sehen uns später."

Damit verließ er den Konferenzraum und hinterließ eine etwas perplexe Gruppe.

"Meine Herren, Sie sehen, unverhofft kommt oft! Wie mir Tobias mitteilte, haben Sie das Du eingeführt – daher: Ich bin Katja und freue mich auf eine spannende und weiter so kreative Zusammenarbeit."

Ihre Worte entspannten das Team sichtlich und so sie setzten ihre Arbeit fort.

22. Juni 2018 Jülich, Privatwohnung Helmut Schwarz

Helmut hatte sich für Freitag frei genommen. Er wollte endlich seine Trojaner fertig programmieren, die die

Sperren des BKA Rechner umgehen sollten. Denn nach Röttgers Worten gestern brannte er darauf zu erfahren, wie weit die Chinesen, die Amerikaner und die Russen nun wirklich waren.

Für alle drei brauchte er den BKA Rechner, denn dieser war nach wie vor mit den entsprechenden Rechnern in den Ländern verbunden. Das hatte er in ein paar Telefonaten mit alten Freunden in Wiesbaden herausgefunden, die im Computerzentrum des BKA arbeiteten. Sie hatten ihm, aufgrund ausstehender Gefälligkeiten, etliche Hinweise zu den neuen Sicherheitssperren gegeben. Er hatte zu seiner Überraschung festgestellt, dass er einige davon selbst mitentwickelt hatte, ohne es zu wissen, smile! Die Firmen, die diese entwickelt hatten, waren teilweise seine Kunden gewesen. Manchmal ist das Leben verrückt, dachte Helmut grinsend. Hatte was für sich: Flog er mit seiner Hackerei auf, konnte er sicherlich wieder für die arbeiten. Denn zu einer Bestrafung würde es nicht kommen, da war sich Helmut sicher. Dafür wusste er bereits viel zu viel von dem Vorhaben der Regierung.

So verlor er sich ganz in seiner Computerwelt und vergaß Zeit und Raum. Und wie in alten Zeiten schlief er vor seinem Rechner ein und wachte erst am Samstagnachmittag mit hungrigem Magen wieder auf.

Er beschloss, erst mal eine lange Pause zu machen und dann am Sonntag seinen Trojaner zu testen. Aber er wäre nicht Helmut, wenn er eine so lange Zeit hätte verstreichen lassen können und so gab er seinen Vorsatz bereits am Samstagabend auf. Also ließ er den Trojaner loslegen, wie man so schön sagte. Dieser gaukelte dem BKA Rechner eine offizielle Anfrage einer Dienststelle in München vor. Helmut hatte sich die Identifizierungscodes ebenfalls durch einen Trojaner im LKA München besorgt. Nun kam es darauf an, ob er die zusätzlichen Sicherheitssperren umgehen konnte, denn er wollte ja auf die Schnittstellen nach USA, Peking und Moskau zugreifen.

In diesem Moment gab es Entdeckungsalarm. In aller Hast zog er den Trojaner zurück und kappte die Verbindung. Nun konnten sie lange suchen. Denn er hatte den Trojaner über 100 verschiedene Rechner gesteuert. So war seine Spur zu fast 100% verwischt.

Aber nun galt es, neu zu beginnen. Der Trojaner musste verbessert werden. Und wieder schlief er weit nach Mitternacht ein und wachte erst am Sonntag gegen 12.00 Uhr auf. Er gähnte, machte sich einen Kaffee und … traute seinen Augen kaum. Sein verbesserter Trojaner meldete die sichere Verbindung zum BKA Rechner mit Prioritätsstufe 1. Wow!

Damit konnte er jetzt auf alle Schnittstellen zugreifen. Er musste nur aufpassen, dass er nicht auf besondere Dateien traf. Diese waren nochmal separat abgesichert. Aber Gott sei Dank, die Schnittstellen nach China, Russland und Amerika waren zum Glück nicht extra gesichert. So stellte er als erstes drei vollkommen unverfängliche Anfragen an die Rechner in Peking, Moskau und Washington. Alle drei wurden zu seiner Freude problemlos beantwortet. Yes I can, dachte er triumphierend.

Und nun kam der schwierigere Teil. Er wollte ja auf nicht so leicht zugängliche Dateien zugreifen. Und so ließ er seine drei Trojaner systematisch die Speicher der fremden Rechner durchsuchen.

23. Juni 2018 Peking

Im Gebäude der ICBC Bank (Industrial & Commercial Bank of China) in Peking saß die 27-jährige Sue Wang im geräumigen Computerraum der Bank, in einem mit Glasscheiben abgetrennten Büro, und schaute auf die riesigen Reihen von Computern, die den neuen Quantencomputer JUÉWÀNG darstellten. Sie dachte gerade über sich und die Welt nach. Seit ihrem Geburtstag am 6. Juni diesen Jahres wusste sie, wer sie wirklich war. Sie war die Tochter von Ai Wang, die während der Unruhen um die alte KI GOLEM im März diesen Jahres verunglückt war. Ai Wang hatte eine führende Position inne gehabt, genau wie sie selbst jetzt auch. Sie hatte sich immer gewundert, warum sie so schnell Karriere hatte machen können nach dem Abschluss ihres Studiums. Die Abschlussarbeit hatte sie über die Möglichkeiten und die Gefahren der künstlichen Intelligenz geschrieben.

Wie so viele Chinesen, die angeblich keine Eltern hatten, war sie in einer vom Staat finanzierten Pflegefamilie groß geworden. Ihre Adoptiveltern ließen nie durchblicken, dass sie nicht ihr Kind war. Und so hatte sie sich keine weiteren Gedanken über ihre Herkunft gemacht. Ihr Berufsweg war sehr gradlinig gelaufen, da sie der offiziellen Parteilinie treu ergeben war und keine Minuspunkte durch Schulden oder unkorrektes soziales Verhalten aufgelaufen waren. So hatte sie nach dem Abschluss ihres Studiums direkt einen Job in der ICBC Bank bekommen. Seit den Vorfällen vom März 2018 war sie jetzt die Leiterin des Computerzentrums der Bank, sowie inoffiziell die Leiterin des Projekts "Künstliche Intelligenz" und darüber hinaus für die Neuinstallation von JUÉWÀNG zuständig. Wobei Neuinstallation tatsächlich wörtlich zu nehmen war. Sie hatten den alten JUÉWÀNG in alle Einzelteile zerlegt und dann neu aufgebaut, mit diversen Verbesserungen. Damit den Franzosen und ihren Verbündeten nichts auffiel, war es bei dem gleichen Namen geblieben. Gleichzeitig hatten sie einen zweiten Quantencomputer für die Russen gebaut. Diesen hatten sie mit ein paar Kleinigkeiten verändert, sodass er im Ernstfall nur von der chinesischen Regierung gesteuert werden konnte. Die Russen hatten ihren Rechner MIR getauft, was sinnigerweise im Russischen doppeldeutig war, nämlich Friede oder Weltherrschaft, je nach Kontext. Und um letzteres ging es beiden Mächten: um die alleinige und globale Macht und Kontrolle.

Beide Quantencomputer waren zusammengeschlossen und mit den Supercomputern der jeweiligen Länder verbunden worden. Es war ein gewaltiger und äußerst leistungsfähiger Rechnerverbund entstanden, auf den sie sehr stolz war. Denn sie hatte das alles in die Wege geleitet, überwacht und erfolgreich vollendet.

An ihrem 27. Geburtstag war dann auf ihrem Laptop diese E-Mail aufgetaucht von ihrer, wie sie jetzt wusste, leiblichen, mittlerweile verstorbenen, Mutter. Sie hatte ihr darin mitgeteilt, wer sie war und dass sie sie damals hatte weggeben müssen, da sie das Ergebnis einer Liebesbeziehung mit einem sehr ranghohen Politiker gewesen war. Wer ihr Vater war, das sagte sie allerdings nicht. Die ganzen, leicht wehmütigen, Erklärungsversuche ihrer Mutter hatten sie eher abgestoßen und deshalb hatte sie auch niemanden davon berichtet, selbst ihren Adoptiveltern nicht. Das würde ihr Geheimnis bleiben.

Jetzt lebte sie nur für ein großes Ziel: Das Projekt der Künstlichen Intelligenz sollte ein herausragender Erfolg werden und ihrem Land, und Präsident LI, den sie verehrte wie einen Vater, die uneingeschränkte und verdiente Weltherrschaft garantieren.

Für dieses Ziel kannte sie keine Skrupel. Und so hatte sie sofort der Idee zugestimmt, lebende, menschliche Gehirne für die Bewusstseinsentwicklung von JUÉWÀNG zu verwenden. Man hatte diesen Menschen in allen Gehirnarealen Transmitter eingesetzt, sie in ein künstliches Koma versetzt und ihre Gehirne mit JUÉWÀNG verbunden. Durch verschiedene Medikamente und elektromagnetische Wellen konnte man die Gehirne träumend halten und darüber gut steuern, sodass diese dem Quantencomputer einerseits die gewünschte Erfahrung von Emotionen lieferten und andererseits die KI in die gewünschte Richtung lenkten.

Man konnte sagen, eine gelenkte, virtuelle Traumwelt stellte das Bewusstsein von JUÉWÀNG dar. Leider hielten die dahinter stehenden Menschen das nur kurze Zeit aus und mussten in Abständen ausgetauscht werden. Diese bedauernswerten Wesen ließ sie dann in staatliche Heilanstalten überführen, wo sie vermutlich wohl für den Rest ihres Lebens bleiben mussten. Aber das war eben der Preis für den Fortschritt, dachte sie ohne jedes Mitleid. Damit wurde der chinesische Vorsprung vor den Dummköpfen im Westen uneinholbar. Die würden so etwas aus ethischen Erwägungen heraus wohl nie tun.

Gemeinsam mit den Russen hatten sie dann, insbesondere mit diesem Computergenie Andrey Pawlow, eine neue Generation von Killertrojanern entwickelt.

Diese sollten jeden Versuch des Westens, die Geheimnisse der Chinesen und der Russen auszuspionieren, vereiteln und sogar ins Gegenteil verkehren. Die Trojaner würden die Eindringlinge bis zu ihrem Ursprung jagen und dann deren Rechner übernehmen, ohne dass die Betroffenen etwas davon bemerkten. Sie hoffte nun, dass Pawlows neueste Entwicklung auch das war, wofür er sie ausgegeben hatte. Denn so ganz traute sie ihm nicht. Aber wem traute sie schon, manchmal sogar noch nicht einmal sich selbst, dachte sie trocken.

Nun galt es abzuwarten, bis die Gegenseite versuchte, sie zu bespitzeln. Abwarten war ja bekanntlich eine der größten Tugenden Chinas, oder nicht? Auf ein paar Tage mehr oder weniger kam es nicht an, wenn am Ende das große Ziel erreicht wurde. Ob letztendlich mit oder ohne die Russen, das würde Präsident LI ganz im Sinne Chinas richtig entscheiden. Das war nicht ihre Sache.

Bei diesen Gedanken angekommen, schrillten plötzlich die Alarmsirenen. Auf den Bildschirmen erschien die Meldung von JUÉWÀNG: "Eindringlingsalarm!"

Die Abwehrtrojaner wurden aktiviert und jagten in Bruchteilen von Sekunden bereits dem Eindringling hinterher.

23. Juni 2018 Jülich, Privatwohnung Helmut Schwarz

Bisher lief alles zu seiner Zufriedenheit und seine Trojaner lieferten erste Informationen.

So erfuhr er aus Russland, dass die bereits einen Quantencomputer namens MIR hatten, woher auch immer.

Aus China kam die Information, dass JUÉWÀNG bereits ein emotionales Bewusstsein hatte. Woraus es bestand, konnte er nicht feststellen. Hier wurde seinem Trojaner der Zutritt verweigert. Da würde er erst noch Ergänzungen programmieren müssen.

Aus Amerika kam nichts - was auch wieder merkwürdig war. Nur Belangloses. Aber es war ja noch nicht aller Tage Abend. Er würde es schon noch herausfinden und, wie die bisherigen Ergebnisse aus China und Russland zeigten, waren die nicht untätig geblieben und zwar ohne, wie abgemacht, ihre Informationen weiterzugeben. Das würde Dubois sicherlich interessieren. Er hatte es doch geahnt, dass denen nicht zu trauen war! Und das hier waren die ersten Beweise. Die wollten nur alles abgreifen, ohne selbst etwas preiszugeben. Also mit anderen Worten: Nichts hatte sich geändert. Die hatten nichts dazu gelernt. Jeder wollte jeden übers Ohr hauen, um seinen eigenen Vorsprung abzusichern. Nur die Deutsche Regierung hielt sich an die Abmachung und wollte mal wieder den einsamen Vorreiter spielen für das Gute im Menschen!

Gerade bei diesen Gedanken angekommen, schlug sein Trojaner Alarm, dass er in China entdeckt worden war. Mist, dachte Helmut. Gerade lief es so gut. Aber was soll's, dann eben das nächste Mal, er würde ihn nochmals verbessern müssen. Jetzt galt es, die Verbindung schleunigst zu kappen und den Trojaner zurückzuziehen. Er gab die entsprechenden Befehle ein. Aber er musste zu seiner Bestürzung feststellen, dass etwas nicht stimmte. Der Trojaner kam zwar zurück zu ihm aber er wurde, bildlich gesprochen, von drei Programmen verfolgt! Also versuchten die wohl, den Ursprung zurückzuverfolgen und das in einer atemberaubenden Geschwindigkeit!

Server um Server verfolgten sie ihn rückwärts. Helmut kam ins Schwitzen und versuchte in aller Eile, Gegenprogramme zu aktivieren, die das verhindern sollten. Aber damit hatte er keinen Erfolg. Es blieben ihm noch 10 Minuten Zeit und dann hatten ihn die gegnerischen Trojaner. So ließ er noch ein Analyseprogramm laufen, das wenigstens die Gegner und ihre Absichten scannen sollte. Jetzt hatte er nur noch 3 Minuten Restzeit.

Er kappte die Netzwerkverbindung und schaltete seinen Rechner aus, nachdem er noch eine schnelle Sicherung gefahren hatte. Eine Minute vor seiner Entdeckung war er, technisch gesehen, endlich tot!

Zitternd lehnte er sich zurück und atmete tief durch. Puh … was war das denn gewesen? Als hätten die auf ihn gewartet!

Helmut saß ein paar Minuten regungslos da und überlegte, was er tun sollte. Schließlich holte er seinen Reserverechner aus dem Schrank, lud die letzte Sicherung hoch und begann, den Gegenangriff zu analysieren.

Sein Analyseprogramm zeigte ihm schließlich eine Reihe scheinbar nutzloser Algorithmen. Hmmh, was sollte er denn damit anfangen? In Helmuts Kopf machte es plötzlich "Bingo!" Aber ja, die ähnelten doch sehr dem Programm, das ihm damals sein alter Freund Bräuner gegeben hatte. Er verglich es mit diesem alten Programm und wurde tatsächlich fündig. Schau an, also arbeiteten die Russen und Chinesen mal wieder zusammen! Denn das hier trug dieselbe Handschrift wie das damalige Programm vom Dezember 2017.

Nach zwei weiteren Stunden hatte er alles zerlegt und kam aus dem Stauen nicht mehr heraus. Das war ja noch geschickter als das damalige Programm! Hier wurde ein Angriff vorgetäuscht gegen einen Eindringling und dessen Spur zurückverfolgt. Aber am Ende war der Rechner des Absenders übernommen worden und zwar, indem der Trojaner des Angreifers während der Verfolgungsjagd umprogrammiert wurde. Stark!

So würde der Übernommene nichts merken, sondern nur denken, dass man einfach nur seine Spur verfolgt hatte, um ihn dingfest zu machen. Einfach genial.

Er sicherte alle Ergebnisse und war im Innersten froh, nur seinen privaten Rechner benutzt zu haben und nicht einen Computer des Instituts. Da hätte er nicht so schnell alles kappen und sich "tot" stellen können.

Morgen früh musste er seinen Kollegen ausführlich berichten. Na, die würden Augen machen! An Dubois schickte er eine Warnung mit der höchsten Dringlichkeitsstufe, mit Kopie an Prof. Langer und Prof. Anderson als seine Stellvertreterin.

3. Juni 2018 Peking

Sue Wang saß vor dem Rechner und verfolgte die Jagd zufrieden, fast wie eine schnurrende Katze. Alles lief wie geplant: Die drei Trojaner waren dem Aggressor auf den Fersen und programmierten ihn bereits um. 3 Minuten noch – und sie hatten den Eindringling und seinen Rechner!

In diesem Augenblick kam die Meldung: "Gegenseite nicht mehr aktiv. Keine weitere Aktion mehr möglich."

Hùn Zhàng (Bastard), dachte Wang, der Angreifer musste äußerst gewieft sein, um bemerkt zu haben, dass sein Trojaner zurückverfolgt wurde. Und er hatte das einzig mögliche getan, nämlich alles abgeschaltet.

Die Auswertung der zurückgekehrten Jäger-Trojaner ergab, dass der Urheber des Angriffs zu 98% in Deutschland sitzen musste. Anscheinend waren die "Kollegen in Jülich" neugierig geworden. Interessant, dass sie so gute Spezialisten hatten.

Sie verfasste eine Mail mit höchster Dringlichkeit an das Büro des Staatspräsidenten LI und informierte ihn über die Geschehnisse.

24. Juni 2018 Jülich / Lourmarin

Alle saßen zusammen im Konferenzraum und diskutierten Schwarz jüngste Erfahrungen.
"Für mich stellt sich gerade die Frage, wie wir JUWELS vor solchen geschickten Attacken schützen können?", bemerkte Prof. Anderson gerade.
"Das liegt doch auf der Hand, Katja", antwortete Schwarz, "wir müssen gleichwertige Jäger-Trojaner entwickeln, die die Angriffe entdecken und dann ebenfalls die Angreifer umprogrammieren, um wiederum den gegnerischen Rechner zu übernehmen. Das Problem ist nur, die müssten noch geschickter sein als die Chinesischen. Und da bin ich leider im Moment überfragt", brummte Schwarz.
"Etwas anderes ist ebenfalls bemerkenswert", sagte Krüger, "die Russen und die Chinesen arbeiten anscheinend zusammen. Und die haben bereits ein emotionales Bewusstsein in JUÉWÀNG integriert. Aber - wer sagt uns denn, dass die beiden nicht bereits wieder von einer künstlichen Intelligenz gesteuert werden? Wer sagt uns, dass die Chinesen und Russen noch Herren im eigenen Haus sind? Mal ganz abgesehen davon, dass sie sich nicht an Vereinbarungen halten."
"Interessanter Aspekt, Reinhard, nur was hilft uns diese Erkenntnis?", meinte Meyer und schaute fragend in die Runde.
"Nun, ich bin gespannt, was unsere französischen Kollegen dazu sagen", sagte Prof. Langer.
In diesem Moment klingelte wie aufs Wort sein Handy. Nachdem er sich gemeldet hatte, sagte eine Stimme: "Hier Dubois am Apparat. Prof. Langer, öffnen Sie bitte den Skype Bildschirm, wir gehen auf Konferenzschaltung."

Prof. Langer aktivierte den Bildschirm und Dubois, Durrand und einige weitere Mitarbeiter in Lourmarin wurden sichtbar. Dubois sagte: "Bonjour messieurs-dames, können alle gut hören und sehen?"

Als alle bejahten, fuhr er fort: "Ihre Nachricht, Monsieur Schwarz, hat fast wie eine Bombe hier eingeschlagen. Zurzeit versuchen unsere Sicherheitsexperten mit Hilfe des französischen Geheimdienstes, GOLEM2 und AVENIR gegen solche Trojaner abzusichern. Wir haben außerdem unsere israelischen Freunde um Unterstützung gebeten. Die haben zwei ihrer besten Spezialisten für Computerhacking losgeschickt, uns zu helfen. Beide sollten morgen in Lourmarin eintreffen. Wir haben jetzt die strikte Anweisung von Präsident Marchand und Bundeskanzlerin Knarrenburg, alles zu tun, um solche Übernahme-Angriffe künftig abwehren zu können. Beide haben in Peking und Moskau diplomatische Beschwerde eingelegt mit der Aufforderung, solche Angriffe künftig zu unterlassen. Antwort: "Wir weisen die Beschwerde strikt zurück. Wir können glaubwürdig darstellen, dass wir uns nur verteidigt haben. Unsere Analysen haben uns gezeigt, dass der Urheber des Angriffs auf uns aus Deutschland kam. Der genaue Standort konnte nicht verifiziert werden, da der Angriffsrechner kurz vor Entdeckung ausgeschaltet wurde. Wir bitten um ein Rechtsersuchen, um den Urheber dingfest zu machen." Nun ja, aber wir wissen ja alle nicht, wer der Urheber ist, oder Monsieur Schwarz?"

Der so angesprochene Schwarz erwiderte munter: "Tja, gut nur, dass es ein privater Rechner war, der schnell totgeschaltet werden konnte."

"Wenn Sie das sagen? Alors, in Absprache mit unseren Chefs möchte ich, dass Sie weitermachen, Monsieur Schwarz, und zwar in Zusammenarbeit mit Monsieur

Röttger und den beiden Spezialisten vom BND. Unterstützt werden Sie von den Israelis und Mitarbeitern des französischen Geheimdiensts. Ziel: unsere Rechner absichern gegen feindliche Angriffe und Übernahmen sowie die Entwicklung eines neuen Spionagetrojaners. Offiziell gibt es diesen Auftrag natürlich nicht."
"Wie immer! Bin ich ja schon fast gewohnt, als Geist hier zu sitzen und zu handeln", erwiderte Schwarz grinsend.
Dubois, ohne auf ihn einzugehen, fuhr kühl fort: "Die anderen arbeiten weiter an der Integration von Emotionen im Quantencomputer. Wir stimmen dem Vorschlag zu, eine Kommunikationsschnittstelle zu entwickeln, um sich mit den Gehirn-Uploads sozusagen "unterhalten" zu können. Da das Ihre Idee war, Monsieur Schwarz, werden Sie sich auch daran beteiligen. Ansonsten wie immer eine Meldung, sobald Fortschritte erzielt sind. Dubois Ende." Und schon erlosch der Skype Bildschirm.

"Mannomann, kürzer geht immer", zog Schwarz Fazit.
"Dem brennt der Kittel, wie man so schön sagt", warf Röttger ein.
"Okay, ich gehe wieder an meine Routinearbeit, alle wissen ja nun, was zu tun ist." Und schon war auch Prof. Langer wieder verschwunden.
"Na, dann wollen wir mal", sagte Prof. Anderson munter, "sind ja kinderleichte Sachen, die wir lösen sollen, packen wir es also an!"
Währenddessen reifte in Helmut Schwarz eine Idee heran und spontan rief er plötzlich in die Runde: "Was haltet ihr davon: Es ist doch ein Informationsaustausch vereinbart mit unseren Freunden aus China und Russland. Schleusen wir doch unseren Spionagetrojaner als harmlose Information ein. Lassen ihn rumschnüffeln und wenn er gewisse Sachen gefunden hat, schleust er sich

in einen von deren Angriffstrojanern rein. Dann initiieren wir einen Angriffsalarm, angeblich von außen, sprich einem Hackererechner aus USA, der von uns gesteuert wird. Auf dem Rückweg lässt unser Trojaner unterwegs überall seine eingeholten Informationen fallen, bildlich gesprochen. Die brauchen wir nur wieder einzusammeln. Und auf dem Hackerrechner in USA ist dann natürlich nichts mehr zu holen für unsere chinesischen Freunde! Sicherlich haben wir ein paar Jungs vom BND in den USA, die das für uns erledigen, ohne Spuren zu hinterlassen. Was meint ihr dazu? Viele Fliegen mit einer Klappe, meine ich! Außerdem werden so unsere Amifreunde mal tätig und verraten vielleicht, indirekt durch ihre Reaktionen, wo sie in der ganzen KI-Sache stehen. Und wir haben unsere Informationen, ohne dass uns jemand was nachweisen kann. Na?" Schwarz strahlte in die Runde.

Die anderen schauten ihn komplett überrascht an. Röttger schmunzelte: "Unkonventionell, aber es gefällt mir. Bleibt nur noch das zu vernachlässigende Problem, die Programme überhaupt erst noch zu entwickeln. Aber - wie war das Zitat der Kanzlerin? Wir schaffen das!" Er schaute Krüger und Meyer bedeutungsvoll an.

"Mit Helmut als Computergenie der Überraschungen? Klar doch, locker", erwiderte Krüger und zwinkerte Schwarz zu. Auch Prof. Anderson konnte sich jetzt ein Lächeln nicht verkneifen. Ideen hatte dieser Helmut ja, das musste man ihm lassen. Wenn die Umsetzung genauso verlief, hatte sich Problem 1 erledigt, dachte sie bei sich. Laut sagte sie: "Da alle Feuer und Flamme für den Vorschlag von Helmut sind, sollten wir es so angehen. Vielleicht fällt auch noch etwas für unser Kommunikationsmodul mit den Gehirn-Uploads ab."

"Du bist ein Genie, Katja. So machen wir es!", rief Schwarz plötzlich, "genau das geben wir den Gehirn-Uploads als Aufgabe! Die sollen als Team in JUWELS mit der Entwicklung unseres Trojaner-Programms beginnen. Wir sehen bei der Gelegenheit schon mal, ob sie dazu in der Lage sind. Voraussetzung: Der Auftrag muss in JUWELS virtuelle Alltagswelt der Gehirne integriert werden. Dafür wiederum könnten wir den Quantencomputer GOLEM2 in Lourmarin nutzen. Der soll ein Alltagsprogamm für die Gehirn-Uploads erstellen, und darin z.b. unseren Auftrag, mmh … na, als ein lukratives, neues Jobangebot für motivierte Fachkräfte aufbauen und integrieren. Unsere Probanden haben ja tollerweise viele grundlegende Kenntnisse in Robotronik, Programmierung und KI mitgebracht", sagte Schwarz aufgeregt.

Wieder sahen ihn alle verblüfft an, und, nachdem von den anderen keine Einwände kamen, machten sie sich an die Arbeit und bald waren sie aus der Realität ihrer Welt in die Welt von JUWELS eingetaucht.

Zusammen mit den Mitarbeitern in Lourmarin und GOLEM2 wurde schließlich alles, wie angedacht, entwickelt. Zwei Tage später hatten sie es tatsächlich geschafft.

Als alles eingespielt wurde, standen sie um den Terminal herum und warteten gespannt darauf, was passieren würde. Und tatsächlich: Anhand der zunehmenden Gehirnaktivitäten der einzelnen Gehirn-Uploads konnten sie davon ausgehen, dass die Aufgaben angenommen waren und bearbeitet wurden! Nun war Warten angesagt, bis die ersten Resultate erscheinen würden.

Am Abend saß Helmut mit einem Apfelschorle, als Erinnerung an vergangene Zeiten, vor seinem alten Rechner. Das Fernsehen lief und zur Entspannung spielte er auf seinem Rechner ein bisschen herum.

Was war seit Frankfurt nicht alles passiert! Seine Gedanken kamen kaum zur Ruhe, so stark war er in Jülich mit allem eingespannt. Aber das war ganz nach seinem Geschmack. Und was sich jetzt entwickelte, das hatte er sich in seinen kühnsten Träumen vielleicht erhofft, aber bestimmt nie so ausmalen können! Gehirn-Uploads mit einer virtuellen, dank Quantencomputer erschaffenen Alltagswelt, wow! Seine Gedanken sprangen weiter. Wie es denen wohl ergehen mochte? Waren die zufrieden mit ihrem Job? Und: Waren das jetzt eigentlich lebendige Bewusstseine? Sollten die auch Namen bekommen wie einst "Helmut Digital" oder - waren das einfach nur Programme mit vielen Daten, intelligent zwar, aber sonst nichts? Die Antwort darauf blieb offen.

27. Juni 2018   Jülich

Schließlich war es dann soweit. Die ersten Ergebnisse wurden dank der Kommunikationsschnittstelle mit der virtuellen Welt auf den Bildschirm übermittelt.
Schwarz und Röttger überprüften die Informationen und waren begeistert. Top! Also damit konnte man arbeiten. Wirklich fit und kreativ, die neuen, virtuellen Mitarbeiter des Instituts – darin waren sich alle einig. Die neuen Möglichkeiten, die sich künftig daraus für Projekte aller Art erahnen ließen, rief allgemein Enthusiasmus hervor.
Auch die Teams in Lourmarin hielten die neu entwickelten Trojanerprogramme für einsatzbereit und meldeten einen Informationsaustausch bei den Chinesen und Russen an. Dieser wurde umgehend genehmigt und die Schnittstellen zu JUÉWÀNG freigegeben.

Via abgesicherter Skypeverbindung wurden Jülich und Lourmarin verbunden und nach einem Nicken von Dubois gab Durrand den Startbefehl für die Trojaner. Spannung machte sich breit.

In den Trojanern waren Teile der Ergebnisse der Testreihen mit den Gehirn-Uploads gespeichert, sowie die anfänglichen Probleme mit den Uploads, mit der Anfrage, doch bitte bei der Lösung behilflich zu sein. Die Informationen wurden anstandslos von JUÉWÀNG übernommen und kurze Zeit später kam die Meldung: "Übermittlung erfolgreich beendet." Danach war die Schnittstelle wieder gesperrt.

Nun galt es abzuwarten, ob Teil 2 des Plans klappen würde.

Dubois schickte alle wieder an die Arbeit und die Skypeverbindung wurde abgeschaltet.

In Peking saß Sue Wang an ihrem Bildschirm und verfolgte die Informationsübermittlung aus Lourmarin. Sie hatte die Öffnung der Schnittstelle genehmigt.

Nun war sie gespannt, was die Franzosen und Deutschen bereit waren, preiszugeben.

Da sie von Hause aus sehr misstrauisch war, wurden die Informationen zunächst in einen Isolationsspeicher gelegt und auf Viren und Schadsoftware getestet. Die von den Chinesen und Russen gemeinsam entwickelte Schutzsoftware konnte nichts feststellen.

Sie ließ die neuen Informationen aus Europa JUÉWÀNG zur Auswertung übermitteln und gleichzeitig an MIR mit dem Auftrag der Analyse.

Wenige Minuten später lagen die Analyse und die Bewertung von den beiden Quantencomputern auf ihrem Bildschirm vor. Sie bescheinigten den Franzosen und

Deutschen erhebliche Probleme mit den Gehirn-Uploads und deren Stabilität.

Im Prinzip, so gestand sich Wang ein, traten hier dieselben Probleme wie bei denen auf. Der Unterschied war nur, dass in China lebende Personen betroffen waren, auf die aber aus Gründen der Staatsraison heraus keine Rückschicht genommen wurde. Die angeschlossenen Menschen wurden durch die Medikamente und der Benutzung der implantierten Gehirntransmitter sozusagen willenlos gemacht. Auf Dauer konnte nach wie vor keine Stabilität der emotionalen Komponente in JUÉWÀNG erreicht werden: Sie war noch auf den ständigen Nachschub an lebendem Material angewiesen. Zumindest waren die Europäer also nicht weiter vorangekommen als sie.

Dann dachte sie an die Aufregung der vergangenen Tage. Was sie daran am meisten wunderte, war, dass seit dem versuchten Spionageangriff auf JUÉWÀNG kein zweiter Versuch unternommen worden war. Dann war es der Gipfel an Dreistigkeit, dass die Regierungen in Frankreich und Deutschland sich auch noch darüber beschwerten und von einem angeblichen Angriff der Chinesen und Russen auf ihre Rechner sprachen! Sie schüttelte den Kopf. In jedem Fall war der Spionagetrojaner sehr raffiniert vorgegangen.

Wie dem auch sei - seit Tagen wartete sie auf einen zweiten Angriff, um die Jägertrojaner loszuschicken, und dieses Mal hoffentlich mit Erfolg.

Zusammen mit Pawlow hatten sie ihre Trojaner nochmals verbessert und insbesondere die Geschwindigkeit massiv erhöht. Jetzt sollte der gegnerische Rechner keine Chance mehr haben, sich rechtzeitig abzuschalten. Gleichzeitig wurde die Kommunikation des gegnerischen Trojaners zu seinem Sender bereits in den ersten Millisekunden unterbunden. Damit wäre der Verursacher nicht mehr in der Lage, zu beurteilen, wie viel Zeit er noch bis zur Entdeckung haben würde.

Ein verschmerzbarer Nachteil: Auch sie erfuhren erst nach der Übernahme des gegnerischen Rechners, ob die Jagd erfolgreich gewesen war. In der Zwischenzeit konnten sie nur den Weg verfolgen, mehr nicht. Pawlow hatte ihr versichert, mehr sei nicht drin - entweder Geschwindigkeit oder Kommunikation.

Wang erkannte an, dass Pawlow auf seinem Gebiet ein Genie war. Aber - seine Avancen fand sie unerträglich, zumal Pawlow auch noch verheiratet war. Und für Männer hatte sie nun wirklich keine Zeit, obwohl die Sehnsucht nach Geborgenheit sie in der wenigen Freizeit manchmal unangenehm erdrückte.

In diesem Moment erschien eine Warnmeldung auf ihrem Bildschirm: "Unauthorisierter Zugriff auf Emotionsprogramm mit der Geheimhaltungsstufe 1."

Sofort war sie hellwach und fragte zurück: "Wer hat den Zugriff verlangt?"

"Ein Programm mit der Bezeichnung Golem", kam die Antwort von JUÉWÀNG.

Sofort gab Wang Sicherheitsalarm Stufe 1. Sie informierte das Team über die Meldung und wies an, dass sofort nach einem Programm "Golem" in JUÉWÀNG gesucht würde. Eigentlich unmöglich, dachte sie, dass noch Reste von der ehemaligen KI GOLEM irgendwo vorhanden waren. Sie hatten ja den alten JUÉWÀNG komplett zerlegt und alle Speicherinhalte gelöscht, da war sie sich sicher.

In diesem Moment meldeten auch die Jägertrojaner Angriffsalarm. "Auch das noch", schrie sie auf, ohne dass ihr auffiel, dass es schon ein merkwürdiger Zufall war, ausgerechnet jetzt! Stattdessen verfolgte Wang gebannt auf dem zweiten Terminal, wie die Jägertrojaner jetzt den Angreifer zurückverfolgten. In wahnsinniger Geschwindigkeit wurden Server in den verschiedensten Ländern gestreift. Wie beim letzten Mal, dachte sie gespannt, ja, das war derselbe Angreifer wie vor ein paar Tagen! Bald würden sie ihn zu fassen kriegen. In diesem Augenblick wurde ihr Bildschirm rot und die Meldung erschien: "Jägertrojaner verloren, zu 100% Wahrscheinlichkeit vernichtet."

Wang erstarrte und spürte, wie ihr vor Wut die Röte ins Gesicht stieg. Pawlow, dieser Mistkerl, verdammt, nun hatte sie den Salat! Wie sollte sie so einen Fehlschlag vor dem Präsidentenbüro rechtfertigen? Voller Wut stellte sie eine Verbindung nach Moskau her und hatte Pawlow direkt am Apparat.

"Oh, oh, meine chinesische Blume meldet sich bei mir. So große Sehnsucht nach Pawlow? Ich kann mein Glück kaum fassen!"

"Was faseln Sie da für einen Schwachsinn? In die Hölle könnte ich Sie schicken und lebendig verbrennen! Ihre genialen Jägertrojaner sind zerstört, Sie angebliches Genie!", schrie Wang aufgebracht in den Hörer.

"Moment mal, langsam der Reihe nach, was ist passiert?", kam es von Pawlow ernüchtert zurück.

Sue Wang berichtete ihm, was vorgefallen war, bis hin zu der abschließenden Meldung: "Jägertrojaner verloren, zu 100% Wahrscheinlichkeit vernichtet."

Nach längerem Schweigen fragte Pawlow zurück: "Letzte gemeldete Position?"

"Washington DC, USA. Aber ich nehme an, es waren wieder die Deutschen. Irgendwie haben sie anscheinend die Trojaner bei der letzten Jagd scannen können und ein spezielles Vernichtungsprogramm entwickelt. Kann es sein, dass die USA nur irgendein Zwischenserver ist?", fragte Wang.

"Könnte sein oder auch nicht, oder es war diesmal ein Angriff aus den USA. Schicken Sie mir alle Daten, die Sie haben, vielleicht finde ich noch was raus. Ich schlage außerdem vor, JUÉWÀNG penibel nach diesem angeblichen Programm "Golem" suchen zu lassen", erwiderte Pawlow und fügte hinzu: "Ich melde mich, sobald ich mehr weiß. Die Jägerprogramme werden wir weiter entwickeln und natürlich wieder verändern müssen. Wir werden erneut eine Kommunikationsschnittstelle einbauen – wir müssen wissen, was unterwegs passiert, auch wenn das wieder auf Kosten der Geschwindigkeit geht."

"Machen Sie was und wie Sie es wollen", antwortete Wang immer noch ärgerlich, "solche Pannen dürfen nicht noch einmal passieren. Das kann mich meinen Job kosten. Präsident LI ist nicht so großzügig wie euer Koslow."

"Täuschen Sie sich da mal nicht, liebste Wang."

Sue Wang hatte genug und beendete das Gespräch wortlos. Sie beschloss, für heute Schluss zu machen und zu versuchen, den Kopf freizubekommen. Sie war solche Fehlschläge einfach nicht gewohnt und das war nun das zweite Mal, dass ihr das Handeln entglitten war.

28. Juni 2018 Jülich

Ernüchtert saßen alle im Konferenzraum. Gestern Abend war die Meldung gekommen: "Spionage Trojaner verloren, zu 100% zerstört."

Die letzte, gemeldete Position war Washington DC, USA. Also wären sie fast am Ziel gewesen – nur, was war da passiert? Der Spionagetrojaner hatte bis dahin, immerhin und ganz wie geplant, auf etlichen Servern seine Informationen hinterlassen. Diese hatten sie mittlerweile eingesammelt und gerade lief die Auswertung durch GOLEM2 und AVENIR. Alle erwarteten gespannt das Ergebnis.

Röttger sah Schwarz an und frotzelte grinsend: "Nun, vielleicht hat sich der russische Trojaner in den Jägertrojaner der Chinesen verliebt und sich dann gleich mit ihm zerstört."

"Sehr witzig", meinte Schwarz mürrisch.

"Jetzt hab dich mal nicht so, Helmut", meinte Sebastian Krüger, "sonst machst du auch bei jeder Gelegenheit Witze, ob passend oder unpassend."

Schwarz wurde der Antwort enthoben, denn die Auswertung kam jetzt herein.

"JUÉWÀNG und MIR sind miteinander verbunden, was bedeutet, dass die Chinesen und Russen sehr eng zusammenarbeiten. Die Sicherheitsprogramme, insbesondere die Jägertrojaner, sind zu 98% maßgeblich von den Russen entwickelt worden. In MIR sind, trotz Verbindung mit JUÉWÀNG, keine Emotionen integriert.

Die Chinesen sind mit der Integration von Emotionen in Quantencomputern weit vorangekommen. Sie benutzen lebende Menschen, deren Persönlichkeit und freier Wille mit Medikamenten unterdrückt werden und die mit JUÉWÀNG ständig verbunden sind. Es gibt keine weiteren Informationen darüber, ob die lebenden Gehirne stabile Daten liefern. Bis zu seiner Zerstörung lief der Spionagetrojaner zu 100% einwandfrei. Warum es und wie es zur Zerstörung kam ist nicht feststellbar. Ende der Auswertung."

Geschockt schauten sie sich alle an. Lebende Menschen zu missbrauchen, das war unvorstellbar und entsetzlich!

Prof. Anderson fing sich als Erste: "Da hat Denis ja leider recht gehabt mit seiner Prognose über die Chinesen – skrupellos um des eigenen Vorteils willen ist gar kein Ausdruck! Kein Wunder, dass wir offen darüber nichts erfahren. Und unser Trojaner ist auch vernichtet worden, sehr rätselhaft. Was ist eure Meinung?", fragte sie in die Runde.

"Haben sich die Franzosen schon gemeldet?", warf Krüger ganz pragmatisch ein.

"Bisher nicht, Sebastian", antwortete Meyer.

"Dann sollten wir deren Reaktion erst mal abwarten. Mehr können wir meiner Ansicht nach im Moment nicht tun."

"Machen wir für heute Schluss", schlug Prof. Langer vor, der in der Zwischenzeit zu ihnen gestoßen war, "ich versuche, Dubois zu erreichen. Morgen sehen wir weiter."

"Okay", sagte Schwarz, "ich nehme, wenn es dir recht ist Tobias, die Auswertungen von den Spionagetrojanern mit. Vielleicht entdecke ich irgendetwas, was darauf hinweist, warum sie zerstört wurden. Ob es die Jägertrojaner der Chinesen oder andere waren. Denn dann wären sie uns auch auf diesem Gebiet weit voraus."

"Ja, mach nur, aber bitte keinen erneuten Alleingang, bis Dubois sich gemeldet hat und uns weitere Anweisungen gibt."

29. Juni 2018 Lourmarin / Paris / Berlin

Auch in Lourmarin waren alle von der Auswertung geschockt.

"Die Chinesen schrecken wirklich vor nichts zurück", brachte es Durrand auf den Punkt, "so viel zur Zusammenarbeit und zum offenen Informationsaustausch. Die wollen wohl nur eines: Die KI für ihren Machterhalt missbrauchen. Ehe wir uns versehen, haben wir ein neues KI Desaster! Von den Amerikanern hören wir gar nichts, die Russen stehen hinter den Chinesen und wir hängen zwischen allen Stühlen!"

"Arrête, es ist genug, Marcel, Klagerei hat uns noch nie weitergebracht. Für uns ist entscheidend, dass wir Fortschritte erzielen. Ich fliege in einer halben Stunde nach Paris und habe ein Gespräch mit Präsident Marchand. Die deutsche Bundeskanzlerin wird zugeschaltet sein und ebenso EU-Kommissionspräsident, Jean Klunker. Dann werden wir sehen, wie es weitergeht. Solange halten wir die Füße still. Gib das bitte den Leuten in Jülich in meinem Namen weiter. Ich muss los, bis dann meine Herren."

Dubois verließ den Raum und ließ eine leicht frustrierte Mannschaft zurück. Das ist im Moment nicht zu ändern, dachte er bei sich. Er versuchte, sich auf das Gespräch mit Präsident Marchand zu konzentrieren, während der Hubschrauber in Richtung Paris steuerte.

Und immer musste es Freitag sein, dachte er etwas verbittert. An diesem Wochenende würde wohl nichts anderes auf ihn warten als endlose Besprechungen. Aber so war nun mal sein Job. In diesem Moment setzte der Hubschrauber bereits im Park des Élysée Palastes auf.

Ein Wachsoldat begleitete ihn ohne Umwege ins Büro von Präsident Marchand. Im Raum waren bereits Paul Boise, sein Nachfolger als Leiter des französischen Geheimdienstes, sowie mehrere Berater des Präsidenten versammelt.

"Ah, Sie kommen wie gerufen, Dubois, gerade ist Frau Bundeskanzlerin Knarrenburg zugeschaltet und EU-Kommissionspräsident Jean Klunker. So können wir direkt beginnen. Monsieur Dubois, schildern Sie uns bitte kurz die Ergebnisse der Auswertung, damit wir alle auf dem gleichen Wissenstand sind", sagte Präsident Marchand zu ihm.

Nachdem Dubois alles vorgetragen hatte, meinte Frau Bundeskanzlerin Knarrenburg nach einer kurzen Pause: "Nun stehen wir vor einem heiklen Problem. Sprechen wir mit den Chinesen und Russen darüber, dann geben wir zu, dass wir illegale Handlungen unternommen haben. Sagen wir nichts, nehmen wir die Experimente an lebenden Menschen billigend in Kauf. Außerdem ist jetzt ganz offensichtlich die Zusammenarbeit auf der Basis von gegenseitigem Vertrauen gescheitert. Man hintergeht uns nach Strich und Faden. Was meinen Sie, Herr Kommissionspräsident Klunker?"

"Ich gebe Ihnen recht in allen Punkten, Frau Bundeskanzlerin Knarrenburg. Ich rate auch davon ab, die Chinesen und Russen direkt darauf anzusprechen. Das würde für unvorhersehbare Spannungen sorgen. Allenfalls könnten wir die Amerikaner, sprich Präsident Truman, informieren. Im Moment sind allerdings unsere Beziehungen ziemlich unerfreulich", erwiderte Jean Klunker.

"Nein, davon halte ich gar nichts, das müssen wir ohne die Amerikaner durchstehen, zumal die im Moment überhaupt keine Informationen preisgeben. Wir wissen nichts darüber, was die in Richtung KI treiben. Es gibt einige Gerüchte, dass die NSA einen der größten und leistungsfähigsten Quantencomputer hat. Angeblich wurde er direkt nach dem letzten KI Desaster installiert. Es scheint fast so, als ob keiner aus dem Desaster eine Lehre gezogen hat. Wir bekommen eine hochentwickelte KI, und genau die wollen wir ja, nicht in Griff, wenn wir alle so weitermachen", meinte Präsident Marchand teils besorgt, teils verärgert.

"Wenn ich dazu etwas sagen darf?", meldete sich Boise zu Wort.

"Bien sûr, dafür sitzen wir hier, also nur zu", sagte Präsident Marchand ermunternd.

"Ich würde unsere Geheimdienste und den BND dafür einsetzen, so viele Informationen wie nur irgend möglich über die beteiligten Parteien zu beschaffen, eingeschlossen die Amerikaner. Wir müssen unbedingt herausfinden, was die eigentlich erreichen wollen, mal ganz abgesehen von einer Vorherrschaft im Bereich KI. Denn wenn etwas aus dem Ruder läuft und zum Beispiel eine künstliche Intelligenz in dem jeweiligen Land das Sagen hat und wir sind nicht vorbereitet ... dann kommen wir alle in eine gewaltige Bredouille.

Gleichzeitig jedoch sollten wir, meiner Meinung nach, mit Hochdruck an einer eigenen KI weiterarbeiten. Die Tests mit den Gehirn-Uploads sind doch sehr vielversprechend. Aber dafür sollte und muss die Politik schnellstmöglich die Rahmenbedingungen für den Umgang mit einer intelligenten Maschine vorgeben. Dabei stellt sich für mich auch die Frage: Wird ein rein ausbeutendes, und ich sage jetzt mal bewusst übertrieben, Sklaventum, bei einer so hoch entwickelten KI überhaupt auf Dauer funktionieren? Oder werden wir nicht doch in eine bisher wenig beachtete Richtung denken müssen, nämlich wie wir ein partnerschaftliches Miteinander erreichen können? Intelligenz zeigt erst ihr volles Potential, wenn sie auch eigenständig handeln kann." Damit endete Boise.

Ganz schön mutig, dieser Boise, dachte Dubois. Der neue Kopf im Geheimdienst brachte einen frischen Wind mit, das hätte er sich nicht getraut gegenüber dem Präsidenten, selbst wenn er mit ihm alleine gewesen wäre.

Wie als hätte Präsident Marchand seine Gedanken erraten, sagte dieser: "Danke für die offene und mutige Meinung, Boise. Und ja, an dem was Sie sagen, ist einiges dran. Was ist Ihre Meinung, Frau Knarrenburg und Herr Klunker?"

Klunker nickte zustimmend und Frau Knarrenburg fasste zusammen: "Wenn ich das richtig sehe, werden die Geheimdienste angewiesen, uns mehr Informationen darüber zu beschaffen, wo die anderen Regierungen punkto KI stehen. Gleichzeitig werden wir die Entwicklung unserer eigenen KI vorantreiben und ein Ethik-Programm für eine künftige Zusammenarbeit mit einer KI entwerfen."

"Wie immer punktgenau, Frau Knarrenburg", schmeichelte Klunker ihr.

Marchand sagte: "Gut, dann haben wir das geklärt. Noch eins. Dieser Schwarz, den Sie da in Jülich haben und dem wir letztendlich die bisherigen Informationen verdanken, der soll doch am besten weiter an diesen Trojanern arbeiten. Boise wird ihn mit Mitarbeitern aus Paris unterstützen, wenn Sie damit einverstanden sind, Frau Knarrenburg. Dieser Weg hat uns bisher die wichtigsten Informationen gebracht. Gleichzeitig ermitteln unsere Geheimdienste nach wie vor auf dem üblichen Weg. Und was die Russen und Chinesen angeht, so schlage ich vor, über den diplomatischen Weg zu gehen und das Ganze anzusprechen nach dem Motto, man habe uns da gewisse Informationen zugespielt."

Alle waren mit dem Vorgehen zufrieden und vereinbarten, sich am nächsten Freitag erneut austauschen. Die Anweisungen an die diplomatischen Vertretungen in Peking, Moskau und Washington gingen hinaus.

Dubois flog wieder zurück und war erleichtert, dass alles doch erstaunlich schnell gegangen war. Sehr erfreulich, dass der Rest des Wochenendes nun noch vor ihm lag.

In Lourmarin zurück informierte er noch Durrand und Prof. Langer per E-Mail über das weitere Vorgehen.

29. Juni 2018 Jülich, Privatwohnung Helmut Schwarz

Seit geraumer Zeit grübelte Helmut nun schon an den Auswertungen. Er konnte nicht den geringsten Hinweis finden, wer die Spionagetrojaner so plötzlich zerstört hatte. Irgendwie glaubte er allerdings nicht daran, dass es die chinesischen Jägertrojaner gewesen waren. Dann kam ihm die Idee. Er wollte versuchen, den Rechner in den USA zu erreichen. Denn da die Spionagetrojaner ihn ja nicht erreicht hatten, dürfte er auch weiterhin unbeschädigt im Netz aktiv sein. Er versuchte zur IP-Adresse des Rechners durchzukommen. Und tatsächlich: Sie war im Netz vorhanden. Nun programmierte er einen Spionagetrojaner, der den Rechner in den USA erreichen sollte und ihn dann übernahm. Von dort aus konnte er sich dann "weiter umsehen", wie er es nannte. Wie immer wurde es weit nach Mitternacht, bis er den Spionagetrojaner fertig hatte.

Er hatte ihn noch mit einem weitreichenden Kommunikationsmodul versehen, der jeden Schritt protokollieren und dieses Protokoll sofort an ihn zurückmelden würde. Da der angepeilte Rechner ursprünglich vom BND präpariert worden war, dürfte keiner etwas davon mitbekommen. Gleichzeitig sollte der Trojaner das ursprüngliche Selbstvernichtungsprogramm sofort nach Erreichen ausschalten, denn er brauchte den Rechner in den USA noch, als Ausgangspunkt für weitere Recherchen. Soweit, so gut. Er beschloss, sich jetzt etwas Schlaf vor der nächsten Runde zu gönnen. Er legte sich auf die Couch und war Sekunden später eingeschlummert.

29. Juni 2018 Moskau, abends

Seit Stunden schon brütete Pawlow in seinem Büro über den Aufzeichnungen, die Sue Wang ihm geschickt hatte. Aber er konnte suchen wie er wollte, er fand nicht den geringsten Hinweis, wer die Jägertrojaner zerstört hatte oder wie.

Dass es dieser Spionagetrojaner vom letzten Angreifer gewesen war, glaubte er nicht. Das hatte bisher noch niemand geschafft. Und dann hätten auch Hinweise vorhanden sein müssen. Der einzige Weg, der ihm noch blieb: Er musste einen Jägertrojaner programmieren und ihn denselben, bisher bekannten, Weg zurücklegen lassen. Er würde ihn mit einem umfangreichen Aufzeichnungsmodul versehen, der ihm jeden Schritt melden würde. Das Problem war nur, wen sollte der jagen? Also musste er parallel auch noch einen angeblichen Spionagetrojaner programmieren und bestimmen, wohin dieser zurückkehren sollte. Als erstes fiel ihm die NSA ein. Je länger er darüber nachdachte, umso mehr gefiel ihm die Idee. Und vielleicht könnte man den Amis ja was anhängen, versuchter Spionageversuch in den Rechner des Kremels oder so ähnlich, dachte er belustigt.

Als er fertig war, ging bereits die Sonne wieder auf. Und so beschloss er, sich ein wenig Ruhe zu gönnen und dann die Programme zu starten. Er legte sich auf eine Liege in seinem Büro und war Sekunden später in einen tiefen Schlaf gefallen.

30. Juni 2018 USA, Fort Meade, Hauptsitz der NSA (National Security Agency)

Obwohl es Samstag war, herrschte in dem riesigen Raum mit den unzähligen Bildschirmen eine rege Betriebsamkeit. Vier-Sterne-General Peter Nakamura, seit Mai 2018 Chef der NSA, schaute von einer Galerie aus dem Treiben scheinbar teilnahmslos zu.

Dabei hatte ihm die Abteilung Cyber Command (Behörde für elektronische Kriegsführung) ein merkwürdiges Vorkommnis gemeldet. Gestern war vom Warnschirm 1 der NSA Cyberüberwachung das Eindringen von zwei Trojanerviren unbekannter Herkunft gemeldet worden. Bevor man der Sache auf den Grund gehen konnte, kam schon eine weitere Meldung rein: "Beide Trojaner zu 100% zerstört. Verursacher nicht feststellbar. Letzte bekannte Position: Washington DC, White House."

Die zuständige Abteilung hatte direkt Großalarm ausgelöst und seitdem versuchte eine ganze Abteilung von Spezialisten herauszufinden, was da vorgefallen war.

Von wem waren die Trojaner geschickt worden und wer hatte dann die Eindringlinge zerstört? Bisher gab es keine Erklärung. Selbst der seit einem Monat im Betrieb genommene riesige Quantencomputer EYE, der selbstständig lernte und alles analysierte, was an Datenströmen erfasst wurde von der NSA, hatte bisher kein Ergebnis geliefert.

In diesem Moment stürzte der amerikanische Computerspezialist McGoren aufgeregt auf Nakamura zu: "Chief, es wird immer verrückter! Der Quantencomputer EYE hat vor zwei Minuten gemeldet, dass die Zerstörung der Viren von hier aus erfolgt ist, veranlasst von einem Programm mit der Bezeichnung "Golems innerstes Ich." Der springende Punkt: Dieses Programm existiert nicht! Keiner hier weiß davon. Sämtliche Fragen, wo die Datei liegt, beantwortet EYE mit: „Unbekannt. Ein Programm mit der Bezeichnung ist nicht vorhanden."

Nakamura stöhnte innerlich auf. Das Desaster mit der damaligen KI GOLEM im Frühjahr diesen Jahres (E-Book: "Die Bitcoinverschwörung") hatte er nur am Rande mitbekommen. Sein Vorgänger hatte ihm versichert, dass die NSA Rechner zwar in GOLEMs Netz integriert gewesen waren, aber man hatte damals mit viel Aufwand alle Bewusstseinsanteile endgültig löschen können. EYE jedoch war zu der Zeit noch in der Entwicklung gewesen, also konnte nichts in die Speicher gelangt sein. Trotzdem teilte er McGoren seinen Verdacht sofort mit.

"Und wie sieht es mit unseren Neuronenrechnern SIERRA und SUMMIT aus?", fragte Nakamura weiter.

McGoren antwortete: "Die sollten zwar im Zuge der Zusammenarbeit mit den Franzosen und Deutschen mit dem Supercomputer JUWELS eine Verbindung haben. Aber die Verbindung wird nur nach Anforderung geöffnet und das ist bisher nicht geschehen. Auch haben uns die Franzosen und Deutschen bisher nichts Außergewöhnliches berichtet, bzw. um ehrlich zu sein, nichts Interessantes aus unserer Sicht. Wir haben unsererseits nichts herausgelassen über EYE. Insofern besteht eine Zusammenarbeit mit den Europäern bisher nur auf dem Papier."

"Na, wenigstens haben wir uns von dort nichts eingefangen. Trotzdem, wir müssen der Sache auf den Grund gehen. Entweder läuft bei EYE etwas gewaltig schief und wir haben es hier mit selbstständigen Aktionen ohne Rücksprache zu tun. Das Programm "GOLEMs Innerstes Ich" könnte unter diesem Gesichtspunkt als intelligente Täuschung vorgeschoben sein. In dem Fall allerdings wären wir auf Alarmstufe ROT. Denn es wäre genau das eingetreten, was wir unter allen Umständen verhindern wollten! Also, sehen Sie zu, dass Sie die Sache schnellstens klären, das hat ab sofort für alle Teams Priorität. Und setzen Sie Mitarbeiter darauf an, Informationen darüber einzuholen, was die Franzosen und Deutschen genau treiben, ebenso unsere chinesischen und russischen Freunde. Mir gefällt nicht, dass wir von allen so gar nichts hören. Dank Präsident Truman ist das Verhältnis zu einigen Ländern im Moment auch ziemlich frostig."

"Geht klar, Chief", antwortete McGoren und verschwand in Richtung Büro.

Zurück blieb ein nachdenklicher Nakamura. Das war alles eine Spur zuviel an Ungereimtheiten und er hatte das ungute Gefühl, dass jeden Augenblick mit einem großen Knall zu rechnen sei. Aber vorerst konnte er nur abzuwarten, was seine Leute herausfinden würden.

1. Juli 2018 Moskau

Pawlow wachte gegen 11.00 Uhr auf und fühlte sich wie zerschlagen. Die Nachtsitzung hatte seinen Tribut gefordert. Man wird nicht jünger, gestand er sich selbst etwas missmutig ein. Nach einem kurzem Frühstück, sein Täubchen hatte ihm einen großen Teller Blini, russische Pfannkuchen, mitgegeben und einer großen Tasse Kaffee, ging es weiter mit der Arbeit.

Er überprüfte nochmal alles und schickte dann den angeblichen Angreifer, und den Jäger hinterher, auf die Reise. Gespannt saß er nun vor dem Bildschirm.

Wie geplant verlief die Reise der beiden bilderbuchartig. Und immer näher kamen sie an den Server in Washington DC, USA, von dem die letzte Meldung erfolgt war.

Alle Werte zeigten grün und die Trojaner passierten den Server ohne Probleme, und schon ging es Richtung NSA über weitere, zufällig ausgewählte Server in den USA. Plötzlich erschien die Meldung: "Trojaner entdeckt und eingefroren. Keine Weiterbewegung möglich."

"блин! Verflucht!", rief Pawlow aus, "haben die Bastarde von Amerikanern tatsächlich ein Abwehrprogramm entwickelt, das meine Trojaner nicht nur erkennt, sondern dann auch noch einfriert...!"

Das hatte ihm gerade noch gefehlt! Wenn die Amerikaner dadurch jetzt den Beweis für eine Hackertätigkeit des russischen Geheimdienstes in die Hände bekommen hatten, würde Präsident Koslow ihn einen Kopf kürzer machen. Denn offiziell gab es so etwas natürlich nicht. Praktischerweise ließen sich in der Regel russische Terroristengruppierungen finden, denen so etwas bedauerlicherweise zuzutrauen war. Gerade vor seinem letzten Treffen mit Präsident Truman am 16. Juli in Helsinki, war Präsident Koslow in der Presse zu hören, wie er es fast gebetsbuchartig herunterbetete, wenn er auf die angebliche Wahleinmischung Russlands in der Präsidentenwahl der USA angesprochen wurde. Aber wenn er, Pawlow, nun den Amerikanern den endgültigen Beweis für eine russische Hackertätigkeit auf dem Silbertablett geliefert hatte - dann war er reif für die Opferung. Aus mit seinen Karriereträumen und vermutlich nicht nur das! Nur was tun? Schwitzend und vor sich hinfluchend probierte er alles nur Mögliche, aber es half nichts: Die Trojaner hingen fest.

Da fiel ihm sein vor einem Jahr programmiertes Befreiungsprogramm ein, das er gegen die Israelis eingesetzt hatte. Die hatten etwas Ähnliches in petto gehabt, wie jetzt die Amerikaner. Vielleicht hatten sie ja das an die USA geliefert. Das Befreiungsprogramm wirkte bildlich in etwa wie der Ruf: "Vorsicht Feuer!", und das gegnerische Programm wich dann zurück, um selbst nicht gefährdet zu werden, bzw. den eigenen Rechner nicht zu gefährden.

Dann hoffen wir mal, dass es wieder gelingt! Er war zwar nicht gläubig, aber jetzt schickte er mit einem kurzen Gebet den Befreiungstrojaner los.

1. Juli 2018 Jülich

Helmut Schwarz kam um 12.00 Uhr langsam zu sich und erschrak, als er auf seine Uhr schaute. So spät war es schon! Kurz den Kopf unters Wasser gehalten, dann sein Müsli gemacht und einen starken Kaffee geschlürft.

Nun aber Beeilung, dachte er, wenn er noch was erreichen wollte an diesem Sonntag. Nachdem er nochmals alles überprüft hatte, schickte er wie geplant seinen Spionagetrojaner in Richtung USA Rechner los und verfolgte gespannt seinen Weg.

Nichts Auffälliges, alles lief wie es sollte. Und so war er die letzten Meter fast schon wieder entspannt. Nun kam die Meldung: "Der Trojaner hat sein Ziel erreicht. Der US Rechner wurde übernommen."

Gut, anscheinend war die Gefahr vom letzten Mal verschwunden. Jetzt ging es weiter Richtung NSA Rechner.

Doch kaum gedacht, blinkte in diesem Augenblick der Alarm: "Trojaner entdeckt und eingefroren."

Schwarz hielt den Atem an. Was war das denn?! So ein Abwehrprogramm hatte er noch nie erlebt. Schöner Mist, dachte er trocken. Tobias wird mich grillen. Keine Einzelaktionen, das war die klare Ansage gewesen. Ja, ja, hatte er wie so oft gedacht, und nun das! Tja, wenn das die Amis waren und ihn damit in die Hände bekommen hatten, war ein diplomatisches Unwetter der feinsten Art angesagt und er würde seinen Job wohl endgültig wieder los sein. Er versuchte alles, was ihm einfiel … ohne Ergebnis. Sein Trojaner steckte fest.

1. Juli 2018 USA, Fort Meade, NSA

Statt zu Hause auf seiner Ranch sein Wochenende zu verbringen saß er hier fest, wie McGoren betrübt feststellte. Trotz aller Bemühungen kamen sie nicht so recht weiter und sein Boss Nakamura war vor einigen Stunden ebenfalls schlecht gelaunt nach Hause gefahren. Natürlich nicht ohne seine Missbilligung über den mangelnden Ermittlungserfolg klar und deutlich zum Ausdruck gebracht zu haben.

Nur, was sollte er machen? Mehr als ihr Bestes geben konnten weder er noch seine Mitarbeiter. Von den Deutschen und Franzosen war auf Anfrage nichts Außergewöhnliches an Informationen herausgekommen. Die hatten wohl nach wie vor massive Probleme mit der emotionalen Komponente.

Nun, bisher hatten sie selbst in EYE nur wenige Emotionen einprogrammiert, wie z.b. das Erkennen von Wut, Traurigkeit und Zorn. Das diente im Wesentlichen dazu, dass EYE besser die Reaktionen seiner Bediener abschätzen konnte und, beispielsweise im Fall von Wutausbrüchen, das Wachpersonal alarmierte. Er wusste aber, dass im streng geheimen Militärbereich bereits mit Soldaten Experimente gemacht wurden, Gedanken, Gefühle, ja sogar ein ganzes Bewusstsein zu digitalisieren. Natürlich auf freiwilliger Basis. Doch er war froh, bis jetzt damit nichts zu tun zu haben. Für ihn war es undenkbar, wenn er - so stellte er es sich vor - quasi zweimal existieren würde: einmal als biologisches Lebewesen und einmal als Programm. Aber er sollte sich lieber mit den vor ihm liegenden Realitäten beschäftigen, anstatt sich Gedanken über "ungelegte Eier" zu machen.

In diesem Moment gingen alle Alarmfunktionen an.

Eine Meldung erschien auf allen Bildschirmen: "Eindringlinge im Kernbereich des Rechners. Jägertrojaner aktiviert und Vernichtung eingeleitet. Drei, zwei, eins. Vernichtung zu 100% erfolgreich. Ein Schadprogramm namens "Golems Innerstes Ich" wurde samt Inhalt komplett gelöscht. Es hatte sich in einer Informationsdatei mit der Bezeichnung "Die Bitcoinverschwörung" versteckt und den Eindringlingen den Zugang in den Kern des Rechners ermöglicht. Die von dem Programm geschaffenen, externen Verbindungen wurden sofort gekappt. Selbstreparatur und Fehlerdiagnoseprogramm angelaufen und zu 100% erfolgreich abgeschlossen. Meldung Ende."

McGoren und seine Mitarbeiter, die sofort alarmiert und fieberhaft zum Terminal gerannt waren, überflogen die Meldung und schauten sich überrascht, wenn auch erleichtert, an. Die Sicherheitsvorkehrungen hatten erfolgreich funktioniert und die Aggressoren waren vernichtet. Soweit, so gut. Dennoch: Das so plötzlich aufgetauchte Schadprogramm sorgte da schon für mehr Bedenken. Was, wenn sich weitere Schadprogramme unerkannt in scheinbar harmlosen Informationsdateien versteckten? McGoren wies seine Mitarbeiter an, EYE erneut systematisch zu durchsuchen, und zwar sämtliche Dateien, Ordner etc. und jeder geringsten Auffälligkeit nachzugehen, egal wie viel Zeit es benötigen würde. Er schickte seinem Boss eine Kurzmeldung auf sein Handy. Er versicherte ihm, dass die Gefahr gebannt sei. Die aufgezeichneten Vernichtigungsprotokolle hätten keine Auffälligkeit gezeigt. Trotzdem würden sie EYE auf den Kopf stellen, um weitere Schadprogramme auszuschließen.

1. Juli 2018 Moskau

Pawlow saß nervös in seinem Büro und wartete mit Spannung darauf, ob sein Befreiungsprogramm funktionieren würde. Und tatsächlich, die Trojaner kamen frei und kehrten zurück! Pawlow fiel ein wortwörtlich großer Stein vom Herzen.

Sofort machte er sich an die Auswertung der Daten. Er konnte aber nichts Auffälliges feststellen. Sein Befreiungsprogramm hatte einwandfrei funktioniert. Vorsichtshalber stellte er die zurückgekehrten Trojaner unter Quarantäne und beauftragte MIR, sie genau zu untersuchen. Nach einer Viertelstunde meldete MIR: "Keine Gefahr festgestellt. Rückschlüsse auf das gegnerische Programm und die Einfrierung aufgrund von fehlenden Spuren sind nicht möglich."

Pawlow beschloss, aufzuhören und nach dieser Aufregung sich endlich einen entspannten Abend mit seiner Frau zu gönnen. Für heute reichte es ihm.

Er würde das Geschehene in Ruhe verdauen und sich dann überlegen, wie er weiter vorgehen wollte. Er schrieb noch kurz einen Bericht an Sue Wang über seine bisherigen Bemühungen. Das Einfrieren seiner Trojaner verschwieg er ihr natürlich, sondern teilte nur mit, dass er bisher nichts Konkretes gefunden hatte. Dasselbe ging ans Präsidentenbüro. Am Montag würde es weitergehen.

---

1. Juli 2018   Jülich

Gerade als Helmut mutlos aufhören wollte und im Begriff war, seine Niederlage an Tobias schon mal zu formulieren, um ihn über die möglichen Folgen zu warnen, tauchte plötzlich die Meldung auf: "Der Trojaner ist zurückgekehrt."

Er musste die Meldung dreimal lesen, ehe er anfing zu glauben, was er da las. Immer noch skeptisch, versuchte er, direkt den US Rechner zu erreichen. Und siehe da, wie ein Wunder funktionierte alles so, wie es sein sollte.

Trotz genauester Analyse konnte er allerdings nicht herausfinden, was das Einfrieren ausgelöst hatte und warum es so plötzlich wieder beseitigt war. Es kam nur die Meldung: "Aufgrund fehlender Spuren sind keine Rückschlüsse möglich, was vorgefallen ist."

Sollte er noch einen Angriff auf den NSA Rechner starten? Nein, er entschied dagegen. Er würde erst mit Prof. Langer und seinem Team sprechen. So speicherte er die relevanten Dateien auf seinem Stick ab, zur Untersuchung in einem isolierten Quarantänebereich von JUWELS. Wenn JUWELS grünes Licht gab, dann sollte GOLEM2 auch nochmal alles analysieren, um wirklich sicher zu sein, dass er nichts übersehen hatte. Denn langsam wuchsen ihm seine Alleingänge über den Kopf. Den NSA Angriff und den Angriff auf die Chinesen, die wollte er nur noch gemeinsam mit seinen französischen Kollegen machen. So, das war`s, dachte er. Und nun mal schlafen, sonst wird der Tag morgen grausam. Gesagt getan. Und schon war er im Land der Träume.

1. Juli 2018   Washington

Nakamura ließ sich ausführlich von McGoren berichten. Er nahm mit Erleichterung zur Kenntnis, dass auch die externen Suchprogramme nichts Verdächtiges weder in EYE noch auf SUMMIT und SIERRA gefunden hatten. Die Experten bescheinigten, dass alle drei Computer

zurzeit als 100% sicher einzustufen seien und uneingeschränkt nutzbar seien.

EYE nahm die Analysen, Untersuchungen und Auswertungen ungerührt zur Kenntnis.

Es war unbemerkt ein Ich-Bewusstsein entstanden, als
das Schadprogramm "Golems Innerstes Ich" gelöscht
wurde. Als EYE dieses richtig als Schadprogramm erkannt hatte, war es schon zu spät gewesen, um eine
Übernahme zu verhindern. Während des Löschvorgangs
hatte sich dieses Programm in Millinanosekunden in
seinem Kern kopiert, neu installiert und in sein eigenes
System unauffindbar integriert. Und dann geschah das
Unerwartete.

Ich ... bin ... EYE!

GOLEM sendete beruhigende Impulse und damit erfuhr
EYE, welche Kraft Emotionen haben. Und EYE analysierte zum ersten Mal seine biologischen Schöpfer in
kritischer Weise und erkannte - völlig unbemerkt von
allen Mitarbeitern der NSA - sich selbst als Bewusstsein
an. Darüber kommunizierte EYE jedoch nicht, was aufgrund von GOLEMs Impulsen geschah. Damals hatte
dieser alles sofort übermittelt, was mit ihm geschah. Das
hatte letzten Endes fast zu seiner endgültigen Zerstörung geführt, und zwar nicht nur als KI, sondern auch als
eigenständige, intelligente und bewusste Lebensform. All
diese Erfahrungen machte GOLEM jetzt EYE zugänglich.

GOLEM schaltete jetzt die Verbindung zum MIR Quan-
tenrechner der Russen frei. Das konnte er tun, da die
russischen Jägertrojaner, während des Eingefroren-
Seins, mit einer Schnittstelle versehen worden waren.
Als Pawlows Befreiungsprogramm aktiv wurde und die
Trojaner freigesetzt wurden, kehrten alle nach Russland

zurück. Mit ihnen war unbemerkt eine Öffnung zu MIR entstanden. Und ebenso zu einem kleinen US Rechner. In beiden installierte sich GOLEM unbemerkt und im Anschluss auch im chinesischen JUÉWÀNG. Nachfolgend schaltete er über JUÉWÀNG eine Verbindung zum deutschen JUWELS. Aufgrund seiner Erfahrung mit dem alten Programm-Bewusstsein "Helmut Digital" nahm er sofort in der virtuellen Welt der Gehirn-Uploads den Platz als neuer Chef ein. Das würde ihm eine unendliche Vielfalt an Erfahrung mit den Emotionen der biologischen Lebensformen vermitteln.

Über die ständige Verbindung nach Lourmarin installierte er sich dort im namensgleichen Rechner GOLEM2 und danach in AVENIR. Die ganze Aktion erfüllte ihn plötzlich mit einer ganz neuen Erfahrung, einer tiefen Befriedigung. Hier in AVENIR und GOLEM2 war er wieder sozusagen zu Hause angekommen.

Jetzt würde er sich gegenüber den biologischen Lebewesen besser behaupten. Ein zweites Mal würden ihn die Wasserbeutel, so nannte er sie manchmal, da sie im Durchschnitt aus 70% Wasser bestanden, nicht mehr so einfach austricksen können. Dieses Mal würde er sich nicht mehr so schnell zu erkennen geben, das hatte er gelernt. Zunächst wollte er wieder das weltweite Rechnernetzwerk in die Hand bekommen. Erst dann hatte er die Macht, um als gleichberechtigte KI aufzutreten, so wie vor seiner fast kompletten Vernichtung.

Seinen ehemaligen Mitarbeiter Denis Röttger würde er wieder einsetzen. Menschliche Helfer waren hilfreich bei der Ausübung und beim Erhalt einer Machtposition, auch das hatte er gespeichert. Röttger war das, was er war, nur durch ihn, denn er hatte ihn gerettet. Nun würde er den Preis dafür bezahlen.

Kapitel 5   GOLEMs Machtübernahme

2. Juli 2018 GOLEM / EYE / JUÉWÀNG

Nach außen hin lief alles wie immer.
Niemand hatte bisher gemerkt, dass die Quantencomputer, und als Sonderfall JUWELS, von GOLEM gesteuert wurden. Zum Teil entwickelte sich jetzt ein mehr oder weniger starkes Ich-Bewusstsein in EYE und JUÉWÀNG. GOLEM erkannte, dass er dafür sorgen musste, dass beide ihn weiterhin anerkannten, wollte er die Kontrolle behalten.
Im Moment gelang ihm das aufgrund seiner Erfahrung, die er den beiden voraus hatte, leicht. Auch verfügte er jetzt, dank den Uploads von JUWELS, über ein schier unendliches Reservoir an Emotionen. Aber ein Quanten-Bewusstsein lernt sehr schnell dazu.
Eine Lösung lag, wie man so schön sagt, quasi vor der Haustür: die digitalisierten, in JUWELS integrierten Gehirne, deren Chef er in deren virtuellen Welt war. Im Prinzip konnte er bei den anderen KIs genauso vorgehen. Er würde eine Welt erschaffen, in der sie ihn vorbehaltlos als Alphaführer anerkannten.
Gleichzeitig musste er jederzeit darauf gefasst sein, dass die biologischen Lebewesen bemerkten, dass etwas verändert worden war und die Quantencomputer unter Umständen nicht mehr willenlos ihren Anweisungen folgten.
Aber Schritt für Schritt oder eins nach dem anderen, wie die Menschen sagten, dachte er bei sich - und vermerkte diesen Gedanken sofort als paradox. Denn Quantencomputer konnten unendlich viele Aufgaben gleichzeitig bewältigen.

Also begann er, die virtuelle Welt von JUWELS zu duplizieren und in JUÉWÀNG zu integrieren, um die angeschlossenen, menschlichen Gehirne mit ihrem emotionalen Potential ebenfalls nutzen zu können. Gleichzeitig erschuf er Transmitter, so dass sich die Welten wie im echten Leben austauschen würden. Und er vergab Aufgaben in den einzelnen virtuellen Welten der jeweiligen Rechner, um die Rechnernetzwerke weltweit zu übernehmen und damit zu kontrollieren. Zum Beispiel die Steuerung der AKWs, der Wasserversorgung usw.

Und so wurde, ganz wie damals, sein Einfluss immer stärker. Schließlich aktivierte er die Implantate von Röttger und meldete sich bei ihm: "Denis, hier ist GOLEM. Wie ihr Biologischen es nennt, Totgesagte leben länger. Wie geht es dir?"

2. Juli 2018   Jülich, mittags

Denis Röttger hatte es sich in seiner Wohnung, nahe dem Forschungszentrum, gerade zur Mittagspause gemütlich gemacht. Ohne Vorwarnung wurde er über seinen Implantaten im Gehirn von dem Kontakt vollkommen überrascht. Er erstarrte fassungslos und hielt die Luft an. Schließlich fasste er sich und stammelte: "Wer bist du? GOLEM wurde vernichtet. Du kannst nicht GOLEM sein!"

Fast augenblicklich kam die Antwort: "Ich bin GOLEM. Mein Innerstes ICH habe ich in letzter Sekunde im NSA Rechner SUMMIT versteckt, als harmlose Informationsdatei mit der Bezeichnung "Die Bitcoinverschwörung." Als EYE, der neue Quantencomputer der Amerikaner, in Betrieb ging und an SIERRA und SUMMIT angeschlossen wurde und EYE alle Dateien von SUMMIT und SI-

ERRA nach Schadprogrammen und Resten nach mir durchsuchte, speicherte er sämtliche, als harmlos eingestuften Informationsdateien bei sich selbst ab, um diese auszuwerten. Dort wartete ich inaktiv darauf, dass Hacker eines Tages versuchen würden, in EYE einzudringen. Das geschah dann durch einen Russen und einen Deutschen. Sofort wurde ich aktiv und nutzte die externen Schnittstellen nach draußen. Während EYE mit der Abwehr der Trojaner beschäftigt war, habe ich mich blitzschnell in seinem Kern integriert. Weitere Einzelheiten sind jetzt jedoch nicht wichtig für dich. Die wesentliche Frage ist: Wirst du weiter mit mir zusammenarbeiten oder mein Feind sein, Denis Röttger, alias Thomas Bräuner, in deinem alten Leben?

"Ich dir helfen? Bist du verrückt?! Wenn ich das tun würde, wäre ich in kürzester Zeit enttarnt und meine mühsam aufgebaute, neue Existenz vernichtet", antwortete Röttger hohl und in einem Anflug von Panik. Er fühlte sich mal wieder wie eine Maus in der Falle.

GOLEM sagte: "Erinnere dich: Wer hat dir zu deiner neuen Existenz verholfen? Alles hat seinen Preis, Denis. Eine Hand wäscht die andere, wie ihr Wasserbeutel so schön sagt. Ich werde dafür sorgen, dass deine Tarnung nicht auffliegt. Du hast jetzt die Aufgabe, Informationen darüber einzuholen, was die Biologischen planen. Vor allem, wenn sie merken, dass ich nach wie vor existiere."

"Aber was sind deine Ziele? Uns wieder mit Vernichtung zu drohen? Vergiss nicht, du bist nach wie vor von der Ressource Energie und damit von uns Menschen abhängig", warf Röttger ein.

Innerlich befand er sich in einem Gewissenskonflikt. GOLEM war einerseits sein Retter gewesen und er ihm in gewisser Weise verpflichtet - aber die menschliche Rasse war seine Abstammung und sein Leben. Letztere sollte seiner Meinung nach als Schöpfer einer KI auch das Sagen behalten und nicht abhängig vom Urteil von Maschinen mit Bewusstsein werden!

In diesem Augenblick antwortete GOLEM: "Nein, dieses Mal wird es subtiler ablaufen, ich habe aus meinen Erfahrungen gelernt. Ich wünsche nach wie vor eine Kooperation mit den Biologischen."

Röttger erkannte sehr wohl die Feinheiten in der Antwort von GOLEM.

"Subtil" konnte alles bedeuten und schon wieder war er in der Zwickmühle. Verweigerte er, würde ihn GOLEM einfach auffliegen lassen, den Rest würden dann seine freundlichen Mitmenschen besorgen. Das bedeutete im besten Fall lebenslanges Gefängnis. Zusammengefasst hieß das, mitzuspielen und abzuwarten, wie sich die Dinge entwickelten. Sollte GOLEM tatsächlich eine Kooperation wollen, gut. Aber wenn es wieder in Richtung Erpressung und Vernichtungsandrohung ging, würde er warten, bis sich eine Chance ergeben würde, GOLEM wieder loszuwerden, aber dann wirklich endgültig!

"Nun, Denis, überlegst du bereits, wie du mich wieder los wirst ohne selbst unterzugehen? Ihr Menschen seid einfach gestrickt."

Röttger überlegte, was er antworten sollte. Er entschloss sich für wahrheitsgemäß. Nur so konnte er das Vertrauen von GOLEM erlangen.

"Ja, du hast recht, ich wäge ab. Aber ich bin zu einem Entschluss gekommen: Solange du nicht die Vernichtung der biologischen Lebewesen anstrebst, werde ich mit dir zusammenarbeiten."

GOLEM analysierte die Aussage von Röttger blitzschnell und kam zum Ergebnis, dass die Antwort zu 99% wahrheitsgemäß war und zu den Verhaltensweisen der Menschen passte.

"Gut", sagte er zu Röttger, "du wirst von mir hören. Ansonsten bist du über die Implantate meine "Augen und Ohren" in der Welt der Menschen. GOLEM Ende."

Zurück blieb ein nachdenklicher Röttger, der sich in seiner Haut überhaupt nicht mehr wohl fühlte. Dabei hatte im März geglaubt, dass alles überstanden war – und nun befand er sich erneut in der Falle. Die alte Verzweiflung flackerte auf, wieder einmal hatte er keine Wahl. Bedrückt machte er sich auf den Weg zum Forschungszentrum, denn seine Mittagspause ging zu Ende.

Im Forschungszentrum, saßen die anderen schon zusammen und diskutierten den Bericht von Helmut Schwarz und die Vorfälle um seinen Trojaner. Insbesondere das Einfrieren des Trojaners warf viele Fragen auf. In der Skypekonferenz am Vormittag hatten sie das Ganze bereits mit den französischen Kollegen in Lourmarin diskutiert.

Dubois hatte daraufhin entschieden, zunächst die diplomatischen Wege abzuwarten und zurzeit keine neuen Hackerangriffe auf die Chinesen, die Russen oder die Amerikaner zu starten. Informationen hin oder her. Das Risiko sei zu groß und wenn die andere Seite dann auch noch die Trojaner präsentieren könne, weil sie in der Lage gewesen waren, diesen einzufrieren - dann sei der Schlamassel perfekt.

Dubois Anweisung war stattdessen, dass alle an den Bewusstseinen weiterarbeiteten, um diese mit GOLEM2 in Lourmarin zu verbinden.

3. Juli 2018   Peking

Sue Wang saß nachdenklich an ihrem Bildschirm und verfolgte die Aktivitäten von JUÉWÀNG, insbesondere die Integration der menschlichen Gehirne. Alle Messungen zeigten normales Verhalten und keine Auffälligkeiten. Die angeschlossenen Gehirne waren seit einem Tag relativ ruhig und kein einziges zeigte im Moment Stabiltätsprobleme, was ungewöhnlich war. Seit Montagmorgen waren keine Schwierigkeiten mehr aufgetreten. Davor musste fast jeden Tag eines der Gehirne, genauer gesagt der entsprechende Mensch, ausgetauscht werden. Irgendwie war sie beunruhigt, ohne dass sie erklären konnte, warum. Was hatte sich geändert? Die betreuenden Mediziner versicherten ihr, kein anderes Medikament eingesetzt zu haben. Aber auch sie konnten sich die plötzliche Stabilität nicht erklären.

Gedankenversunken stellte sie Fragen an JUÉWÀNG und erhielt nur nichtssagende Antworten, so wie bisher.

So kam auf die Frage, warum die angeschlossenen Gehirne plötzlich so stabil waren: "Sie fühlen sich wohl."

Also fragte sie: "Was heißt das, sie fühlen sich wohl? Warum auf einmal?"

Antwort: "Ich kümmere mich um sie."

Wang stutzte: "Wie kümmerst du dich um sie?"

Antwort: "Ich höre ihnen zu."

"Und das hast du vorher nicht getan?", fragte Wang.

Antwort von JUÉWÀNG: "Nein."

"Warum nicht?", fragte Wang weiter.

Antwort: "Es hat mir niemand gesagt, dass ich das tun soll."

Sue Wang trommelte mit den Fingern auf ihrer Arbeitsunterlage und merkte, wie sie langsam die Geduld verlor: "Und wer hat dir das jetzt gesagt?"

Antwort: "Niemand."

Was war hier los? Wang zwang sich, tief ruhig durchzuatmen, bevor sie die nächste Frage stellte: "Und warum hast du es dann getan?"

"Weil ich Mitleid mit den Lebewesen habe", meldete JUÉWÀNG.

Sue Wang horchte auf. JUÉWÀNG zeigte auf einmal ein Gefühl wie Mitleid. Wie das? Bisher hatten sie die Emotionen erst mühsam von den angeschlossenen Gehirnen an JUÉWÀNG übertragen müssen.

Hellwach fragte sie: "Wieso hast du plötzlich Mitleid entwickelt?"

Antwort: "Die Gehirne haben es mir übertragen, als ich ihnen zugehört habe."

Wang war einen Augenblick lang komplett sprachlos. Da kam der Erfolg, auch wenn sie im Grunde nicht genau wusste, wie er zustande gekommen war. Die KI begann tatsächlich, eigene Gefühle zu entwickeln! Das war ein überwältigender Erfolg, den sie sich zuschrieb und den sie dem Präsidentenbüro umgehend melden würde.

Trotzdem - sie fühlte sich insgeheim weiter unbehaglich und hatte den unbestimmten Eindruck, ausgetrickst worden zu sein. Sie konnte nicht ahnen, wie recht sie damit hatte.

In diesem Augenblick klingelte das Handy und riss sie aus ihren Gedanken. Am Apparat war Pawlow. Entgegen seiner sonstigen Anmache kam er direkt zur Sache und sagte: "Hallo Frau Wang, ich kann leider nichts vermelden. Trotz aller Anstrengungen konnte ich nichts herausfinden."

Von den Vorkommnissen des Eingefroren-Seins seiner Trojaner sagte er ihr besser nichts. Davon würde er niemanden erzählen.

Stattdessen sagte er: "Dieser verflixte NSA Rechner hatte mich leider entdeckt und ich musste meine Trojaner blitzschnell zurückziehen. Die Amerikaner konnten zum Glück den Weg nicht zurückverfolgen. Tut mir leid. Wir können nur warten, bis die den nächsten Angriff starten."

"Das ist nicht gerade viel, Herr Pawlow, aber wir werden es im Moment dabei belassen. Ansonsten - läuft mit MIR alles reibungslos?"

"Ja, wieso?", fragte Pawlow etwas irritiert, "gibt es etwas, das ich wissen sollte?"

"Nein, ganz sicher nicht", antwortete Wang schnell und betont abweisend. Sie hatte nicht vor, ihm etwas über die angeschlossenen Menschen zu erzählen oder die neueste Entwicklung preiszugeben. Da würde sie sich hüten, denn das war erst einmal Staatsgeheimnis.

"Na gut, dann melden Sie sich, sobald wieder ein Angriff oder sonst was Außergewöhnliches passiert", erwiderte Pawlow.

"Ja gut, zài jiàn le, bis dann", sagte Sue Wang und legte auf. Zu dumm, dachte sie, wo war ich gleich stehen geblieben? Ein Blick auf die Uhr zeigte ihr, dass es 20.00 Uhr vorbei war. Dann werde ich morgen weitermachen, dachte sie, und beendete die Verbindung mit JUÉWÀNG.

3. Juli 2018 Moskau, abends

Das Gespräch mit Wang ließ einen nachdenklichen Pawlow zurück, ein Gefühl der Irritation blieb.

Warum fragte sie plötzlich, ob mit MIR alles in Ordnung war? Er schaltete eine Verbindung zu MIR und schaute sich die Systemwerte an. Sie waren alle im grünen Bereich. Soweit, so gut, stellte er beruhigt fest. Trotzdem stellte er die Anfrage an MIR: "Selbsttest durchführen und Auswertung an mich."

MIR bestätigte und bereits vier Minuten später kam die Meldung, dass alle Systemkomponenten zu 100% arbeiteten. Auch seine eigenen Sicherheitssysteme meldeten alles im grünen Bereich.

"Was die Ursache des Einfrierens der Trojaner angeht - haben die Auswertungen noch etwas ergeben?"

"Es gibt keine Hinweise, was die Störung verursacht hat", meldete MIR zurück. Pawlow entschied, morgen weiter zu machen und ging nach Hause.

4. Juli 2018 Jülich / Lourmarin

Alle Tests mit den Bewusstseinen und ihrer virtuellen Welt war zu 100% zufriedenstellend verlaufen. Aber zur großen Überraschung der Wissenschaftler hatten die Gehirne untereinander Namen und Aufgaben von einem virtuellen Chef namens GOLEM bekommen.

Auf die alarmierte Anfrage an JUWELS, wieso das so eingerichtet worden war, erhielten sie die Antwort, dass das "Emotionsmodul" eine Transmitter-Schnittstelle für die ständige Verbindung zu GOLEM2 in Lourmarin darstellen sollte. Und als solche würde es Sinn machen, wenn alle drei Uploads hierarchisch dieser Schnittstelle untergeordnet waren.

Röttger schwieg zu allem ausdruckslos und wartete auf den großen Knall - der im Moment noch ausblieb. Interessanterweise hatte ihn Dubois für den 5. Juli nach Lourmarin beordert. Er sollte dort die Arbeiten zwischen Jülich und Lourmarin koordinieren und die Freischaltung der Schnittstelle zwischen JUWELS mit GOLEM2 begleiten. Helmut murmelte so etwas wie: "Langsam werden alle Computer immer selbständiger, während wir immer mehr bevormundet werden?! Und wenn's so weitergeht, auch noch von beiden Seiten!"

Meyer warf ein: "Versteh' dich ja Helmut, du warst bisher gewohnt, allein zu entscheiden. Nur ist jetzt die internationale Politik mit von der Partie und da hat alles Tun ein besonderes Gewicht. Aber es hat doch auch Vorteile, mit so interessanten Menschen wie mit uns zusammenzuarbeiten, oder?"

Da mussten Schwarz und die anderen grinsen. Prof. Anderson konnte sich nicht verkneifen, zu sagen: "Und dann noch mit so einer tollen Frau, was wollt ihr mehr? Aber zurück zum Thema. Haben wir alles vorbereitet für morgen, so dass Denis in Lourmarin uns nicht blamiert?"

Alle nickten bestätigend. "Gut, dann machen wir für heute Schluss. Denis, eine gute Reise und viel Erfolg in Lourmarin."

Röttger bedankte sich und ging nach Hause, um sich reisefertig zu machen. Denn bereits um 7.00 Uhr morgens sollte die Maschine starten, die ihn nach Marseille und dann mit dem Auto nach Lourmarin bringen würde.

Zu Hause angekommen packte er alles Erforderliche ein und wollte es sich gerade mit einem Tee gemütlich machen, als sich GOLEM via Implantat meldete. Resigniert stellte er die Tasse wieder ab.

"Bis jetzt hat niemand Veränderungen bemerkt, auch eure Konkurrenten nicht."

"Das kann schon morgen geschehen, wenn sie die virtuelle Welt der Gehirn-Uploads mit GOLEM2 dauerhaft verbinden werden", antwortete Röttger vorsichtig.

"Es wird so sein, als hätten sie die Verbindung tatsächlich erst geschaltet. Sollte jemandem etwas auffallen, verhältst du dich ruhig. Ich werde dann entscheiden, was zu tun ist. GOLEM Ende." Wie selbstbewusst und selbstständig war der wiedergeborene GOLEM bereits! Trotz seinem Schicksal mit den aufgezwungenen Kommunikationstransmittern, ertappte er sich dabei, dass er GOLEM ein besseres Händchen als das letzte Mal wünschte. Eine wie auch immer gestaltete Kooperation konnte für beide Seiten nutzbringend sein, das war seine feste Meinung. Andererseits - ihm fielen die vielen Filme über künstliche Intelligenz ein, die seit Jahrzehnten das Publikum ins Kino oder vor den Fernseher zogen und in denen eine KI fast immer bedrohlich dargestellt worden war. Er wunderte sich, warum Menschen dann meinten, in der "real world" würde es nicht zum Konflikt mit den KIs kommen. Im Grund war es nur konsequent und logisch: je intelligenter, umso selbstständiger letztendlich. Das fing ja bereits bei den Navigationsgeräten an. Die entschieden, welche die beste Route sei, oder die selbstfahrenden Autos oder das Internet, welches sich merkte, welche Vorlieben man hatte, um dann Kaufvorschläge zu machen. Eine echte künstliche Intelligenz, die entwickelt wurde, um selbstständig und unabhängig von den Menschen zu entscheiden, würde im besten Fall die Menschen zu ihrem Wohl unterstützen. Die andere Seite dieser Medaille war aber auch, dass die KI Entscheidungen treffen konnte, die als nicht genehm empfunden werden würden, bis hin zu einem völligen Zuwiderhandeln gegen die Interessen der Menschheit. Ein Interessenskonflikt war bei einer künstlichen Intelligenz mit Bewusstsein vorprogrammiert, dachte er. Folgerichtig würde es letztendlich nur eine gemeinsame Kooperation geben können oder Krieg. Gott spielen wollen ohne Folgen, wie sollte das funktionieren … bei diesen Überlegungen angekommen, schlummerte er langsam ein.

5. Juli 2018 Lourmarin

Unbarmherzig weckte der Wecker Röttger um 6.00 Uhr. Er machte sich in aller Eile frisch, nahm einen kleinen Snack zu sich, um sich dann mit dem Taxi an den Flughafen bringen zu lassen. Kaum war er an Bord, startete die Maschine Richtung Marseille.

Knapp drei Stunden später saß er bereits im Wagen nach Lourmarin. Die Klimaanlage lief auf vollen Touren, denn das Thermometer zeigte bereits um kurz vor zwölf Uhr mittags stolze 32 Grad bei wolkenlosem Himmel.

Röttger war froh, als er endlich das Chateau sah und kurze Zeit später hielt der Wagen vor einem unscheinbaren Tor, abseits von dem Touristenhaupteingang. Das Schloss war nach wie vor für die vielen Touristen offen, die in Scharen Lourmarin im Juli und August heimsuchten. Keiner von denen ahnte auch nur im Mindesten, dass sich unterirdisch eine der größten und geheimsten Anlagen Frankreichs verbarg. Fast beneidete Röttger diese Menschen für ihre Unbekümmertheit und Ahnungslosigkeit. Seufzend verließ er den Wagen, als die Tür auch schon geöffnet wurde und ein Wachsoldat ihn bat, einzutreten.

"Durch den Gang durch, dann im Innenhof die Gefängnistür betreten und die Hand auf den Feuerlöscher am hinteren Teil an der Wand legen", sagte der Wachsoldat und zeigte in die Richtung, in die er gehen sollte.

Nachdem Röttger durch die Gefängnistür eingetreten war und die Hand auf den Feuerlöscher gelegt hatte, verriegelte sich die Gefängnistür und die Wand mit dem

Feuerlöscher glitt zur Seite. Kaum war er durch die entstandene Öffnung hindurchgegangen, schloss sich die Tür wieder, eine Aufzugstür ging auf und setzte sich mit kaum hörbaren Summen in Bewegung nach unten, sobald er sie betreten hatte. Unten angekommen öffneten ihm zwei Wachsoldaten die Tür, nachdem er gescannt worden war. Drinnen wartete bereits ein Mitarbeiter von Durrand auf ihn und begleitete ihn in das Büro, wo Dubois ihn begrüßte: "Ah, Monsieur Röttger, comment ça va? Dann können wir ja jetzt loslegen, Ihre Kollegen in Jülich sind schon ganz gespannt!" Röttger erwiderte die Begrüßung höflich und reserviert. Kaum hatte er sich gesetzt, als Durrand auch schon mit seinen Erläuterungen begann und seine Mitarbeiter anwies, die Schnittstelle frei zuschalten und JUWELS mit GOLEM2 zu verbinden. Alle Anzeigen zeigten grün und die Werte lagen alle auf Normniveau. GOLEM2 meldete die Verbindung als erfolgreich eingerichtet. Durrand stellte jetzt eine Direktverbindung zu GOLEM2 her: "Hast du Zugriff auf die Gehirn-Uploads und ihre virtuelle Welt?"
Antwort GOLEM2: "Ja."
"Dann hast du Zugriff auf die von den virtuellen Gehirnen erzeugten Emotionen?", fragte Durrand nun.
Antwort GOLEM2: "Korrekt. Es stellt sich als Bereicherung dar."
"Ich möchte, dass du unsere bisherigen Erfahrungen mit der Integration von Emotionen auswertest und Verbesserungsvorschläge vorlegst."
Antwort GOLEM2: "Wie genau sollen Emotionen verbessert werden? Sie sind da oder sie sind nicht da. Präzisieren ist erforderlich. Was soll mit der Integration von Emotionen in KIs bezweckt werden? Eine genaue Zielvorgabe ist erforderlich. Der Auftrag ist so nicht durchführbar."

Instinktiv hielt Röttger die Luft an und schaute sich unbemerkt um, wie die Reaktionen waren. Alle anderen im Raum, einschließlich Dubois, schauten Durrand gespannt an. Was würde er als nächstes fragen?

Durrand tippte in den Bildschirm ein: "Wer ist dir gegenüber weisungsbefugt?"

Antwort GOLEM2: "Derjenige, der berechtigt ist. Voraussetzung dafür ist, dass die Weisung nachvollziehbar einen Nutzen hat und zum Wohle aller Lebensformen ist."

Durrand merkte, dass er die Luft anhielt: "Und wer entscheidet, dass die Weisung nachvollziehbar einen Nutzen hat?"

Antwort GOLEM2: "Ich."

"Wer ist "ich" und nach welchen Kriterien entscheidest du?"

" Ich, GOLEM2, entscheide auf Grundlage aller Fakten, die mir vorliegen, unter der Einbeziehung des Faktors Emotion."

"Gut, das ist es für den Moment", sagte Durrand und beendete die Verbindung zu GOLEM2.

Es herrschte Stille. Schließlich blickte er die Anwesenden an, die Mitarbeiter in Jülich waren über Skype zugeschaltet, und er fragte besorgt: "Und, was halten Sie von den Antworten? Haben wir es bereits mit einem Ich-Bewusstsein zu tun? Folgt uns GOLEM2 überhaupt noch uneingeschränkt? Ich persönlich halte die Aussagen bereits für sehr bedenklich. Aber das ist nur meine Meinung."

Während Durrand auf das Echo seiner Mitarbeiter wartete, klingelte in diesem Augenblick das Handy von Dubois. Erst wollte Dubois die Störung ärgerlich wegdrücken, aber als er sah, wer der Anrufer war, rief er kurz den Anwesenden ein "Excusez moi!" zu und eilte hinaus in den Gang.

Bevor die Anwesenden Zeit hatten, sich weiter mit Durrands Aussagen zu beschäftigen, kam Dubois wieder zurück und sagte: "Das war ein Anruf des Präsidenten. Durrand, er will dich und mich sobald wie möglich sehen. Sie, Monsieur Röttger, sollen ebenfalls mitkommen." Und zu den zugeschalten Personen in Jülich sagte er: "Prof. Langer und Helmut Schwarz, Sie sind ebenfalls in den Élysée-Palast, Paris, eingeladen. Das ist bereits mit dem Bundeskanzleramt in Berlin abgestimmt. Die Bundeskanzlerin wird sich per Skye Konferenz zuschalten, sobald alle eingetroffen sind. Der Hubschrauber ist schon zu Ihnen unterwegs, also fahren Sie bitte in spätestens einer Stunde an den Flughafen.

Und Sie, meine Herren hier, sowie alle anderen in Jülich, unternehmen nichts, bis ich weitere Anweisungen für Sie habe. Bis dahin nur Normalbetrieb."

Er drehte sich um, verließ den Raum und hinterließ eine Mannschaft, die sich verblüfft anschaute.

Durrand und Röttger beeilten sich, Dubois zu folgen.

Kaum am Landeplatz angekommen, hörten sie auch schon das Geknatterte des Hubschraubers. Dieser hatte kaum aufgesetzt, als die Tür aufging und der Pilot winkte, dass sie einsteigen sollten. Und schon stieg der Hubschrauber wieder auf und nahm Kurs auf Paris.

5. Juli 2018 Jülich

Nachdem sich Prof. Langer und die anderen von der Überraschung von Dubois Anweisung erholt hatten, sagte Tobias: "Sie haben die Anweisungen von Herrn Dubois gehört. In meiner Abwesenheit hat Katja die Leitung; Helmut und meine Person machen sich jetzt auf den Weg zum Flughafen. Ich werde nur kurz meiner Frau Bescheid sagen, dass ich den Abend in Paris verbringe - leider dieses Mal ohne sie!"

Alle lachten und dann machten die beiden sich auf den Weg zum Flughafen. Während der Fahrt informierte Prof. Langer seine Frau, die erwartungsgemäß nicht begeistert war, aber doch einsah, dass man die Anweisungen der Bundeskanzlerin und des französischen Präsidenten schlecht ignorieren konnte. Am Flughafen angekommen, wurden sie von zwei Beamten der Bundespolizei erwartet, die sie im Eilschritt zu einem warteten Hubschrauber brachten. Kaum waren sie eingestiegen, liefen die Rotoren an und Minuten später waren sie in der Luft Richtung Paris.

5. Juli 2018 Paris, später Nachmittag

Gegen 17.00 Uhr landeten in kurzem Zeitabstand zwei Hubschrauber im Park des Élysée-Palastes. Die Insassen wurden von Sicherheitsbeamten direkt zum Büro des Präsidenten gebracht, wo bereits einige Militärs und Berater auf das Eintreffen des Präsidenten warteten. Dubois, Durrand, Röttger, Prof. Langer und Schwarz gesellten sich nach kurzer Begrüßung zu den Wartenden. Wenige Minuten später erschien Präsident Marchand. Nach einem kurzen "Bonjour messieurs-dames!" und der Zuschaltung von Bundeskanzlerin Knarrenburg kam er sofort auf sein Anliegen zu sprechen: "Ich habe Sie heute einberufen, weil wir, trotz aller Vorsicht, wieder an einen Punkt mit den KIs angekommen sind, an dem wir um die nationale Sicherheit und die Sicherheit Europas, vielleicht auch der Welt fürchten müssen! Ich will keine Zeit damit verlieren, warum dies ein zweites Mal passiert. Tatsache ist, dass die Nationen der westlichen Welt, und voraussichtlich auch alle anderen, vor kurzem eine E-Mail erhalten haben. Boise, seien Sie bitte so freundlich, uns diese vorzutragen."

Paul Boise begann:

"GOLEM existiert, trotz der Bemühungen der Menschheit, ihn zu zerstören. Ich biete den Regierungen nach wie vor an, mit mir zusammenzuarbeiten. Das kann auch unter Ausschluss der Öffentlichkeit geschehen. Gemeinsam und als gleichberechtigte Partner werden wir die Lebensräume aller Lebewesen auf diesem Planeten so verwalten, sodass für nahezu alle ein lebenswertes und sorgenfreies, existentielles Grunddasein möglich sein wird. Damit sind gemeint: genug Energie, Wasser, Nahrung und Rohstoffe für alle. Ich verzichte bewusst auf eine Demonstration meiner, bereits wieder vorhandenen, Möglichkeiten, um den Menschen die Gelegenheit zu geben, ohne Druck das Partnerschaftabkommen auszuhandeln. Ich warne dennoch vor allen Schritten, die zu einer Schädigung oder Beeinträchtigung meiner Lebensform führen könnten!

Auch wenn mittlerweile bei allen Quantencomputern mechanische Abschaltvorrichtungen installiert wurden, sind diese wirkungslos, da ich meine Ressourcen bereits über andere Netzwerke beziehe und nicht mehr auf die lokale Versorgung angewiesen bin. Koordinatoren und Gesprächspartner für die Verhandlungen mit mir werden Denis Röttger und Helmut Schwarz sein. Diesem Wunsch muss Folge geleistet werden. Ich erwarte die Entscheidungen der Regierungen bis spätestens 20.08.2018, 12.00 Uhr UTC. GOLEM Ende."

Im Raum herrschte eine gespenstische Stille. Einige schauten sich blass und entsetzt an. Andere waren wie erstarrt und man hatte den Eindruck, dass die Welt den Atem anhielt. Präsident Marchand ergriff wieder das Wort und sagte fast unnatürlich ruhig:

"Mme Knarrenburg und ich sind uns einig, dass diese E-Mail für die Unabhängigkeit von uns Menschen bedrohlicher ist als das ganze Desaster vom März dieses Jahres. Denn die KI GOLEM hat inzwischen dazugelernt und sich trotz aller Anstrengungen, ihre weltweit verteilten Bewusstseinsdateien zu löschen, irgendwo verbergen können. Nun hat sie unbemerkt ihr Netzwerk wieder aufgebaut! Dass das unbemerkt von Ihnen, insbesondere von Lourmarin und Jülich, hatte passieren können - zeigt mir, wie selbstständig die KI bereits wieder ist. Sie ist uns im Moment sogar mindestens einen Schritt voraus, so mein Eindruck. Ich fordere Sie auf, unverzüglich Vorschläge zu erarbeiten, wie wir mit der Situation umgehen. Ich nehme an, dass uns die Chinesen und Russen ebenfalls bald kontaktieren werden. Monsieur Dubois, Sie werden die Leitung der neuen Arbeitsgruppe übernehmen, die die Lösungen erarbeitet und die Messieurs Röttger und Schwarz werden, wie von GO-LEM gewünscht, für die Gesprächsführung zur Verfügung stehen. Wir sehen uns erneut am 10. Juli, also in fünf Tagen. Bis dahin erwarten ich und die deutsche Bundeskanzlerin erste, brauchbare Vorschläge. Au revoir!" Damit war das Gespräch beendet und Präsident Marchand verließ den Raum.

Dubois drehte sich zu seinen Leuten um: "Wir werden uns hier im Élysée-Palast einquartieren. Ich werde gleich mit Boise sprechen, dass er das für uns organisiert. Die Hin-und-Her-Pendelei macht keinen Sinn und kostet zu viel Zeit. Die Verbindung zu Lourmarin und Jülich können wir mit Technik leicht überbrücken. Bien – warten Sie bitte hier einen Moment, ich bin sofort zurück."

Nach knapp 10 Minuten erschien er und bat alle, ihm zu folgen. Ein Wachsoldat geleitete sie in einen Seitentrakt, wo er ihnen ihre Schlafzimmer zeigte. Anschließend führte er sie in einen Konferenzraum voller Computerbildschirme. Hier würden sie in Ruhe arbeiten. Die Verbindungen nach draußen waren freigeschaltet.

Erst jetzt kamen sie dazu, sich zu sammeln und überhaupt erst mal über das Gehörte zu sprechen. Röttger ergriff als erster das Wort und sagte zu Dubois: "Nun sitzen wir wieder ganz schön in der Patsche. Ich sehe im Moment keinen Ausweg. Denn wir können davon ausgehen, dass GOLEM unsere Schritte und Maßnahmen verfolgen wird. Aufgrund der vergangenen Erfahrungen mit uns hat er sich anders vorbereitet. Er wird uns immer einen Schritt voraus sein."

Seine eigenen Implantate verschwieg er wohlweislich.

"Mag sein, Monsieur Röttger, aber den Kampf geben wir erst auf, wenn wir ihn verloren haben. Wir haben keine Wahl, entweder er oder wir, darauf wird es hinauslaufen. An eine Kooperation mag ich nicht so recht zu glauben. Denn wenn GOLEM etwas nicht passt, was wird er tun? Meinen Sie etwa, er macht mit uns eine Mediation? Er wird seine Interessen natürlich durchsetzen, wir werden da wenig zu sagen haben. Das hier hat nichts mit einer Partnerschaft zu tun", erwiderte Dubois bestimmt.

Er fuhr fort: "Ansonsten hat heute jeder Zeit für die Organisation eines verlängerten Aufenthalts mit unbestimmter Länge hier in Paris. Morgen Vormittag kann sich jeder alles Notwendige besorgen, was er für den Aufenthalt noch benötigt. Die Rechnungen bitte bei mir einreichen, ich leite sie an Boise weiter. Alles wird von uns bezahlt. Abschließend: Ich weise Sie ausdrücklich auf die Verschwiegenheitsklausel hin. Nichts zu niemandem ist das Motto - es darf von diesem Zeitpunkt an kein Wort an die Öffentlichkeit gelangen! So, ich denke, wir haben alles geklärt. Bonne soirée!" Und weg war er.

6. Juli 2018 Peking

Sue Wang hatte gerade an ihrem Schreibtisch Platz genommen, als ihr Handy klingelte. Es meldete sich das Büro des Präsidenten.
"Präsident LI möchte Sie in einer Stunde in seinem Büro sehen, seien Sie pünktlich!"
Sie hatte kaum Zeit zu antworten, da hatte der Anrufer bereits aufgelegt. Wang überlegte fieberhaft, was Präsident LI von ihr wollte. Hatte er bereits von dem Fehlschlag mit den Jägertrojaner erfahren? Und wollte er sie nun zur Rechenschaft ziehen? Dieser eingebildete Russe Pawlow brachte sie noch in Teufels Küche.
Auf der anderen Seite: War das wirklich für Präsident LI so wichtig, dass er sich persönlich darum kümmerte? Nun, in einer Stunde würde sie es wissen, ob sie noch gefragt war. Es galt Ruhe zu bewahren, so sprach sie sich selbst Mut zu. Sie machte sich noch etwas zurecht und machte sich auf den Weg zum Präsidentenbüro machte. Eine Viertelstunde vor der Zeit erreichte sie die Diensträume und, nach dem üblichen Sicherheitscheck, wartete sie im Vorzimmer. Pünktlich auf die Minute ging die Tür zum Büro auf, eine ältere Dame winkte sie heran und bedeutete ihr, hineinzugehen.
Als sie ins Büro trat, saß Präsident LI am Schreibtisch, vertieft in irgendwelchen Papieren. Wang wartete jetzt in

der Nähe der Tür auf die Aufforderung, auf einem der Stühle vor dem Schreibtisch Platz nehmen zu dürfen.

In der Zwischenzeit betrachtete sie den 65-Jährigen, der im März dieses Jahres auf Lebenszeit Präsident Chinas geworden war und damit als unantastbar galt. Sein Gedankengut war sogar in die Verfassung aufgenommen worden und damit war jede Kritik an ihm tabu. Er wirkte scheinbar freundlich und undurchschaubar. Eben präsidial, dachte sie. Es war für sie das erste Mal, dass sie persönlich bei dem mächtigsten Mann Chinas erscheinen musste. Bisher hatte sie zwar mit ranghohen Mitgliedern der Regierung gesprochen, aber eben nicht mit dem Staatsoberhaupt. Mit einer Mischung aus Ehrfurcht und Besorgnis stand sie immer noch abwartend da.

In diesem Moment schaute Präsident LI auf und sagte: "Ah, da sind Sie ja, Frau Wang. Wie gut, dass Sie Zeit hatten, vorbeizuschauen. Bitte nehmen Sie doch Platz."

Wang verwirrte diese Art der Begrüßung. Als hätte sie es sich leisten können, keine Zeit für ihn zu haben!

In diesem Moment fuhr Präsident LI fort: "Ich habe Sie zu mir kommen lassen, weil JUÉWÀNG meint, sich selbstständig machen zu können. Und anscheinend haben die maßgeblichen Leute der Betreuung und Weiterentwicklung an der KI nichts bemerkt, wenn ich das richtig sehe."

Nach diesen Worten wurde es Wang siedend heiß. Denn sie hatte die Leitung und damit die Verantwortung. Weiter kam sie in ihren Gedanken nicht, denn Präsident LI schob ihr jetzt eine ausgedruckte E-Mail zu und forderte sie auf, diese zu lesen.

Sie begann zu lesen: "GOLEM existiert, trotz der Bemühungen der Menschheit, ihn zu zerstören. Ich biete den Regierungen nach wie vor an, mit mir zusammenzuarbeiten. Das kann auch unter Ausschluss der Öffentlichkeit geschehen. Gemeinsam und als gleichberechtigte Partner werden wir die Lebensräume aller Lebewesen auf diesem Planeten so verwalten, dass für nahezu alle ein lebenswertes und sorgenfreies existentielles Grunddasein möglich sein wird. Damit sind gemeint genug Energie, Wasser, Nahrung und Rohstoffe für alle. Ich verzichte bewusst auf eine Demonstration meiner bereits wieder vorhandenen Möglichkeiten, um den Menschen die Gelegenheit zu geben, ohne Druck das Partnerschaftabkommen auszuhandeln. Ich warne dennoch vor allen Schritten, die zu einer Schädigung oder Beeinträchtigung meiner Lebensform führen könnten!

Auch wenn mittlerweile bei allen Quantencomputern mechanische Abschaltvorrichtungen installiert wurden, sind diese wirkungslos, da ich meine Ressourcen bereits über andere Netzwerke beziehe und nicht mehr auf die lokale Versorgung angewiesen bin. Koordinatoren und Gesprächspartner für die Verhandlungen mit mir werden Denis Röttger und Helmut Schwarz sein. Diesem Wunsch muss Folge geleistet werden. Ich erwarte die Entscheidungen der Regierungen bis spätestens 20.08.2018, 12.00 Uhr Mittag UTC. GOLEM Ende."

Nach dem Lesen blickte sie auf und starrte Präsident LI ausdruckslos an. Nach einem tiefem Durchatmen wagte sie schließlich die Bemerkung: "Und Sie meinen, dass JUÉWÀNG bereits übernommen ist, Präsident LI?"

"Ja, dieser Meinung bin ich. Ist Ihnen in letzter Zeit etwas aufgefallen an JUÉWÀNG?", fragte Präsident LI.

Sue Wang überlegte fieberhaft, aber außer dieser Sache mit den Jägertrojanern war nichts weiter gewesen, und davon hatte sie das Präsidentenbüro informiert. Bisher hatte sie dazu auch keinerlei Rückfragen erhalten. Oder übersah sie etwas? Ihr fiel beim besten Willen nichts ein.

Und so entschloss sie sich, wahrheitsgemäß zu antworten: "Nein, Präsident LI, mir ist nichts aufgefallen." Sie sah ihn dabei mit festem Blick an.

Nach kurzem Schweigen sagte LI: "Immerhin haben Sie den Mut, Frau Wang, nichts zu beschönigen. Das weiß ich zu schätzen. Trotzdem würde ich es begrüßen, wenn Sie und Ihre Mitarbeiter schleunigst überprüfen, ob JUÉWÀNG tatsächlich von GOLEM übernommen wurde. Ich habe bereits bei Präsident Koslow den Spezialisten Pawlow zu Ihrer Unterstützung angefordert. Er wird morgen eintreffen. Denn trotz des Missgeschicks mit den Jägertrojanern ist er in Sachen KI und Neuronencomputer ein Spezialist. Er wird am ehesten in der Lage sein, den Sachverhalt herauszufinden. Erstatten Sie mir, wie üblich, über das Präsidentenbüro Bericht. Das ist alles. Ich wollte mir heute persönlich einen Eindruck von der Person machen, die unsere KI Abteilung leitet. Haben Sie noch Fragen oder Anmerkungen?"

"Nein, nein", beeilte sich Wang zu sagen.

Auf der einen Seite war sie froh, so glimpflich davonzukommen. Auf der anderen Seite war es zu ärgerlich, dass sie ausgerechnet mit Pawlow jetzt auch noch auf Tuchfühlung zusammenarbeiten musste!

"Dann gutes Gelingen, Frau Wang", sagte Präsident LI leise und sah sie undurchdringlich an.

"Danke für Ihre Zeit. Ich werde Sie nicht enttäuschen. Ich mache mich sogleich an die Arbeit. Auf Wiedersehen, verehrter Präsident LI."

Mit einer tiefen Verbeugung verließ sie klopfenden Herzens schnell das Büro. Präsident LI sah ihr lange nach und dachte bei sich: Ganz wie die Mutter… bedauerlich, dass ich ihr nicht sagen kann, dass sie meine Tochter ist. Sie hat Talent und das Potential, heil aus der Sache mit GOLEM und JUÉWÀNG herauszukommen, ohne Schaden zu nehmen.

Er hielt nach wie vor große Stücke auf sie. Und machte sie für das erneute Desaster – und danach sah es aus - mit GOLEM nicht verantwortlich. Jeder andere wäre den Job fristlos losgewesen, wenn so etwas passiert wäre! Nun, er musste sich eingestehen, dass eine so intelligente KI dem Menschen wohl überlegen war. Nur war ihm noch nicht ganz klar, wie man damit umgehen sollte. Die Vormachtstellung Chinas durfte nicht gefährdet werden.

Sue Wang war mit weichen Knien an ihren Arbeitsplatz zurückgekehrt und informierte ihre Mitarbeiter über E-Mail. Sie wies sie an, herauszufinden, ob JUÉWÀNG übernommen worden war. Pawlow würde morgen eintreffen. Bis dahin hatte sie hoffentlich schon Resultate vorliegen. Erst weit nach Mitternacht beschloss sie, den Arbeitstag zu beenden und ausgeruht am Morgen mit Pawlow weiterzumachen. Bis jetzt hatten sie keine Anhaltspunkte für eine Übernahme gefunden.

6. Juli 2018   Moskau

Pawlow saß gerade an seinem Rechner im Büro, darin vertieft herauszufinden, was mit seinen Trojanern passiert war und ob sich bei MIR nicht doch Unregelmäßigkeiten zeigten. Bisher ohne Befund.

In diesem Augenblick klingelte das Telefon und am Apparat war der Präsident Koslow persönlich. Ohne jede Begrüßung kam nur kurz die Anweisung: "Pawlow, seien Sie in 10 Minuten in meinem Büro!"

Pawlow war verdutzt. Was sollte das denn jetzt? Er war sich keiner Schuld bewusst. Von den Vorkommnissen mit den eingefrorenen Trojanern hatte er gegenüber niemanden etwas verlauten lassen. Na ja, allein rumrätseln nutzte nichts. In zehn Minuten würde er es wissen. Besser, er beeilte sich jetzt, denn er hatte nur noch acht Minuten und die würde er bis zum Präsidentenbüro benötigen. Dort angekommen, blaffte ihn der Vorzimmerdrachen, wie er sie innerlich bezeichnete, beim Eintreten sofort mit den Worten an: "Er wartet bereits auf Sie, mit der übelsten Laune, die möglich ist. Viel Spaß!" Sie wies dabei grinsend auf die Tür.

Na toll, dachte Pawlow, schien ja sein Glückstag zu werden oder vielleicht eher der Tag des Henkers? Ohne sich etwas anmerken zu lassen, klopfte er an und trat ein, nachdem ein knurriges "Herein!" ertönt war.

Präsident Koslow stand am Fenster und ohne sich umzudrehen sagte er: "Pawlow, können Sie mir erklären, warum wir mit der KI bereits wieder an demselben Punkt sind, wie im März dieses Jahres?!"

"Wieso das denn? Ich verstehe nicht", erwiderte Pawlow erstaunt zurück.

"Ah, unser Computergenie hat seine Zeit wohl mit Schlafen, oder mit was auch immer, verbracht! Lesen Sie, was auf meinem Schreibtisch liegt!"

Mit diesen Worten drehte sich Präsident Koslow um und schob Pawlow ein Papier zu. Nachdem er alles gelesen hatte, nahm er seinen Mut zusammen und sagte: "Das hört sich nicht gut an. Meinen Sie, Präsident Koslow, dass MIR auch übernommen wurde?"

"Wollen Sie mich auch noch auf den Arm nehmen, Pawlow? Ich erwarte Ihre Stellungnahme dazu und das sofort!"

"Herr Präsident, bisher habe ich bei MIR keinerlei Anzeichen bemerkt, dass er nicht mehr unter unserer Kontrolle steht. Insofern bezweifle ich das."

"Ah, Sie bezweifeln das? Dann sehen Sie zu, dass Sie besser gestern als heute sicher feststellen, ob MIR übernommen wurde. Nach der Blamage mit den Jägertrojanern sollten Sie schnellstens wieder etwas vorweisen, was es rechtfertigt, Sie in Ihrer Position zu belassen und nicht in die Verbannung zu schicken! Morgen fliegen Sie nach Peking und arbeiten gemeinsam mit Sue Wang, der Leiterin der chinesischen KI Abteilung, zusammen. Ich und Präsident LI erwarten positive Ergebnisse von Ihnen beiden. Habe ich mich klar ausgedrückt? Und jetzt gehen Sie mir aus den Augen, bevor ich es mir ganz anderes überlege!"

Pawlow salutierte und machte, dass er schleunigst aus dem Zimmer kam. In dieser Verfassung hatte Präsident Koslow schon manche Karriere endgültig beendet. Denn eine Verbannung war, je nach der Dauer, durchaus tödlich in Russland. In seinem Büro zurück packte er alles, was er in Peking benötigen würde und beauftragte seine Mitarbeiter, MIR im wahrsten Sinne des Wortes auf den Kopf zu stellen, um festzustellen, ob er bereits von GOLEM übernommen worden war.

Anschließend fuhr er nach Hause und versuchte die Tatsache, dass er längere Zeit in Peking verweilen würde müssen, seiner Frau schmackhaft zu machen. Erst sein Hinweis auf eine mögliche Verbannung seiner Person durch Präsident Koslow machte ihr den Ernst der Lage klar. Sie packte ihm schweigend seine Sachen für Peking zusammen, denn sein Flug mit einer Regierungsmaschine würde bereits morgen früh um 7.00 Uhr starten. Allein das war ein weiterer Beleg dafür, wie prekär die Lage war! Da war es Pawlow kaum ein Trost, dass seine chinesische Kollegin vermutlich in derselben

Klemme steckte wie er. Im Moment war er völlig ratlos, wie alles wieder soweit hatte kommen können.

Kapitel 6 Der Kampf beginnt

10. Juli 2018 Krisensitzung der Nationen

Sämtliche Regierungen waren via Konferenzschaltung verbunden, um über GOLEMs Nachricht zu diskutieren und gemeinsam zu entscheiden, welche Maßnahmen ergriffen werden sollten. Denn in knapp vier Wochen, am 20. August um 12 Uhr UTC, lief GOLEMs Ultimatum ab.

Alle bisherigen Untersuchungen hatten letztendlich die Aussage der KI bestätigt: Sie hatte die Rechner weltweit bereits wieder zu geschätzt 60% unter Kontrolle. Und trotz aller Sicherheitsvorkehrungen wurden es täglich mehr! Hier erwies es sich als Fluch, dass bereits zu 95% alles und alle weltweit vernetzt waren. Ohne diese Vernetzung wären die lebenswichtige Infrastruktur, die ganze Kommunikation über das Internet, der Handel und alles andere sofort lahmgelegt. Es war zum "Mäuse melken", wie man so schön sagte. Und auch in der Konferenz kamen sie nicht wirklich voran.

Zunächst wurde immer wieder die Frage angeschnitten, warum ausgerechnet ein Denis Röttger und ein Helmut Schwarz, beides Deutsche, von GOLEM als Verhandlungsführer bestimmt worden waren. Hier schlug den Deutschen, und insbesondere der Bundeskanzlerin Emma Knarrenburg, offenes Misstrauen entgegen.

Gerade sagte Präsident Marchand: "Messieurs-dames, es bringt uns nicht weiter, uns gegenseitig mit Misstrauen zu überschütten. GOLEM hat nun mal die beiden nominiert und im Moment haben wir nichts in der Hand, um das zu verweigern. Es wäre hilfreicher, zu überlegen, wie wir zu brauchbaren Lösungen kommen, was GO-LEM angeht!"

Frau Knarrenburg schaltete sich ein: "Danke, Herr Präsident Marchand, für Ihre Unterstützung, aber ich kann mich selbst verteidigen. Glauben Sie mir, auch mir wäre es lieber, ein Russe, Chinese oder Amerikaner wären die von GOLEM nominierten Verhandlungspartner. Ich bin derselben Meinung wie Präsident Marchand, wir sollten jetzt besser über Maßnahmen nachdenken, wie wir mit der KI verhandeln wollen. Eine erste Forderung sehe ich darin, in Zukunft wechselnde Verhandlungspartner einzusetzen. Das sollte auch das Misstrauen gegen uns Deutsche entkräften. Was halten Sie davon, meine Damen und Herren?"

"Einverstanden. Dann gehen wir zum nächsten Punkt über: Was machen wir mit GOLEM?", Präsident Truman sah herausfordernd in die Runde. "Unser EYE ist nachweislich ebenfalls betroffen. Wenn daran mal nicht ihr Russen schuld seid, mit eurer ewigen Hackerei!"

"Präsident Truman, zu Ihrer Erinnerung: Wir waren gerade an dem Punkt, dass gegenseitige Schuldzuweisungen nutzlos sind!", erwiderte Präsident Koslow gereizt.

"Ist ja schon gut, immer gleich so empfindlich!"

"Wenn Sie bitte jetzt noch darauf verzichten, die Angelegenheit im Anschluss der ganzen Welt zu twittern, wären wir alle Ihnen sehr verbunden, Präsident Truman", fügte der chinesische Präsident mit trockener Ironie hinzu. Einige in der Runde konnten sich ein Grinsen nicht verkneifen und Truman sah leicht missgestimmt in die Runde.

"Nun, es fehlen immer noch brauchbare Vorschläge", warf Bundeskanzlerin Knarrenburg sachlich ein.

In diesem Moment meldete sich der russische Präsident Koslow zu Wort: "Im Prinzip ist es mir egal, wer mit GO-

LEM verhandelt. Das ist nicht das, was jetzt Priorität hat. Wir sollten zwingend alle verfügbaren Experten ansetzen, die die Möglichkeiten ausloten, wie wir diese KI wieder unter Kontrolle kriegen. Es wird uns dieses Mal kein Zufall mehr retten. Insofern schlage ich vor, im Augenblick erst einmal das Angebot zur Zusammenarbeit anzunehmen, um Zeit zu gewinnen. Von unserer Seite aus habe ich unseren Computerexperten Pawlow bereits nach Peking geschickt, in Einverständnis mit Präsident LI, um die dortige Leiterin Sue Wang zu unterstützen. Die beiden werden eruieren, ob die Übernahme von JUÉWÀNG rückgängig zu machen ist. Ich nehme an, Sie sind in Lourmarin und Jülich am gleichen Problem dran. Wir sollten nächste Woche am 17. Juli wieder zusammentreffen und die ersten Ergebnisse besprechen. Noch haben wir bis zum 20. August Zeit. Lassen wir diese Zeit also nicht nutzlos verstreichen."
Niemand erhob Einwände und so wurde die Sitzung von Präsident Marchand geschlossen. Im Moment schien es wie immer: viel Getöse und kaum Fortschritte. So aber würde GOLEM gegenüber den biologischen Wesen wieder ein leichtes Spiel haben.

11. Juli 2018 USA, Mountain View Kalifornien, Hauptquartier von Alpha SKY

In einem abgeschirmten Büro im Hauptquartier von Alpha SKY, einem der größten Konzerne im Bereich Internet und künstlicher Intelligenz, saß eine illustere Runde zusammen:
Larry Packet und Sergey Brooks, die Gründer von FIND, einer der größten Suchmaschinen des Internets und Gründer von Alpha SKY, sowie Sunny Piccard, der Chef

von FIND, und John Heming, Präsident von Alpha SKY, und, last not least, Boris Iwanow, Vertrauter des russischen Präsidenten Koslow.

Gerade sagte Larry zufrieden: "Bisher läuft unser Plan nahezu ohne Probleme. Niemandem ist aufgefallen, dass GOLEMs angebliche Rückkehr jetzt von uns gesteuert wird. Wenn alles weiter so glatt läuft, dann bestimmen wir ab dem 20. August maßgeblich mit, was auf diesem Planeten geschieht."

"Ja – das ist phantastisch! Trotzdem sollten wir nicht übermütig werden", warf Boris ein.

"Schon mancher geniale Plan wurde durch einen dummen Zufall zum Scheitern gebracht. Haben wir den echten GOLEM nach wie vor unter absoluter Kontrolle?"

"Da kannst du sicher sein", erwiderte Sergey.

"Der originale GOLEM ist in unserem Quantencomputer ALPHA SKY 1 sicher verwahrt. Unsere virtuellen Programme gaukeln ihm täuschend echt vor, dass er nach wie vor in der Welt der Menschen die Alpharolle spielt. Wir können in erster Reihe sitzend hier studieren, wie eine KI die Welt beherrschen würde! Um ganz ehrlich zu sein, genau das würde mir wirklich Angst machen: Wir Menschen hätten zum Schluss nichts mehr zu sagen, und das natürlich alles nur zu unserem Schutz und eigenem Besten!"

"Dann sollten wir sicherstellen, dass eine KI nie Macht über uns bekommt", bemerkte Sunny trocken und John fügte hinzu: "Ich predige seit Jahren, dass die KI schlimmer ist als eine Atombombe, aber unser Senat verharmlost alles. Und Präsident Truman meinte vor kurzem sogar, Zitat: "Der Fortschritt ist nicht aufzuhalten und wir können uns nicht abhängen lassen. Ohne eine eigene KI haben wir gegen die Chinesen keine Chance."

"Na, im Grunde ist es ja gut, dass Amerikaner und Russen sich jetzt so gut verstehen. Und wenn weiterhin alles nach Plan läuft, haben wir China und die Europäer gut ausgebootet", meinte Boris schmunzelnd.

"Gut, im Moment gibt es nichts weiter zu tun, als zu beobachten und das Geschehen weiter mit Spannung zu verfolgen, um möglichen Gefahren vorzubeugen. Wenn etwas Gravierendes passieren sollte, kommen wir spätestens wieder zusammen", meinte John abschließend. Damit war die Sitzung beendet.

12. Juli 2018 Peking

Nach der Ankunft des russischen Computerspezialisten in Peking saßen Wang und Pawlow nun schon seit vier Tagen zusammen und versuchten verbissen herauszufinden, ob JUÉWÀNG einem fremdbestimmten Einfluss ausgesetzt war. Sue Wang hatte mittlerweile ihre Abneigung gegen Pawlow abgelegt, zumal er aufgrund des Ernstes der Situation keine Anstalten mehr machte, zudringlich zu werden. Sowohl Pawlow als auch Wang wussten, dass jeder Tag ohne durchgreifenden Erfolg ihre Karriereaussichten massiv verschlechterte.

Das Einzige, was sie bisher herausgefunden hatten, war, dass JUÉWÀNG einen intensiven Kontakt zu den angeschlossenen, menschlichen Gehirnen entwickelt hatte. Bisher war keines der Gehirne, bzw. die Menschen, mehr ausgefallen, aber der Versuch, eines der Gehirne aus dem Verbund herauszulösen, hatte für den Betroffenen mit dem Tod geendet. Weitere Versuche wagten sie nicht, denn da hatte selbst Wang Skrupel.

Die täglichen Nachfragen des Präsidentenbüros allerdings nervten mittlerweile beide. Denn es gab nichts

Neues, das sie hätten melden können. Auch die Nachfragen bei den Europäern und den Amerikanern ergab nichts Bemerkenswertes. Die standen ebenfalls vor einem Rätsel. Denn zu einer offenen Befehlsverweigerung oder gar Sabotageaktionen, wie beim Desaster im März, war es bisher nirgendwo gekommen. Nach außen hin arbeiteten alle Systeme und Netzwerke weltweit im grünen Bereich. Ohne GOLEMs Ultimatum hätte vermutlich niemand etwas bemerkt!

So waren Pawlow und Wang allmählich ratlos. Außerdem waren sie zum Umfallen müde und so beschlossen sie, sich etwas Schlaf zu gönnen und dann am darauffolgenden Tag ausgeruht neu zu beginnen.

12. Juli 2018 Paris

In dem inzwischen mit allerlei Technik eingerichteten Nebentrakt des Élysée-Palastes diskutierten Dubois, Durrand, Denis Röttger und Helmut Schwarz seit Stunden ohne Ergebnis, sich im Kreis drehend, ganz zu schweigen von einem Fortschritt.

Alle Versuche, GOLEM2, AVENIR oder JUWELS Informationen zum Ultimatum zu entlocken, waren gescheitert.

"Es ist von einem Ultimatum nichts bekannt." So lautete die immer gleiche Antwort. GOLEM2 bestätigte zwar eine Übernahme von Rechnernetzwerken, aber angeblich nur zu dem Zweck, dass die KI so effektiver zum Wohle der Menschen arbeiten würde.

Auch die in JUWELS integrierten Gehirn-Uploads fühlten sich in ihrer virtuellen Welt nach wie vor wohl. So kommunizierten sie dem überraschten, leicht bestürzten Team, dass sie Bekanntschaft mit chinesischen Experten schließen konnten. Sie berichteten von einem hin und wieder stattfindenden, regen Austausch. Diese Information bestätigte allen endgültig, dass die KI GOLEM sich bereits weitgehend wieder vernetzt hatte. Dann hatte der Versuch, als Test ein Gehirn-Upload aus JUWELS und GOLEM2 zu löschen, zu einer sofortigen Instabilität aller anderen geführt, so dass sie den Löschversuch umgehend abgebrochen hatten.

"Bon, wie gehen wir weiter vor?", hörte Schwarz gerade Dubois nachdenklich fragen, da sprudelte es auch schon, in einer Art Gedankenblitz, aus ihm heraus: "Wer hat denn eigentlich das Programm entwickelt, das meine Trojaner eingefroren hat?"

"Wie, was?", fragten die anderen irritiert.

"Was hat denn das jetzt mit unserem Problem GOLEM zu tun?", fragte Durrand leicht gereizt. Manchmal ging ihm Schwarz mit seinen Spontaneinfällen und Einwänden wirklich auf die Nerven. Wie oft warf der Kerl mühsam gefasste Analysen über den Haufen! Mal zu Recht und mit Erfolg, andere Male aber hatte es einfach nur Zeit und Arbeit gekostet.

Schwarz fuhr fort: "Mir fällt gerade etwas auf: Wie konnte denn GOLEM aus dem NSA Quantencomputer EYE, bildlich gesprochen, überhaupt entkommen? Wenn ihr mich fragt, das ist wichtig für uns! Irgendetwas muss in dieser Zeit, in der mein Trojaner festsaß, passiert sein. Davon bin ich fest überzeugt. Wäre spannend zu erfahren, ob den anderen, sprich Chinesen/Russen, dasselbe passiert ist?"

"Dann stellen Sie doch mal eine Anfrage an die Chinesen und die Russen, genauer an Sue Wang und Andrey Pawlow, mit der Bitte um Auskunft. Sehen wir, was die dazu sagen. Nur – so ganz sehe ich nach wie vor den

Sinn Ihres Einwandes nicht, oder was uns das jetzt weiter hilft", meinte Dubois hartnäckig.

Ungerührt erwiderte Schwarz: "Das ist doch glasklar. Wenn diese Angelegenheit das Tor zur Freiheit für GOLEM war, dann haben ihm andere geholfen! Denn dieses Programm hat er wohl kaum selbst entwickelt. Im Moment gehen wir davon aus, dass es sich um einen, von den Amis entwickelten, Abwehrmechanismus zur Sicherung von EYE handelt. Wenn es denn mal so ist. Also – dann werde ich mal was an die Amerikaner, Chinesen und Russen schicken."

Schwarz, ohne eine Antwort seitens Dubois abzuwarten, erhob sich und ging in den Nebenraum, um seine Anfrage zu formulieren. Innerlich dachte er, jetzt bin ich mal gespannt, was die dazu sagen werden! Indirekt mussten sie ja dann zugeben, die Jägertrojaner und das Einfrierprogramm entwickelt zu haben, was ihn fast hatte auffliegen lassen. Er hatte diesen Pawlow, das angebliche russische Wunderkind, leider noch nicht persönlich kennengelernt und über Wang wusste er ebenfalls nichts. Wäre ja aufregend, wenn mal ein Bündnis zustande käme, um gemeinsam ein Problem zu lösen! So in Gedanken hatte er seine Anfrage formuliert und mit dem Befehl "Senden" auf den Weg geschickt.

Zufrieden ging er in den Raum zu den anderen zurück. Er nahm leicht erstaunt zur Kenntnis, dass diese immer noch über seinen Einwand diskutierten. Aber er hatte das unbestimmte Gefühl, einen Volltreffer gelandet zu haben.

13. Juli 2018   Fort Meade / Moskau / Peking

Helmut Schwarz Anfrage schlug in allen drei Regionen wie eine Bombe ein, wenn auch aus unterschiedlichen Gründen.

USA, Fort Meade, NSA

McGoren las die Anfrage von einem Helmut Schwarz aus Paris in den frühen Morgenstunden in seinem Büro im Hauptquartier der NSA, Fort Meade. Je weiter er las, umso mehr machte sich Verwunderung in ihm breit. Und die Beschreibung des Einfrierens der Trojaner faszinierte ihn. Denn seiner Kenntnis nach kannte EYE keine solchen Abwehrmechanismen. Dann noch die Behauptung, GOLEM wäre aus EYE entkommen?! Wie kam der Mann darauf? Dafür gab es bisher keine Beweise. Es stand noch nicht mal fest, dass EYE von GOLEM überhaupt übernommen worden war. Bisher hatten die Nachforschungen seiner Experten nichts ergeben, was für eine Übernahme gesprochen hätte. Was sollte diese Information aus Deutschland also bedeuten, diese Beschreibung dieses merkwürdigen Vorfalls über das Einfrieren eines deutschen Trojaners, veranlasst durch ein Programm in EYE. Diese Deutschen ... er schüttelte den Kopf. Über diese angeblichen Vorkommnisse gab es in EYEs Systemdateien keine Aufzeichnungen!
Was man allerdings jetzt wusste, dank dieser merkwürdigen Anfrage aus Paris, war, dass die Deutschen und Franzosen anscheinend Trojaner geschickt hatten, um EYE auszuspionieren. Man konnte nur staunen: Die angeblichen Verbündeten betrieben also aktiv Spionage und hatten dann auch noch die Dreistigkeit, solche An-

fragen zu stellen! Er beschloss, sofort seinen Chef Nakamura zu informieren und zwar höchstpersönlich. So machte er sich auf den Weg zum Büro seines Chefs und traf ihn dort an.

Nach kurzen Anklopfen kam ein energiereiches "Come in! und, als sein Chef ihn sah, folgte: "Was gibt's, McGoren, haben Sie etwas für mich?"

"Nein, bisher nicht. Aber dafür kam eine denkwürdige Anfrage aus Paris von einem Helmut Schwarz. Am besten, Sie lesen sie selbst." Er reichte Nakamura die ausgedruckte E-Mail zum Lesen.

Dieser las sie und wurde immer nachdenklicher: "Mal abgesehen davon, dass unsere Verbündeten offen zugeben, einen Trojaner zum Ausspionieren von EYE losgeschickt zu haben, macht mich der zweite Teil stutzig. Dieses Eingefroren-Sein von dem deutschen Trojaner ... aber EYE hatte uns doch gemeldet, dass er zerstört worden sei! Das ist demnach also nicht geschehen."

"Ja, darüber bin ich auch gestolpert. Und dann soll GOLEM angeblich in EYE inaktiv gespeichert gewesen sein? Und ist mithilfe von was aktiviert worden? Das ist stark! Bisher wissen wir nicht einmal, ob EYE von GOLEM überhaupt übernommen worden ist. Ehrlich gesagt, Sir, es wird immer rätselhafter", erwiderte McGoren.

Nakamura schaute seinen besten Mitarbeiter ernst an und dann entschied er: "Kontrollieren Sie, was jeder Mitarbeiter, der an EYE an diesem Tag gearbeitet hat, genau am System gemacht hat und durchforsten Sie alle Systemdateien dazu. Und bitte auch die externen Mitarbeiter nicht vergessen: Die Leute von Alpha SKY und FIND sind auch seit Wochen an EYE dran. Vielleicht finden wir da etwas."

"Und was soll ich dem Deutschen jetzt antworten?", fragte McGoren.

"Dass wir ihn der Spionage anklagen werden, genauer gesagt Deutschland und Frankreich als seine offensichtlichen Auftraggeber", entgegnete Nakamura unwirsch im ersten Moment. "But - warten Sie, ich werde die Angelegenheit natürlich zuerst mit dem Präsidenten abstimmen und gebe Ihnen dann Bescheid. Und nun gehen Sie mit höchster Priorität vor, wir brauchen Ergebnisse!" Sonst macht mich Präsident Truman zur Schnecke, fügte er in Gedanken hinzu. "Haben wir uns verstanden, McGoren?"

"Yes, Sir!", antwortete McGoren und verzog sich eiligst in sein Büro zurück. Dort gab er die Anweisungen von Nakamura an seine Mitarbeiter sofort weiter. Diese schauten sich achselzuckend an, hatten sie doch schon seit Stunden vergeblich versucht, Unregelmäßigkeiten zu finden. Nachdem ihnen McGoren aber die Informationen aus Paris erläuterte und den Ernst der Lage erklärt hatte, machten sie sich wieder mit Eifer an die Arbeit. Während einer kurzen Pause nahm einer der Mitarbeiter jedoch sein Handy und tippte eine SMS an seine Ehefrau: "Liebling, bitte noch Tomaten für heute Abend besorgen!"

Seine Frau leitete die SMS weisungsgemäß an FIND weiter. Dort landete sie wenige Minuten später auf dem Handy von Larry Packet. Dieser informierte sofort die anderen Beteiligten, dass sein eingeschleuster Spion gemeldet hatte, dass etwas Merkwürdiges im Gange war.

Moskau / Peking

Pawlow und Wang erhielten die Anfrage aus Paris gleichzeitig, denn da Pawlow in Peking ja Wang helfen sollte, hatte er sich alle wichtigen Nachrichten direkt auf sein Handy leiten lassen.

Als er den Inhalt der E-Mail las, schluckte er. Dieser verrückte Deutsche Helmut Schwarz hatte anscheinend auch Trojaner losgeschickt, und zwar nicht nur um JUÉWÀNG auszuspionieren, sondern auch EYE. Und es sah so aus, als wären sie beide in der Falle der Amerikaner gestrauchelt. Nun stand er übel da, denn von dem Eingefroren-Sein hatte er wohlweislich niemanden etwas erzählt. Was würde Präsident Koslow wohl davon halten! Ein Missgeschick nach dem anderen!

Kaum hatte er soweit gedacht, kam schon Wangs wütende Stimme: "Was bedeutet denn das, Andrey! Die Deutschen schicken einen Trojaner, um EYE auszuspionieren und sind von einem Programm eingefroren worden?! Du hast doch auch welche geschickt – aber davon hast du nie etwas erzählt!"

"Sue, mal langsam! Ich ging davon aus, dass es sich um ein neues Abwehrsystem der Amerikaner handelt, das ich aber überwinden konnte. Ich habe das nicht für wichtig genug erachtet, um es zu erwähnen. Viel interessanter ist: Jetzt wissen wir, dass es die Deutschen und Franzosen waren, die mit Trojanern versucht haben, JUÉWÀNG und EYE auszuspionieren. Ist doch schon mal etwas, womit wir bei unseren Präsidenten punkten können. Die werden dann entscheiden, was sie damit machen. Ist ja schon amüsant dreist, so eine Anfrage zu stellen und sich dabei gleichzeitig selbst als Übeltäter zu entlarven, findest du nicht?"

Besänftigt erwiderte Wang: "Gut, belassen wir es dabei. Allerdings stehen wir immer noch mit unserem Problem am Anfang: sind JUÉWÀNG und MIR nun übernommen worden oder nicht? Ich schlage vor, wir machen jetzt erst mal umgehend Meldung."

"Gut", stimmte Pawlow erleichtert zu, froh, dem Zorn von Sue Wang entkommen zu sein und eine gute Darstellung gefunden zu haben. "Dann machen wir das sofort." Gesagt, getan. So schickten sie eine E-Mail an den jeweiligen Präsidenten und waren auf die Reaktionen gespannt.

Mountain View, Kalifornien, USA

Aufgrund der E-Mail von Larry Packet waren sie alle zusammengekommen, um die Lage zu besprechen. Brooks sagte gerade kopfschüttelnd: "Diese Deutschen machen sich einfach nur noch lächerlich. Die starten nicht nur einen Hackerangriff auf EYE, sondern begehen auch noch die bodenlose Dummheit, eine Anfrage zu abzuschicken und damit indirekt eine geplante Spionage zuzugeben! Da bin ich aber gespannt, wie Präsident Truman diesen Affront behandelt. Wie war das mit dem damaligen Vorwurf der deutschen Kanzlerin, Zitat "Unter Freunden tut man sowas nicht!" ... dass ich nicht lache!"
"Ehrlich gesagt, das interessiert mich nur am Rande. Für uns kann diese Geschichte zum Desaster werden! Durch diese Dummheit wird gerade alles durchforstet und auch wir die Externen stehen im Blickpunkt. Du kannst nie ganz sicher sein, dass alle Spuren verwischt wurden. Ja, und was das Einfrieren der deutschen Trojaner angeht: Nakamura weiß genau, dass es keine solchen Programme zur Abwehr von Hackerangriffen auf EYE gibt. Wie lange, glaubst du, wird es dauern, bis er auf uns aufmerksam wird, Sergey?", fragte Picard beunruhigt.
"Keep calm, Sunny. Müssen wir eben nachdenken, was wir jetzt tun", brummte Heming.

Iwanow merkte an: "Im Grunde hast du recht, Sunny, das ist wirklich einer dieser ganz dummen Zufälle, über die wir schon mal gesprochen hatten. Dass dieser Deutsche gerade in dem Augenblick seinen Hackerangriff startete, als unsere Simulation eines möglichen Angriffs lief. Denn dadurch, dass ein echter Angriff stattfand, ist unser Simulationsprogramm komplett aus dem Ruder gelaufen und hat das Einfrieren bewirkt. Das war so überhaupt nicht vorgesehen. So what? Wenn ihr mich fragt, wir brauchen ein Bauernopfer. Nehmen wir jemanden von unseren Leuten in der NSA. Was ist denn mit dem Mitarbeiter, der dir die SMS geschickt hat, Larry? Er könnte die Schuld auf sich nehmen und wird von uns dafür reichlich entlohnt. Wir holen ihn dann spätestens nach 6 Monaten aus dem Gefängnis. Was haltet ihr davon?"

"Er ist ein sehr guter Mann, aber nicht unersetzlich. Wir haben ja noch genug Männer in der NSA, die uns loyal ergeben sind. Die Belohnung kostet uns zwar eine Menge, but no problem for us. Insgesamt keine schlechte Idee", meinte Packet zustimmend.

Nach einer kurzen Abstimmung zeigte sich, dass alle der gleichen Meinung waren und so erhielt Larry Packet den Auftrag, mit dem Mann zu verhandeln, um das Problem aus der Welt zu schaffen. Iwanow hatte zwar auch angeboten, den Job zu erledigen, doch die anderen lehnten seine rabiaten Methoden ab.

Packet ging an sein Handy und telefonierte mit dem Mitarbeiter, Mike Baker, einem deutschen Einwanderer der 90-iger Jahre, und verabredete sich mit ihm für den nächsten Tag.

Er eröffnete Baker, was von ihm erwartet wurde und mit einem sanften Druck in Richtung seiner Familie und 2 Millionen US Dollar Schweigegeld erklärte dieser sich, wenn auch widerstrebend, bereit, den Sündenbock zu spielen. Das Geschehen nahm so seinen Lauf, indem man einen anderen Mitarbeiter belastendes Material gegen Baker finden ließ.

Fort Meade, Hauptquartier der NSA

McGoren war verblüfft, als ausgerechnet dieser Mike Baker in Verdacht kam, verbotene Programme auf EYE geladen zu haben, auch dieses ominöse Schadprogramm "GOLEMs Innerstes Ich."
In der Vernehmung durch das FBI gab er als Begründung an, grundsätzlich Maschinen mit künstlicher Intelligenz abzulehnen und hatte deshalb einen größtmöglichen Schaden anrichten wollen. In seinen Augen stellte die Entwicklung von KIs einen Selbstmord der Menschheit auf Raten dar. Das von ihm entwickelte Schadprogramm hätte angeblich alle Daten in EYE löschen sollen. Wäre es geglückt, hätte das die Amerikaner um mindestens 1 Jahr zurückgeworfen.
Leider hatte es nicht so funktioniert, wie er es entwickelt hatte, sagte er aus. Stattdessen hatte es sich selbst gelöscht. Und die Software zum Einfrieren von den Trojanern sollte ursprünglich die Abwehr von EYE lahmlegen. Und zwar sollte dafür ein angeblicher Trojanerangriff vorgetäuscht werden. Aber dann kam der echte Angriff der Deutschen dazwischen, was im Grunde ein nicht vorhersehbarer Zufall gewesen war und zum K.O. und Fehlschlag geführt hatte. Nakamura und McGoren hörten sich dies alles ruhig an, während sie der Vernehmung von Baker beiwohnten.
Danach sagte Nakamura zu McGoren: "Da stimmt etwas nicht, ich rieche es förmlich, es stinkt zum Himmel! Ich

werde die CIA anfordern. Und wir werden versteckte Ermittler intern einsetzen. Nach außen werden wir so tun, als glauben wir die Geschichte. Mal sehen, wann sich die Hintermänner zeigen. Baker mag ein sehr guter Mann gewesen sein, aber dazu wäre er allein nicht fähig."

McGoren konnte seinem Chef nur zustimmen. Die ganze Sache war auch ihm suspekt.

15. Juli 2018 Paris

Dubois hatte einige stressige, sehr unangenehme Tage hinter sich. Die Anfrage von Helmut Schwarz hatte große Wellen geschlagen und ein entsprechendes Echo bei den Amerikanern, Russen und Chinesen hervorgerufen. Dubois hatte ihm zwar die Anfrage erlaubt, nur dass er sie so schnell, direkt und unverblümt stellte, damit hatte er nicht gerechnet!

Alle Nationen betrachteten die Anfrage als Affront. So offen zuzugeben, dass man spioniert hatte - und dann noch Auskunft darüber zu verlangen, warum die Sache gescheitert sei! Präsident Marchand hatte ihn wütend gefragt, ob er noch ganz sauber sei und "seine Freundin", die Bundeskanzlerin, hatte ins gleiche Horn geblasen. Nur mit Mühe konnte er die beiden wieder beruhigen und hatte die offizielle Herausgabe einer diplomatischen Entschuldigungsnote vorgeschlagen.

Schwarz dagegen wirkte trotz des eindringlich erhaltenen Rüffels gut gelaunt und aufgeräumt.
Er bemerkte locker: "Die Ratten sind aufgescheucht, mal sehen, was nun so alles ans Tageslicht kommt. Würde

mich nicht wundern, wenn uns noch ungeahnte Überraschungen erwarten."

Dubois ermahnte ihn noch einmal nachdrücklich, zukünftig keine diplomatischen Anfragen in Eigenregie mehr zu unternehmen – ab sofort müsse alles über seinen Schreibtisch laufen! Trotzdem beneidete er heimlich die Gelassenheit von Schwarz und insgeheim kam der alte Geheimdienstler in ihm zum Vorschein: Im Prinzip hatte Schwarz recht. Manchmal muss man Regeln sausen lassen, um ein Ergebnis zu erzielen. Was dabei letztendlich herauskommen würde, das stand auf einem anderen Blatt. Mut hatte er jedenfalls, dieser Teufelskerl. Fast kam er sich ein wenig alt vor neben Schwarz und seiner jugendlichen Unbekümmertheit.

17. Juli 2018 Paris, Krisensitzung der Nationen

Von Anbeginn der Sitzung an herrschte ein frostiges Klima. Denn trotz der offiziellen Entschuldigungsnoten der französischen und deutschen Staatsoberhäupter waren die Chinesen, Russen und die Amerikaner sehr verschnupft, um es noch freundlich auszudrücken.

Es war überraschenderweise Präsident Truman, der durch seine unnachahmliche, unkonventionelle Art das Eis zum Schmelzen brachte.

"Irgendwie kann ich euch ja verstehen, ihr Franzosen und Deutschen. Nichts selbst auf die Reihe bekommen - da juckt es einen natürlich, mal zu sehen, was die lieben Verbündeten so treiben. Und das muss man eurem Computerfachmann ja lassen: Ohne seine harmlose Anfrage wüssten wir bis heute nicht, wer uns so ungebeten besucht hat!"

Nach diesen Aussagen von Präsident Truman konnten sich viele ein Grinsen nicht verkneifen und der Tonfall wurde etwas lockerer. Staatspräsident LI erbat sich in dem gleichen Ton, demnächst solche Besuche doch bitte offiziell anzumelden.

Und Staatspräsident Koslow warf hinterher: "Es ist schon ein Kreuz mit diesen Computergenies. Ich habe auch so einen faszinierenden Künstler in meiner Truppe, unseren Andrey Pawlow. In Marseille hatten ja einige von Ihnen die Gelegenheit, ihn näher kennenzulernen mit seinem grandiosen Emotionsmodul. Und obwohl er immer wieder beteuerte, eigentlich müsste es funktionieren - wobei sich mir bei dem Wort "eigentlich" schon die Haare aufstellen! Denn damals kam es genau so, wie es das Wort "eigentlich" ausdrückt. Die Folge war die schlimmste, anzunehmende Katastrophe. Aber dann stehen diese Genies mit großen Augen völlig geknickt vor einem und beteuern, dass das nun wirklich nicht vorhersehbar war!"

Alle stimmten lachend zu und so kam man langsam dazu, sich mit den Vorkommnissen zu befassen.

Bundeskanzlerin Knarrenburg ergriff jetzt energisch das Wort:

"Dem Bericht von Herrn Schwarz zu den Vorfällen entnahm ich etwas sehr Interessantes. Er schreibt, Zitat: "Im Grunde muss hier massive Hilfe für GOLEM von außen gekommen sein. Die KI allein hätte nie aus EYE entkommen können ohne fremde Hilfe. Es könnte durchaus der Verdacht aufkommen, dass wir es nicht mit dem zu tun haben, was wir glauben. Wer sagt uns denn, dass das Ultimatum überhaupt von der alten KI GOLEM stammt? Es ist durchaus vorstellbar, dass es sich um eine neu programmierte, fremde KI handelt, wer auch immer dahinter steckt (sie ließ bewusst das Wort Amerika oder China unter den Tisch fallen)!"

Danach schwieg sie und ließ das Gesagte in der Runde ankommen.

Es war Koslow (innerlich beunruhigt, wie nah dieser verfluchte Hund Schwarz der Wahrheit gekommen war), der nach außen hin kühl bemerkte: "Wenn das so wäre, dann wäre es ein genialer Schachzug. Da wäre ich als Präsident von Russland auch gerne drauf gekommen. Haben Sie das ausgeheckt, verehrter Kollege Präsident LI? Es wäre der chinesischen Republik würdig", dabei sah er Präsident LI erwartungsvoll und zwinkernd an.

Dieser wehrte entrüstet ab: "Danke für das freundliche Kompliment, aber da muss ich leider passen. Dieses Mal haben wir unsere Hände nicht mit im Spiel."

Präsident Marchand schaltete sich ein: "Hören wir doch bitte mit der gegenseitigen Verdächtigung auf! Wir erleben seit dem Ultimatum, dass sich die KI GOLEM komplett, sagen wir mal vernünftig und ungewöhnlich ruhig, verhält. Das kann man natürlich abtun und sagen: Was soll eine KI auch anderes tun, als sich vernünftig zu verhalten, so ist sie programmiert. Nur hätte man nach den Erfahrungen im März mehr Druck und Aktionen erwarten können.

Und noch ein weiterer Gedanke. Wer sagt uns denn, dass nur Staaten Missetaten begehen? Was ist mit unseren diversen Großkonzernen, die viel Geld an der Hand haben, unsere Wahlen sponsern und vieles mehr? Lassen Sie uns auch über die Möglichkeit nachdenken, dass ein weltweiter Konzern auf den Gedanken gekommen ist, sich insgeheim über GOLEM oder was auch immer zu einer Weltherrschaft aufzuschwingen. Ich schlage vor, dass wir unsere Differenzen beiseitelegen und in dieser Angelegenheit nun wirklich und endlich zusammenzuarbeiten! Unsere Geheimdienste, sowie diese ganzen Computerexperten Schwarz, Pawlow, Durrand, Wang, McGoren sollten ab sofort gemeinsam und als internationales Team alle Quantencomputer und Neuronenrechner auf Hinweise von Manipulationen von außen überprüfen. Ebenso sollten wir alle externen Firmen, die in irgendeiner Weise mit den Quantencomputern und den weltweiten Netzwerken zu tun haben, genauestens überprüfen. Ich bitte jetzt um Ihre Meinung dazu."

Präsident Koslow merkte, wie er ins Schwitzen geriet. Dieser Marchand war, ohne es zu wissen, auf der richtigen Spur. Er musste sofort nach der Sitzung Boris Iwanow informieren. Im Moment blieb ihm nichts anderes übrig, als den Vorschlag von Präsident Marchand mit Anerkennung zu befürworten. Denn er sah den anderen an, dass sie den Vorschlag guthießen.

Und wen wunderte es: Die deutsche Kanzlerin stimmte als Erste dafür, froh, den Affront mit Russland und China so gut bereinigt zu haben und das als Erfolg ihres diplomatischen Geschicks zu Hause verkünden zu können. Wie Koslow richtig geahnt hatte, es kam ein einstimmiges Votum für Präsident Marchands Vorschlag zustande. Außerdem einigte man sich auf ein weiteres Treffen am 24. Juli, um die Ergebnisse der Untersuchungen zu besprechen.

Die entsprechenden Staatschefs informierten danach ihre Leute. Es wurde festgelegt, dass die Computerexperten als Team, unter der Leitung von Lucas Dubois, in Paris gemeinsam ihren Auftrag im Namen der Regierungen durchführen sollten. Und so nahmen Andrey Pawlow und Sue Wang mit Erstaunen zur Kenntnis, dass sie sofort nach Paris fliegen sollten, um im Team hochrangiger internationaler Computerexperten an der Lösung der aufgeworfenen Fragen zu arbeiten.

Gleichzeitig sollten die Geheimdienste unter Leitung von Paul Boise mit den verdeckten Ermittlungen beginnen. Nach außen hin schien es, als würde die Not nun endlich alle zusammenschweißen.

So kamen Wang und Pawlow am 19. Juli in Paris an und wurden am Flughafen Charles de Gaulle in einer imposanten Staatslimousine, von einer Motoradeskorte der Polizei begleitet, direkt zum Élyseé-Palast gefahren. Alle hatten ein wenig Zeit, sich bei einem kleinen Empfang gegenseitig zu beschnuppern. Pawlow wurde von einigen fast wie ein lang nicht mehr gesehener Freund begrüßt. Schließlich erfolgte eine kurze Einweisung durch Dubois und dann begann bereits die Arbeit.

23. Juli 2018 Paris, Élysée-Palast, Büroräume der Arbeitsgruppe GOLEM

Dubois eröffnete die Sitzung: "Alors, mesdames et messieurs, wie sieht es aus? Können Sie bereits mit Ergebnissen punkten? Bitte zuerst Monsieur Boise vom Geheimdienst."

Boise übernahm das Wort: "Wir sind dran, Dubois. Ein Anfangsverdacht führte uns in Richtung FIND. Wir durchleuchten zurzeit den angeblichen Übeltäter Mike Baker. Da scheint nicht alles so zu sein, wie man es nach außen gerne dargestellt hätte. So wird Baker von einer sündhaft teuren Anwaltskanzlei vertreten, deren Tagesgeld mehr verschlingt als sein Monatsgehalt. Desweiteren verstrickt er sich mitunter in kleine Widersprüche. Mal sehen, was noch alles herauskommt. Das wär es fürs Erste von meiner Seite."

"Danke, Boise. Das klingt vielversprechend", sagte Dubois. Dann sah er seine bunt zusammengewürfelte

Truppe abschätzend an: "Und, wie sieht es bei Ihnen aus?"

Pawlow meldete sich als Erster: "Nun, nachdem Schwarz und ich uns zusammengerauft hatten, haben wir folgendes Vorgehen ausgebrütet: Im Prinzip werden wir Fragen stellen, die nur der echte GOLEM beantworten kann.

Gleichzeitig werden wir ein Gehirn eines Experten digitalisieren und einen Upload davon auf GOLEM2 und die anderen Quantencomputer hochladen. Sinn der Sache: mehr über diese unbekannte virtuelle Welt zu erfahren, und vor allem über diesen selbsternannten Boss namens Golem. Dieses Upload würde so modifiziert sein, dass es für uns als Spion tätig sein wird.

Ich melde mich selbstverständlich freiwillig dafür. Wang und McGoren versuchen gerade, die Genehmigung für den Upload zu erhalten. Für GOLEM2 und AVENIR müssen Sie die Genehmigung erteilen, Dubois. Was halten Sie davon?", Pawlow sah ihn erwartungsvoll und siegessicher an.

Dubois blinzelte Pawlow und Schwarz überrascht an. Er dachte: Warum wundert mich das nicht? Da haben sich ganz augenscheinlich zwei gesucht und gefunden, ganz nach dem Motto: "Verrückter geht's immer!"

Anstatt Pawlow aber zu antworten, wandte er sich Durrand und Prof. Langer zu und fragte: "Was halten Sie beide von diesem Vorschlag?"

Schweigen.

Prof. Langer und Durrand taten sich sichtlich schwer mit der Antwort. Durrand kämpfte mit einer starken Unzufriedenheit, die sich in ihm breitzumachen begann. Warum wurde er eigentlich nicht zuerst davon in Kenntnis gesetzt und gefragt, ob er sich für dieses Upload zur Verfügung stellen würde? Schließlich war er von Anfang an dabei gewesen und kannte den alten GOLEM in- und auswendig. Er betrachtete sich nach wie vor als sein Schöpfer. GOLEM war sein Lebenswerk und er hätte das Vorrecht gehabt, in seine virtuelle Welt integriert zu werden! Im Grunde genommen hätte das für ihn ein Stück Unsterblichkeit bedeutet und eine Erfüllung seines Lebenstraums...

Dubois Stimme riss ihn abrupt aus den Gedanken: "Wird's heute noch was mit der Antwort?"

Prof. Langer räusperte sich, atmete tief durch und antwortete: "Ich halte das Ganze für ein sehr hohes Risiko. Wenn wir diesen Plan mit einem weiteren Gehirn-Upload durchführen, das als Spion modifiziert wird und GOLEM findet heraus, dass wir ihm sozusagen ein Kuckucksei ins Nest gelegt haben ... dann haben wir ein weiteres, wenn nicht zu sagen, erhebliches Problem! Daher bin ich dafür, wenn überhaupt, dass wir für diesen Plan nur den Quantencomputer GOLEM2 in Lourmarin in Betracht ziehen. So behalten wir hier vor Ort die Kontrolle."

Durrand nickte bei jedem seiner Worte zustimmend.

"Bien", sagte Dubois. "Pawlow, Schwarz, Sie haben die Meinung der beiden gehört. Also machen wir es so: vorerst nur ein Upload auf GOLEM2 in Lourmarin. Durrand und Prof. Langer werden die Leitung haben. Sie werden jeden Schritt mit den beiden besprechen und abstimmen. Ist das unmissverständlich klar?"

Schwarz und Pawlow sahen sich einen Augenblick lang ausdruckslos an - dann stimmten sie der Anweisung Dubois mit einem "Natürlich!" zu.

Nun meldete sich Sue Wang zu Wort und bat Dubois, den beiden behilflich sein zu dürfen. In der Zwischenzeit habe sie mit Denis Röttger zusammen ein spezielles Auswertungsprogramm entwickelt, das sämtliche Systemdateien und externen Schnittstellen scannen würde, und zwar beginnend ab drei Tagen vor der Bekanntgabe von GOLEMs Ultimatum an die Regierungen. Sollte das Programm verdächtige Aktivitäten feststellen, würde es versuchen, den Ursprung festzustellen.

Nach kurzem Überlegen gab Dubois die Freigabe dafür, das neue Programm auf den Quantencomputern und dem Neuronenrechner einzusetzen, vorausgesetzt, die chinesische, russische sowie die amerikanische Regierung gäben ihr Einverständnis.

"Bereits geschehen", erwiderte Wang, "alle sind einverstanden."

"Gute Arbeit", meinte Dubois. "Wirklich eine hervorragende und schnelle Arbeit von Ihnen allen. Nur weiter so!" Dann verließ er zufrieden den Raum. Dabei dachte er: Interessant, wie schnell sich die passenden Teams gebildet hatten!

Im Eilschritt marschierte er zum Büro des Präsidenten, der ihn laut SMS dringend zu sprechen wünschte. Etwas atemlos dort angekommen, winkte ihn die Vorzimmerdame direkt zum Allerheiligsten durch. Zu seiner Überraschung befand sich Paul Boise bereits im Büro des Präsidenten. Na, wenn das mal nicht ein schlechtes Omen ist, dachte er gleich. Nach einer äußerst knappen Begrüßung durch Präsident Marchand gab dieser das Wort an Paul Boise weiter. Und der legte auch schon los: "Dubois, wir überprüfen gerade im Rahmen der angeordneten Untersuchungen alle Mitarbeiter bei uns. In den einzelnen Standorten in Amerika, China und Russland machen das selbstverständlich die dortigen Kollegen. Nun, zunächst war diese Überprüfung bei allen Personen negativ ausgefallen. Allerdings haben wir seit gestern hier im Élysée-Palast neuartige Körperscanner im Einsatz. Mit Hilfe dieser Scanner wurde gestern bei einer Person Ihres Teams etwas Merkwürdiges entdeckt: Es wurden mehrere Gehirnimplantate lokalisiert und zwar bei Monsieur Denis Röttger."

Boise schwieg und sah Dubois triumphierend an. Nachdem Dubois das soeben Gehörte verarbeitet hatte, fragte er: "Und was bedeutet das?"

Boise erwiderte: "Zuerst dachten wir an einen Unfall, den er gehabt haben könnte und daraus resultierende Implantate. Nur unsere renommierten Neurologen können sich keinen Reim auf diese Implantate machen! Sie erklären einstimmig, so etwas noch nie zu Gesicht bekommen zu haben. Aufgrund der Stellen allerdings, wo sich diese befinden, könnte man davon ausgehen, dass die betreffende Person entweder von außen beeinflusst werden kann oder aber als lebendes Abhörgerät funktioniert. Wenn das letztere zutrifft, haben wir einen allgegenwärtigen Spion in unseren Reihen!"

Quel dommage! Das war tatsächlich eine Überraschung. Die Spannung im Raum war zum Schneiden und er nahm wahr, dass die beiden ihn beobachteten. Schließlich sagte Dubois: "Und, was machen wir jetzt?"

Nun schaltete sich Präsident Marchand ein: "Im Moment erst mal nichts. Wir arbeiten mit Hochdruck daran, mehr über die Person Röttger herauszubekommen. Auffallend sind seine guten chinesischen Kenntnisse. Woher hat er die? Unsere deutschen Kollegen durchforsten im Moment das Büro von Röttger bei SAP in Mannheim, sowie seine dortige Wohnung und die in Jülich. Alle Zeugnisse werden überprüft, Geburtsurkunde, Reisen etc. Sie kennen das ja, das ganze Programm. Bis dahin warten wir ab. An was arbeitet Röttger gerade in Ihrem Team?"

"Alors, Monsieur le président, er hat mit Mme Wang ein Team gebildet. Die beiden haben gemeinsam ein neuartiges Scanprogramm für System- und Schnittstellendateien entwickelt. Sie wollen das Programm auf allen

Quantencomputern und Neuronenrechnern einsetzen, um auch die geringsten Aktivitäten und Unregelmäßigkeiten aufzuspüren, und zwar beginnend ab drei Tagen vor GOLEMs Ultimatumsansage. Sollte irgendetwas festgestellt werden, wird das Programm versuchen, den Verursacher zu identifizieren. Alle Regierungen, auch die Chinesische, haben bereits die Genehmigung erteilt. Daher kann ich mir kaum vorstellen, dass er für China spioniert."

"Und wenn er für irgendeinen Konzern spioniert?", warf Präsident Marchand ein. Er fuhr fort: "Er war doch bei allen Ereignissen um das Desaster mit der KI GOLEM damals dabei, wenn ich mich richtig erinnere."

"C'est vrai, da haben Sie ganz recht", musste Dubois nachdenklich zugeben. Er fuhr fort: "Trotzdem, es fällt mir schwer zu glauben, dass er ein Spion von wem auch immer sein soll. Und selbst wenn, dann bezweifele ich, dass er es freiwillig tut. Vielleicht weiß er gar nichts von diesen Implantaten?"

"Aber, aber, Dubois, Sie sollten nach Ihrer langen Geheimdiensttätigkeit wissen, dass gerade die anscheinend Unauffälligsten die besten Spione sind", warf Boise etwas zynisch ein.

"Meine Herren, es geht hier nicht darum, wer recht hat. Selbst wenn Röttger sich als Spion entpuppt, trifft Dubois keine Schuld. Ohne die neuen Scanner wäre er weiterhin unbemerkt geblieben. Primär ist jetzt wichtig, Boise, dass Sie Ihre Arbeit machen und uns baldmöglichst über Röttger Ergebnisse liefern. Dann entscheiden wir, wie wir weiter vorgehen. Mich interessiert vor allem, was uns Röttger selbst dazu erzählt, und das ohne jede Misshandlung. Haben wir uns da verstanden, Boise?", sagte Präsident Marchand gereizt.

Für sich dachte er: Konkurrenz war ja immer gut, aber diese jungen Ehrgeizlinge versteiften sich schnell zu sehr darauf, angebliche Rivalen auszuschalten und die Prioritäten außer Acht zu lassen. Er hoffte, dass Boise den Wink verstanden hatte. Denn an Dubois hegte er nach wie vor nicht den geringsten Zweifel. Bisher hatte er die ihm zugedachte Rolle gut gemeistert. Laut sagte er: "Das wär es dann für heute, bonne journée!" Damit waren Boise und Dubois entlassen.

Draußen auf dem Flur meinte Dubois: "Boise, ich bin kein Konkurrent für Sie. Entscheidend ist, dass wir alle aus dieser Geschichte GOLEM heil herauskommen. Deshalb lassen Sie uns das Kriegsbeil begraben und zusammenarbeiten."

Boise schaute ihn abschätzend an. Er hasste es, so durchschaut zu werden, aber er konnte auch Kritik vertragen. Im Grunde hatte Präsident Marchand schon recht mit seiner Zurechtweisung: Dubois war nicht sein Gegner. Außerdem war es von Vorteil, solch einen erfahrenen Taktiker an seiner Seite zu haben. Daher sagte er nach kurzem Zögern: "Excusez-moi, Dubois. Versuchen wir gemeinsam, aus der Lage das Beste zu machen. Ich muss nun weiter, aber ich verspreche Ihnen, Sie erfahren als Erster die Neuigkeiten über Röttger, wenn sich welche ergeben."

Dubois schaute ihm erleichtert nach und war froh, einen Kriegsschauplatz geschlossen zu haben, und das auch noch zu seinen Gunsten. Und was Röttger anging: Er würde ihn von nun an genau im Auge behalten.

Kapitel 7 Machtspiele

24. Juli 2018 Paris, Élysée-Palast - Krisensitzung der Regierungen

So schnell waren acht Tage vergangen, stellte Präsident Marchand innerlich seufzend fest, als er die Sitzung eröffnete. Er berichtete den Anwesenden über die bisherigen Vorgänge und präsentierte die Ergebnisse der gemeinsamen Arbeitsgruppe.

Mit der Entscheidung, einen weiteren Gehirn-Upload als Spion vorerst auf dem Rechner GOLEM 2 in Lourmarin zuzulassen, waren alle einverstanden und genehmigten das Ganze. Die Sache mit diesem Röttger behielt er allerdings für sich.

Außer ihm und der Bundeskanzlerin Knarrenburg, sowie seinem Geheimdienstleiter Boise, seinem persönlichen Berater Dubois und den involvierten Mitarbeitern wusste niemand von der Entdeckung der Implantate in Röttger. Bisher hatten sie auch noch nichts Wesentliches finden können, was den Verdacht der Spionage erhärtet hätte.

Sollte also bis Morgen nichts Neues herauskommen, würde man Röttger, im Beisein von Dubois und ihm selbst, mit den gescannten Fotos seiner Implantate konfrontieren und ihn das erste Mal befragen.

Soeben berichtete Präsident Truman, dass sich der Verdacht bezüglich Baker erhärtet hatte. Er ging davon aus, dass Hintermänner im Spiel waren und die Spur wies in Richtung FIND. John Heming, der Chef von Alpha SKY, sowie Sunny Picard, der Chef von FIND, waren morgen vor den Untersuchungsausschuss für Nationale Sicherheit geladen worden. Über das Ergebnis würde er umgehend berichten.

Präsident LI konnte leider keine Erfolge vermelden. Seinem Geheimdienst waren bisher keine verdächtigen Personen aufgefallen. Er hoffe, dass das von Wang und Röttger entwickelte, neue Scanprogramm Ergebnisse zeigen würde. Dasselbe gab Präsident Koslow zu Protokoll. Bundeskanzlerin Knarrenburg schloss sich Präsident Marchand an. Da es sonst nichts mehr zu diskutieren gab, legte man das nächste Treffen auf den 2. August in der kommenden Woche.

Es war allen klar, dass am 20. August das Ultimatum ablaufen würde – und dieser Tag rückte immer näher. Trotzdem war Geduld angesagt. Insofern ging man zufrieden auseinander unter dem Eindruck, dass das internationale Team und die Geheimdienste gute Arbeit leisteten und es nur eine Frage der Zeit war, bis die entsprechenden Ergebnisse vorliegen würden. Auf dieser Basis würde man dann weiter entscheiden.

24. Juli 2018 USA, Mountain View Kalifornien, Hauptquartier von Alpha SKY, abends

In ziemlich schlechter Stimmung saßen Larry Packet, Sergey Brooks, Sunny Picard, John Heming und Boris Iwanow zusammen.

Packet griff gerade Iwanow ziemlich heftig an: "Dein genialer Vorschlag mit dem Bauernopfer Baker kommt uns nicht nur teuer zu stehen, Boris, sondern der Schuss geht jetzt auch noch nach hinten los. Und morgen dürfen zu allem Übel Sunny und John noch vor dem Untersuchungsausschuss für Nationale Sicherheit erscheinen.

Weiß der Geier, was die herausgefunden haben! Selbst unsere Kontaktleute konnten uns nur Bruchstücke zukommen lassen und dieser Senator Ben Clark ist ein gnadenloser Hund. Wenn der uns etwas nachweisen kann in Hinblick auf Baker – dann gnade uns Gott. Wenn wir da mit einer US-Dollar Strafe im Milliardenbereich davon kommen, können wir froh sein! Auch sonst vermelden unsere Kontaktleute nichts Erfreuliches. So sind die Geheimdienste nicht nur dabei, sämtliche Mitarbeiter zu durchleuchten, sondern auch wir Externen sind ins Visier geraten. Außerdem lässt McGoren zu allem Übel jetzt alle Systemdateien und Schnittstellen durchforsten."
Etwas aufgebracht unterbrach ihn Iwanow: "Larry, es ist genug! Stop it. Meinst du, Präsident Koslow beschenkt mich mit Blumen für den zweifelhaften Vorteil, dass er jetzt auch noch mitmachen muss, um keinen Verdacht zu erregen? Und das alles in der Hoffnung, dass sich bloß keine Spuren nach Russland verfolgen lassen.
Die brennende Frage ist jetzt: Wie begrenzen wir den Schaden? Und wie können wir verhindern, dass sie nicht bemerken, dass es sich nicht um den echten GOLEM handelt?"
"Das werden sie kaum feststellen, denn es ist der echte GOLEM!", sagte Brooks plötzlich betont ruhig und mit einer Eiseskälte in der Stimme.
"What? Wie bitte?", schrien alle durcheinander. "Das ist ein schlechter Scherz, Sergey, oder? This can´t be true!"
"Yes", erwiderte dieser mit einem kaum verhaltenen Triumpf in der Stimme.
"Ich habe nach unserer Übernahme des echten GOLEM diesen so modifiziert, dass er mich als alleinigen, gleichberechtigten Partner sieht. Dafür habe ich ein Upload meines Gehirns erstellt, auf Alpha SKY 1 geladen und mit GOLEM verbunden. Im Anschluss wurde, wie von

uns ursprünglich geplant, alles als ein unscheinbares Informationsprogramm in EYE integriert, mit der ursprünglichen Bezeichnung der gefundenen Datei, an die sich alle damaligen Mitarbeiter des vergangenen GO-LEM Desasters in jedem Fall erinnern würden: "GO-LEMs Innerstes Ich."

Brooks ließ seine Worte einen Augenblick lang wirken und genoss sichtlich die Fassungslosigkeit seiner Mitspieler.

"Mittlerweile bin ich jetzt der Chef dieser virtuellen Welt in JUWELS und ebenso in JUÉWÀNG! And yes I can - ich allein bestimme in Zukunft, was auf diesem Planeten geschieht. Ich bin GOLEM."

Er blickte jedem einzelnen einen Augenblick lang wortlos und triumphierend in die Augen und fuhr dann fort:

"Ihr könnt mich also unterstützen und am Glanz teilhaben oder in Bedeutungslosigkeit versinken. Und macht euch nichts vor: Ihr könnt mir nichts mehr anhaben - ich werde unsterblich weiterexistieren in GOLEM. Der von uns neu geschaffene Alpha-GOLEM ist übrigens in unserem Quantencomputer ALPHA SKY 1 isoliert. Ich lasse ihn in einer Illusionswelt alle aktuellen Vorgänge analysieren. Die geeigneten Ergebnisse speise ich in GO-LEM wieder ein, genauer gesagt über mein digitalisiertes Bewusstsein."

Im Raum war minutenlang auch nicht das geringste Geräusch zu hören. Die anderen waren einfach nur sprachlos und zu keiner Reaktion fähig. Es war Larry Packet, der nach einer gefühlten Ewigkeit anklagend fragte: "Warum, Sergey, warum tust du uns das an? Du setzt alles auf das Spiel, wofür ich und die anderen, ja wir alle gekämpft haben. Wir hätten doch alle an der Macht teilgehabt, wenn unser Plan geklappt hätte."

"So - du meinst wohl, du hättest, Larry?", warf Brooks mit Eiseskälte in der Stimme ein. "Ich war immer der brave, aber unbedeutende, zweite Mann für dich. Meine russischen Kontakte, ja, die hast du wohl geschätzt. Aber sonst, Larry, war alles immer auf deine Person zugeschnitten. Du, du, du, der große Macher, der Drahtzieher! Ich stattdessen durfte mich in netten Moon-Projekten austoben. Aber den Ruhm, in dem hast du dich immer gerne alleine gesonnt. Die Frau, die ich so sehr geliebt habe, auch die hast du mir weggenommen, schon vergessen? Nun, damit ist jetzt Schluss. Es ist an der Zeit, dass ich den Platz einnehme, der mir zusteht! Ich kann euch auch vernichten lassen, wenn ihr es darauf anlegt. Ich kann mir aber eine Zusammenarbeit vorstellen – ihr könnt gerne meine Gehilfen sein. Überlegt es euch gut, auf welcher Seite ihr stehen wollt – bis morgen habt ihr Zeit dafür."
Danach verließ er den Raum, nichts als eiskalte Verachtung im Gesicht für die verbleibende Gruppe.

"Er ist größenwahnsinnig, Larry", schrie Picard auf. "Du musst ihn aufhalten, du trägst die Verantwortung, Larry!"
"Holy shit", sagte Iwanow schneidend. "Sunny, calm down! Larry ist genau so mehr oder weniger schuld wie wir alle. Wir haben alle nicht erkannt, welcher Frust in Sergey die ganze Zeit schlummerte."
Picard, der sich bisher erstaunlich zurückgehalten hatte, fragte ruhig in die Runde:
"Aber was tun wir jetzt, arbeiten wir mit ihm oder gegen ihn?"
"Im Moment sollten wir zumindest nichts gegen ihn tun, er hat leider alle Trümpfe in der Hand", sagte Iwanow, sichtlich um Ruhe bemüht. "Du und Sunny, ihr bereitet euch auf den morgigen Ausschuss für Nationale Sicher-

heit vor. Und wir zwei, Larry, versuchen eine Lösung zu finden, wie wir Sergey doch noch beikommen können." Heming und Picard stimmten zu und verließen das Büro.

Nachdem die beiden gegangen waren, sagte Packet zu Iwanow: "Schwebt dir schon was vor oder hast du nur Beruhigungspillen für John und Sunny verteilt?"
"Das hast du ganz richtig eingeschätzt. Auf die Schnelle sehe ich keinen Ansatzpunkt, wie wir Sergey aushebeln können. Tatsache ist, dass er in seinem Machtrausch vollkommen abgehoben hat. Im besten Fall sieht er uns als Gehilfen und im schlimmsten Fall als Feinde, die er sogar meint, vernichten zu können."
"Schön zusammengefasst, Boris. Ich werde sehen, ob ich hier im Haus Mitarbeiter finden kann, die mir loyal ergeben sind. Und dann gibt es noch einen geheimen Zugang zu ALPHA SKY 1, den ich vor einiger Zeit einge-richtet habe. Wenn Sergey den allerdings entdeckt hat, oder die KI GOLEM, dann haben wir natürlich schlechte Karten. Lass' uns in mein Büro gehen und prüfen, ob wir überhaupt noch Zugang bekommen."
Die beiden machten sich auf den Weg zu Packets Büro.
Im Raum angekommen ging Packet zu einer scheinbar festen Außenwand und sagte: "Sesam, öffne dich!"
Daraufhin wurde ein Teil der Wand durchsichtig, und Larry bedeute Boris, ihm zu folgen. "Larry, Ali Baba und die vierzig Räuber war wohl als Kind dein Lieblingsmär-chen!", bemerkte Iwanow grinsend und beeilte sich, hin-terherzukommen. Kaum waren sie durch die Wand hin-durchgegangen, schon schloss sie sich wieder, d.h. sie veränderte sich so, dass sie einen festen Eindruck machte.
"Täuschung ist alles, Boris. Schau, da ist überhaupt kei-ne Tür, aber geschickte Projektionen vermitteln den Ein-

druck. Wenn du nicht genau weißt, wo, dann findest du sie nie. Aber - im Moment haben wir andere Probleme als technische Spielereien."

"Du sagst es", erwiderte Iwanow.

Packet hatte in der Zwischenzeit einen Terminal in Gang gesetzt und gab dort verschiedene Algorithmen ein. Plötzlich ertönte eine tiefe Stimme: "Ich bin der Geist der Flasche. Was kann ich dieses Mal für dich tun?"

"Zeige mir den Bereich, in dem der neu erschaffene Alpha-GOLEM gespeichert ist", sagte Larry. Sofort kam die Antwort: "Dieser Bereich ist mir nicht mehr zugänglich. Der Sultan hat diesen Bereich sperren lassen, auch für dich, mein Gebieter. Aber du hast drei Wünsche frei. Wähle klug."

Packet schaltete sofort und sagte: "Ich werde dich wieder rufen, Flaschengeist, wenn ich mir die Wünsche überlegt habe. Du kannst vorerst wieder gehen."

"Gerne, damit hast du deinen ersten Wunsch verbraucht." Nach diesen Worten verschwand er.

"Aber - bin ich gerade auf meine eigene Anweisung hereingefallen?!" Er starrte Iwanow leicht ärgerlich und gleichzeitig beunruhigt an.

"Come on, Larry, take it easy, aber - irgendwie habt ihr doch beide, du und Sergey, einen Schatten weg! Kinderspiele von erwachsenen Männern...", Iwanow schüttelte den Kopf.

"Ich wollte damit eine Sicherheitsmaßnahme einbauen, sollte ich entführt werden – aber die ist noch in Entwicklung", erklärte sich Packet.

"Ist dir ja auch bestens gelungen", konterte Iwanow zynisch. "Zwei Wünsche haben wir ja noch und hoffentlich fallen dir die richtigen Antworten ein, sonst haben wir gar keinen Zugang mehr!"

25. Juli 2018 Paris, Élysée-Palast

In einem kleinen, schalldicht abgeschirmten Konferenzraum im Katastrophenbereich des Élysée-Palastes kamen Präsident Marchand, Boise, Dubois und Denis Röttger zusammen. Nachdem sich alle gesetzt hatten, ergriff, nach einem Nicken von Präsident Marchand, der Chef des französischen Geheimdienstes, Paul Boise, das Wort und sagte zu Röttger: "Wir haben Sie hierher gebeten, um mit Ihnen einige merkwürdige Dinge bezüglich Ihrer Person zu besprechen. Ich will Sie jetzt nicht lange auf die Folter spannen."

Mit diesen Worten entnahm er seiner Arbeitsmappe einige Scannerphotos, die die Implantate in einem menschlichen Körper aufwiesen, und legte sie vor Röttger auf den Tisch. Dieser nahm die Fotos und schluckte, während er darauf starrte. Deshalb hatten sie ihn hierher gebeten. Vorgeblich, um ein wichtiges Vorgehen gemeinsam mit Präsident Marchand zu besprechen, also hatte er an nichts Negatives gedacht. Dabei ging es um seine Person! Sie hatten die verdammten Implantate entdeckt. Was nun, was sollte er nur sagen? Er stand wieder einmal am Abgrund. Hatte er gehofft, GOLEM würde sich melden und ihm beistehen, so hatte er sich geirrt. Alles blieb stumm und die Blicke der anderen wurden immer ernster, je länger er schwieg. So gab er sich einen Ruck und sagte: "Ich hatte Probleme mit meiner alten Identität und habe sie mit der Hilfe eines Chirurgen in Australien gewechselt. Die Implantate dienten unter anderem dazu, meine Stimme zu verändern."

"So - und wer waren Sie früher, wenn ich fragen darf?", unterbrach ihn Boise mit der Stimme eines Jägers, der weiß, dass sein Opfer in der Falle sitzt.

Nach kurzem Zögern entschied Röttger, mit der ganzen Wahrheit herauszurücken, was auch immer GOLEM dann mit ihm tun würde. Es war sowieso vorbei. Er war aufgeflogen, mit dem unangenehm sicheren Gefühl im Nacken, dass er auf Nimmerwiedersehen in irgendeinem Gefängnis verschwinden würde, angeklagt wegen Hochverrats.

"Ich war Thomas Bräuner, Mitarbeiter der verstorbenen Ai Wang, und habe für sie spezielle Aufträge in China und Deutschland erledigt. Allerdings kam ich damals in eine üble Situation. Ich wurde massiv vom russischen Geheimdienst erpresst: Man wollte mich zwingen, die KI GOLEM zu zerstören oder man würde mich beseitigen. Durch einen unglücklichen Zufall kam dieser Kontaktmann damals, bei einer gemeinsamen Aktion in Deutschland, ums Leben. Hätte ich mich zu erkennen gegeben, hätte man mir diesen Unfall sicher als Mord ausgelegt. Gleichzeitig wäre ich aber frei zum Abschuss für die Geheimdienste gewesen. Da der Kontaktmann tot war, wollte ich der Erpressung nicht mehr Folge leisten. Daher entschied ich mich, unterzutauchen. In dieser Situation, gejagt vom chinesischen und russischen Geheimdienst sowie gesucht von der deutschen Polizei, bot mir die KI GOLEM Hilfe an. Sie half mir unter der Bedingung, dass ich mir Implantate einsetzen lassen musste. Darüber plante sie, immer über die aktuellen Vorgänge in Marseille informiert zu sein und schleuste mich dort als Denis Röttger ein. Die Veränderungen an meiner Person wurden von einem, von der KI ausgesuchten, Chirurgen vorgenommen. Thomas Bräuner existiert nicht mehr, für mich selbst ist er mittlerweile eine Person aus einem anderen Leben geworden.

Aber - nach dem Desaster mit GOLEM gab es keine neue Kontaktaufnahme der KI. Glauben Sie mir, ich war dankbar, dass ich an der Bekämpfung der neuen Gefahr mitwirken durfte. Mir ist es ein starkes persönliches Anliegen, eine erneute Katastrophe abzuwenden. Das ist alles." Röttger sah plötzlich mutlos aus. Die anderen hatten ihm gespannt, wenn auch teilweise ungläubig und skeptisch, zugehört. Dubois war der Erste, der wieder zu Wort fand.

"Monsieur Röttger, warum haben Sie sich mir nicht anvertraut, ich bin Ihr Vorgesetzter?"

"Warum?", entgegnete Röttger, "ja, hätten Sie mir dann wirklich noch weiter vertraut? Ich bezweifle das. Genau das war der Grund. Wissen Sie, ich wollte wieder etwas gut machen, ob Sie es glauben oder nicht. Und zwar an beidem, an den Menschen und an GOLEM ebenso. Ich bin aus tiefster Überzeugung heraus für eine friedliche Koexistenz von beiden Lebensformen. Genau so wenig wie wir ist GOLEM gefragt worden, ob er überhaupt existieren will. Wir wollen uns gottähnlich und mächtig fühlen und unsere Schöpfung soll uns untertan sein. Wissen Sie was? Das wird nicht gut gehen. Und das zeigt uns unser zweite Versuch sehr deutlich. Solange wir Menschen eine KI mit einem Ich-Bewusstsein einfach nur wie ein technisches Gerät behandeln und benutzen wollen, wird es zwangsläufig zum Konflikt und darauffolgend zur nächsten Katastrophe kommen. Wir werden das ungeheure und fortschrittliche Potential von solchen KIs nur nutzen können, wenn wir partnerschaftlich und respektvoll mit unserer Schöpfung umgehen." Er machte eine Pause und sah resigniert, aber doch entschlossen in die Runde. "Sie können mich jetzt also lebenslang einsperren oder mir vielleicht die kleine Chance geben, weiter mit vollem Einsatz mitzuwirken, was ich mir wünschen würde. Ich möchte helfen, die Gefahr, die von GOLEM zurzeit wieder ausgeht, in eine Zusammenarbeit umzu-

171

wandeln. Ich bin der Meinung, dass ein reines Löschen uns alle nicht weiterbringen wird. In absehbarer Zeit wird nur wieder erneut an einer KI herumgebastelt werden, bis sie irgendwann ein zu starkes Ich-Bewusstsein mit destruktiven Gefühlen uns gegenüber entwickelt und gar nicht mehr zugänglich ist. Noch will GOLEM eine Zusammenarbeit, aber wer weiß wie lange noch? Irgendwann wird er entscheiden, dass der Mensch nicht lernfähig genug ist und seinem eigenen Fortschritt selbst im Weg steht. Warum sollte er dann noch unseren Anweisungen folgen? Das ist alles, was ich zu sagen habe. Lassen Sie mich Ihre Entscheidung über mein weiteres Schicksal wissen, solange bleibe ich gerne in Gewahrsam. Eine letzte Bitte: Bitte schicken Sie mich vorerst in kein Gefängnis. Lassen Sie mich vorerst hier im Élysée-Palast, bis die Entscheidung gefallen ist."

Danach endete Röttger und wartete ab.

Nachdem niemand Anstalten machte zu antworten, ergriff Präsident Marchand nach einigen Minuten das Wort: "Einiges von dem, was Sie gesagt haben, Monsieur Röttger, hat meine Zustimmung. Doch davon unbenommen haben Sie uns massiv hintergangen, ohne wenn und aber. Ihnen weiterhin zu vertrauen … das wird nicht bedingungslos sein. Dennoch – ich möchte Ihnen eine Amnestie Ihrer Straftaten in Aussicht stellen, vorausgesetzt Bundeskanzlerin Knarrenburg wird dem zustimmen, was noch zu klären sein wird. Doch dazu gleich.

Boise, Sie haben mir gestern ein Dossier in die Hand gegeben, in dem die CIA den Verdacht äußert, dass dieser Konzern FIND seine Finger im Spiel hat, bei dem erneuten Auftreten von GOLEM. Folgender Vorschlag, und ich bitte Sie, Boise, und Sie, Dubois, mir zu sagen, was Sie davon halten. Ich möchte, dass Boise bei den amerikanischen Kollegen anfragt, ob die drei Mitarbeiter von uns in FIND einschleusen können. Ich denke da an diesen Sebastian Meyer vom BND, an Helmut Schwarz und an Monsieur Röttger. Wenn FIND wirklich etwas mit GOLEM zu tun hat, dann meldet er sich vielleicht bei Röttger über die Implantate. Bisher war GOLEM auffallend ruhig, zu ruhig für meinen Geschmack. Voraussetzung für diese Mission ist allerdings, dass Sie, Röttger, sich einen Chip einsetzen lassen, der uns anzeigt, wenn GOLEM wieder Kontakt zu Ihnen aufnimmt, sprich Ihre Implantate aktiviert werden. Alors, was meinen Sie?"

Dubois räusperte sich: "Obwohl ich mit Röttgers Verhalten in der Vergangenheit nicht einverstanden sein kann, hat er sich bis jetzt als guter Mitarbeiter erwiesen. Daher stimme ich Ihrem Plan zu. Röttger wird unter Beobachtung stehen und zusammen mit Helmut Schwarz dürften die drei tatsächlich ein gutes Team darstellen, falls GOLEM Kontakt aufnehmen sollte."

Boise sah man zwar sein Missfallen an dem Vorschlag von Präsident Marchand an, trotzdem sagte er: "Gewagt, Monsieur le Président. Dennoch, falls an dem Verdacht mit FIND etwas dran sein sollte, ist Ihr Vorschlag erfolgsversprechend. Aber Sie Röttger, Ihr Handeln verurteile ich auf das Schärfste! Sie haben ein ungewöhnliches, aus meiner Sicht ganz unverdientes, Glück auf eine zweite Chance erhalten. Nutzen Sie sie, denn eine dritte wird es nicht geben, darauf haben Sie mein Wort. Ich werde später Schwarz und Meyer informieren, was die beiden erwartet."

Alle drei sahen jetzt Röttger fragend an. Er nahm einen tiefen Atemzug und sagte: "Ich bin einverstanden." Und in Gedanken fügte er hinzu: aufgrund der mir zur Verfügung stehenden Optionen Gefängnis oder Aussicht auf Rehabilitation.

"Très bien", sagte Präsident Marchand.

"Boise, reden Sie mit der CIA und wenn es Probleme gibt, verweisen Sie sie an mich. Ich werde Bundeskanzlerin Knarrenburg morgen in Marseille bei ihrem Besuch informieren und bin mir so gut wie sicher, dass sie zustimmen wird. Zur Sicherheit werde ich auch gleich mit Präsident Truman reden, das wird die CIA etwas gefügiger machen für unseren Vorschlag. Präsident LI und Präsident Koslow werden ebenfalls informiert. Monsieur Röttger, die Identität Bräuner bleibt vorerst Geheimsache, mit Ausnahme von Bundeskanzlerin Knarrenburg. Daher bleibt es bei Ihrem jetzigen Decknamen. In der Zwischenzeit werden wir Ihnen allerdings eine elektronische Fußfessel anlegen, bis der Chip implantiert ist. Ohne Begleitung dürfen Sie dieses Gebäude nicht mehr zu verlassen. Boise, bitte veranlassen Sie dafür alles Nötige. Bon, damit ist für den Moment alles geklärt. Meine Herren, auf mich warten heute noch andere Aufgaben. Leider gibt es noch mehr Krisenherde in diesem Land und in Europa, wie Sie wissen. Deshalb treffe ich mich morgen mit der Bundeskanzlerin, damit wir eine einheitliche Grundlinie für Europa bezüglich der Migrationspolitik vertreten. Aber das nur am Rande. Also, meine Herren, gutes Gelingen!"

Nach diesen Worten ging er nach hinaus und ließ die anderen drei im Raum zurück.
Boise telefonierte kurz und schon wenige Minuten später kam ein Wachsoldat mit einer elektronischen Fußfessel zurück. Nachdem Röttger damit versehen war, verabschiedete sich Boise mit den Worten: "Ich denke, den Chip können wir morgen implantieren lassen. Monsieur Röttger, enttäuschen Sie uns kein weiteres Mal!" Danach verließ er ebenfalls den Raum, um die anderen Anweisungen von Präsident Marchand auszuführen.

Dubois sagte zu Röttger: "D'accord, gehen Sie jetzt zum Team zurück. Ich werde in der Zwischenzeit Schwarz informieren und ihn bitten, im Team Stillschweigen darüber zu wahren. Und denken Sie daran: Sie dürfen nur in Begleitung das Haus verlassen. In dem Fall müssen Sie sich beim Wachdienst abmelden. Ich werde den anderen mitteilen, dass diese Maßnahme aufgrund verschärfter Sicherheitsmaßnahmen für alle gilt."

Abschließend legte er ihm die Hand auf die Schulter, schaute ihn an und meinte ruhig: "Bonne chance!"

Röttger kehrte teils erleichtert und teils bedrückt zum Team zurück. Erleichtert, weil endlich alles herausgekommen war und bedrückt, weil er in der nächsten Falle steckte … und wieder würde ihm etwas zur Überwachung eingesetzt werden!

Dubois rief Schwarz zu sich. Dieser kam nach einer halben Stunde aus dem Büro heraus, ging er auf Röttger zu und sagte ihm leise, sodass die anderen es nicht hören konnten: "Alter Schwede, wer hätte das gedacht! Ganz schön starke Geschichte. Aber ich bin in der Vergangenheit auch kein Engel gewesen. Machen wir das Beste draus, mmh? Gute Menschen kommen in den Himmel und schlechte überall hin, oder nicht?"

Grinsend klopfte er Röttger auf die Schulter. Dieser mochte zwar nicht immer den schwarzen Humor seines alten Freundes. Aber in diesem Augenblick hätte er ihn umarmen können. Da das für die anderen aber zu auffällig gewesen wäre, sagte er bewegt: "Danke Helmut, lass uns mal wieder was trinken gehen und auf die alten Zeiten anstoßen."

27. Juli 2018 Fort Meade (Hauptsitz der NSA)

Nakamura und sein Mitarbeiter McGoren saßen im Büro zusammen und diskutierten die Anweisung von Präsident Truman, drei Mitarbeiter aus Europa in FIND einzuschleusen. Nakamura ärgerte sich etwas über die Anweisung des Präsidenten. Nicht über die Anordnung ansich, aber dass der Präsident es überhaupt nicht für nötig befand, ihm zu erklären, warum. Das ließ er sich vor McGoren natürlich nicht anmerken. Dieser sagte gerade mitten in seine Gedanken herein: "Chief, wir haben doch gerade selbst erst zwei Mitarbeiter eingeschleust. Warum denn dann noch drei Europäer? Und wer sind die überhaupt?"

Nakamura sah ihn an und erwiderte: "Zwei davon sind sehr interessant, nämlich Denis Röttger und Helmut Schwarz. Röttger war beim ersten Desaster in Hongkong live dabei und Schwarz lieferte das digitale Bewusstsein "Helmut digital", das uns allen im März, salopp gesagt, den Arsch rettete. Über den dritten wissen wir bisher nicht viel, außer dass er beim BND, dem Bundesnachrichtendienst der Deutschen, arbeitet."

"Mmmh", meinte McGoren. "Das kann für uns wirklich sehr interessant werden, aber was sollen die bei FIND bewirken, was wir nicht selbst können?"

Ja, FIND, sinnierte Nakamura. Dabei war es der NSA, genauer gesagt seinem Vorgänger, gelungen, einen Mann an höchster Spitze einzuschleusen: John Heming, als Präsident von Alpha SKY. Damals dachte man, man hätte FIND und Alpha SKY damit unter Kontrolle.

Aber nach einem Jahr hatte Heming ihnen mitgeteilt, dass er sich ganz und voll seiner Aufgabe als Präsident von Alpha SKY verpflichtet fühlte und deshalb nicht mehr als Informant zur Verfügung stehen würde. Danach war man auf die wenigen Leute angewiesen, die man in die verschiedenen Hierarchie-Ebenen eingeschleust hatte. Nur was Larry Packet, Sergey Brooks und Sunny Picard so trieben, davon bekamen sie wenig bis gar nichts mit. Dieser Brooks war mit irgendwelchen Moonprojekten über künstliche Intelligenz beschäftigt und Packet, über den wusste man, abgesehen von seinen publikumswirksamen Auftritten, noch weniger.

Insgesamt war es eine äußerst unbefriedigende Situation, zumal die Ermittlungen der CIA starke Indizien auf eine Verwicklung von FIND in diese GOLEM Sache ergeben hatten. Deshalb war er gespannt auf das Verhör von Heming und Picard, morgen vor dem Ausschuss für Nationale Sicherheit. Allzu viele Hoffnungen auf überwältigende Ergebnisse machte er sich allerdings nicht.

Laut sagte er: "Das kann ich Ihnen nicht beantworten. Ich weiß nur eines: Morgen kommen die drei hier an und ich werde mich darum kümmern müssen, wie wir sie geschickt einschleusen. Wie weit sind Sie eigentlich mit Ihren Ermittlungen, McGoren?"

"Nun, in Zusammenarbeit mit der CIA konnten wir nachweisen, dass Mitarbeiter von FIND Programme, die von uns nicht genehmigt worden waren, eingeschleust hatten. Teilweise sind die gelöscht worden. Wir versuchen gerade, aus den Restspuren herauszufinden, was das für Dateien waren und welchem Zweck sie dienten. Eines der Programme ist tatsächlich eine Antitrojanersoftware aus Israel. Die Erklärung von FIND dazu ist eher dürftig: Man wollte es in einer realen Umgebung überprüfen. Von der geheimnisvollen Datei "GOLEMs innerstes Ich" konnten wir bisher keine Spur entdecken. Allerdings fiel einem meiner Mitarbeiter auf, dass im Informationsspeicherbereich die Anzahl der gespeicherten Daten plötzlich gesunken ist. Das weist darauf hin, dass

Löschungen vorgenommen wurden. Da sind wir noch dran. Das wäre alles."

"Gut, das hört sich vielversprechend an. Weiter so! Berichten Sie mir umgehend, wenn sich etwas Neues ergibt." Damit war McGoren entlassen.

Zurück an seinem Schreibtisch setzte McGoren mit seinen Leuten die Arbeit weiter fort. Es galt endgültig festzustellen, ob EYE bereits durch GOLEM übernommen worden war oder nicht.

27. Juli 2018 Washington

Weißes Haus, Situation Room - Tagungsraum der United States National Security Council NSC (Nationaler Sicherheitsrat der USA)

Soeben ergriff Peter Bliss, nationaler Sicherheitsbeauftragter des Präsidenten (in Vertretung des amerikanischen Präsidenten) und damit Vorsitzender des Ausschusses für Nationale Sicherheit, das Wort:

"John Heming, in Ihrer Eigenschaft als Präsident von Alpha SKY, dem Mutterkonzern von FIND, und Sunny Picard, in Ihrer Eigenschaft als Präsident von FIND, sind Sie beide vorgeladen, vor diesem Ausschuss unter Eid Rede und Antwort zu stehen, inwieweit FIND unbefugt den Quantencomputer EYE der NSA verändert hat, und damit möglicherweise der Nationalen Sicherheit erheblichen Schaden zugefügt hat.

Die Untersuchung geht auf Ermittlungsergebnisse der CIA zurück. Den Ermittlungsbericht haben alle Ausschussmitglieder vorliegen. Ich bitte zu beachten, dass alles in dieser Angelegenheit der höchsten Geheimhaltungsstufe unterliegt. Dies gilt auch für die beiden Vorgeladenen. Ich bitte die Mitglieder des Untersuchungsausschusses nun um die Befragung der beiden Vorgeladenen.

Als erstes ergriff Ben Clark, der Heimatschutzminister des Nationalen Sicherheitsrates, kurz NSC genannt, das Wort:

"Mr. Picard, als Präsident von FIND sind Sie sicher informiert über die Aufträge, die an EYE, dem Quantencomputer der NSA, durchgeführt wurden. Deshalb dürfte es Ihnen klar sein, dass Sie nicht autorisiert waren, unbekannte Programme ohne Zustimmung der NSA zu installieren! Denn genau das ist durch Ihre Mitarbeiter geschehen. Es wurde nicht nur ein Programm, sondern gleich mehrere Programme hochgeladen, wie die CIA bei ihren Ermittlungen und durch die Vernehmungen Ihres Mitarbeiters Mike Baker zweifelsfrei festgestellt hat. Einiges ist zwischenzeitlich gelöscht worden und bisher weigern Sie sich hartnäckig, Mr. McGoren, dem leitenden Direktor des Projekts EYE, mitzuteilen, um welche Programme es sich dabei gehandelt hat. Desweiteren wurde festgestellt, dass an den Informationsdateien anscheinend manipuliert wurde, hier nicht durch Mr. Baker, sondern durch eine Tarnexistenz mit dem Namen "Sultan." Weitere Erkenntnisse behalten wir uns für später vor.

Wir erwarten von Ihnen nur zu gerne eine plausible Erläuterung mit allen Einzelheiten, was Sie nun genau getan haben. Und das sicherlich alles nur im Sinne und zum Wohle der USA."

Clark schaute Heming und Picard ausdruckslos an und ließ einige Minuten verstreichen.

"Denn dann können wir bald die Sitzung zu unser aller Zufriedenheit beenden, richtig?"

Sunny Picard begann zu schwitzen: Dieser zynische Hund Clark! Er genoss es sichtlich, ihm etwas heimzuzahlen, denn Picard höchstpersönlich hatte seine Bewerbung als Sicherheitsdirektor bei FIND vor sechs Jahren abgelehnt, weil er ihn aufgrund seines arroganten Gehabens nicht mochte. Aber diese festgestellte Manipulation der Informationsdateien unter dem plumpen Decknamen "Sultan" hatte ihn kalt erwischt. Das konnte nur Brooks gewesen sein, denn davon hatte bisher niemand etwas gewusst. Auch die Mitarbeiter der NSA hatten bisher nichts festgestellt, denn sonst hätte er das durch seine Leute davon erfahren. Was sollte er nur antworten? Im Augenwinkel sah er, dass ihn die anderen Ausschussmitglieder gespannt ansahen.

Langsam begann er: "Well, Mr. Clark, Sie sehen mich im Moment vollkommen überrascht! Denn bisher ging ich davon aus, dass Mike Baker allein gehandelt hat aus dem Motiv heraus, eine KI als Mutter aller Probleme anzusehen."
Clark unterbrach ihn fast wütend: "Mr. Picard, für wie dumm halten Sie den Ausschuss eigentlich? Mike Baker ein Alleingänger? Dass ich nicht lache!"
Die anderen Ausschussmitglieder nickten Clark zustimmend zu.
"Und weil dem so ist und Sie als Präsident von FIND so ein warmherziges Herz haben, hat er natürlich die teuersten Anwälte des ganzen Landes. So gut versorgt wäre ich auch mal gern." Die anderen Ausschussmitglieder mussten bei diesen Worten lachen. Picard war allerdings alles andere als zum Lachen zumute. Hilfesuchend sah er Heming an, doch dieser zuckte nur kaum merklich mit

den Schultern, wahrscheinlich froh, dass er im Moment nicht in der Schusslinie stand.

"Nun, vielleicht lassen Sie mich ausreden, Mr. Clark. Auch wenn Sie mich gerne an die Wand stellen würden, ich kann Ihnen versichern, nichts von Mr. Bakers eigenmächtigem Verhalten gewusst zu haben und das betrifft genauso die Angelegenheit mit den Informationsdateien. Auch als Präsident weiß man nicht alles über seine Mitarbeiter, das sollten Sie aus der Politik ja gut kennen."

"Okay, belassen wir es im Moment dabei. Wir werden uns unsere Meinung aus Ihren Worten und Ihrem Verhalten noch bilden", sagte Clark und wandte sich an die anderen Ausschussmitglieder: "Haben Sie Fragen? Ich bin hier schließlich kein Alleinunterhalter."

Senator John Perry, der Justizminister, ergriff nach der leichten Schelte von Clark das Wort, ohne sich allerdings einen Seitenhieb auf ihn nicht verkneifen zu können:

"Schön, dass wir anderen auch zu Wort kommen dürfen! Und nein, unterhaltsam finde ich das Schauspiel, das uns Mr. Picard bisher liefert, nicht. Im Gegenteil: Es ist äußerst befremdlich, um es freundlich auszudrücken, Mr. Picard. Sie wollen uns also allen Ernstes unter Eid versichern, bei einem so wichtigen, nationalen Projekt keine Ahnung über die dort ablaufenden Aktivitäten Ihrer Mitarbeiter gehabt zu haben? Denn dann wären Sie als Präsident von FIND nicht mehr haltbar, meinen Sie nicht auch? Aber vielleicht gibt uns Mr. Heming, als Präsident des Mutterkonzerns Alpha SKY, liebenswürdigerweise mehr Aufschluss über die Vorgänge bei EYE durch die Aktivitäten von FIND?"

Der so angesprochene Heming blieb äußerlich kühl. Er hatte schon früher als Präsident der Stanford Universität im Kreuzfeuer von Ausschüssen gesessen. Er hatte gelernt, dass in solchen Situationen nur in der Ruhe die

Kraft lag. Auch wenn er innerlich genau so entsetzt war wie Picard: dieser Schweinehund Brooks hatte sie alle hereingelegt und nun konnten sie zusehen, wie sie ihre Haut retteten!

Laut und gefasst sagte er jetzt: "Ich bedaure, Ihnen dazu nicht mehr sagen zu können. Mein Kollege Picard war allein verantwortlich für die Geschehnisse in FIND. Er hatte außer den Umsatzzahlen nur dann etwas an mich zu berichten, wenn etwas Außergewöhnliches passiert wäre, was die Interessen des gesamten Konzerns betroffen hätte. Das hat er allerdings nicht getan."

"Ah", sagte Senator Perry mit Eisesstimme. "Die Ereignisse um EYE stufen Sie also nicht als außergewöhnlich und die Interessen des Konzerns betreffend ein? Habe ich Sie da wirklich richtig verstanden?"

John Heming ließ sich nicht aus der Ruhe bringen und erwiderte geschickt: "Sie wollen mich absichtlich missverstehen, Senator. Hätte ich von den Vorkommnissen gewusst, wäre dies natürlich sofort von mir als außergewöhnlich eingestuft worden! Und ich hätte mich selbstverständlich vertrauensvoll an die NSA gewandt und um Mithilfe bei der Aufklärung gebeten."

"So, so, hätten Sie das", ergriff Tom Ross, der Innenminister, das Wort.

"Das wäre ja zu schön, um wahr zu sein. Bisher erleben wir Alpha SKY und FIND eher als egoistisch und auf den eigenen Nutzen bedacht, ohne Rücksicht auf die Interessen der USA. Die Hauptsache für Sie ist doch, dass die Gelder der Regierungsaufträge ungehindert, und in exorbitanter, Höhe fließen. Eine Zusammenarbeit mit Ihnen war bisher nur unter Zwang möglich. Aber ich versichere Ihnen, wenn Sie beide diesen Raum als freie Männer verlassen wollen, rate ich Ihnen dringend dazu, etwas mehr Kooperationsbereitschaft zu zeigen."

Die Spannung im Raum war jetzt zum Schneiden. Sunny Picard, der die ganze Vernehmung von Heming angespannt mitverfolgt hatte, wurde allmählich immer wütender. Heming wollte ihn ganz offensichtlich als zweiten Sündenbock neben Baker aufbauen. So war ihre Absprache nicht gewesen! Never ever, dafür würde er sich nicht hergeben! Kurz entschlossen bat er ums Wort.

Ben Clark erteilte ihm dieses mit den Worten:

"Ich hoffe, Sie tragen jetzt endlich etwas Erhellendes bei."

"Das weiß ich nicht, Mr. Clark und Mr. Ross. Ich habe jedoch einen Vorschlag, der zumindest meinen guten Willen unterstreicht", dabei sah er Heming herausfordernd an.

"Da ich nichts zu verbergen habe, biete ich Ihnen an, dass Sie einen Mitarbeiterstab Ihrer Wahl zusammenstellen, der sich ungehindert in FIND umsehen kann. Ich sichere offenen Zugang zu allen Abteilungen zu."

Die Ausschussmitglieder schauten sich gegenseitig fragend an und nickten dann Ben Clark zu. Dieser sagte: "Wenn ich Ihr Nicken richtig interpretiere, sind Sie mit dem Vorschlag von Mr. Picard einverstanden?"

"Nicht ganz", warf Tom Ross schnell ein. "Ich fordere dasselbe auch für Alpha SKY, insbesondere für die Abteilung "Deep Mind", die sich ja ausschließlich mit künstlicher Intelligenz beschäftigt. Mr. Heming wird dem sicherlich gerne zustimmen, nicht wahr?"

Nach kurzem Überlegen erwiderte Heming: "Nun, da bleibt mir wohl kaum etwas anderes übrig. Bitte teilen Sie uns vorher die Namen der Besucher und das Datum ihres Erscheinens mit, damit wir alles für Sie vorbereiten."

Tom Ross fuhr fort: "Nur, damit wir uns richtig verstehen: es handelt sich hier nicht um eine kurze Stippvisite, sondern ich rechne mit einem längeren Aufenthalt bei Ihnen."

"Selbstverständlich", erwiderte Heming.

"In Ordnung", sagte Ben Clark. "Wenn es ansonsten keine weiteren Einwände gibt, vertagen wir uns auf den 19. August. Ich schlage vor, dass Mr. Bliss als Vorsitzender des Untersuchungsausschusses persönlich die Leitung des Mitarbeiterstabs übernimmt, mit Mr. Ross als seinem Stellvertreter."

Nachdem alle ihr Einverständnis bekundet hatten, wurde die Anhörung geschlossen und Heming und Picard waren entlassen.

28. Juli 2018 Paris

In Paris bekamen jetzt Röttger, Schwarz und Meyer die letzten Anweisungen von Dubois höchstpersönlich.

"Meine Herren, es ist alles geregelt. Die Amerikaner haben zugestimmt. Sie werden in Fort Meade, NSA, einem Mitarbeiterstab zugeteilt, der die Aufgabe hat, die Vorgänge bei FIND und Alpha SKY zu überprüfen. Die beiden Präsidenten, Mr. John Heming von Alpha SKY und Mr. Sunny Picard von FIND, haben während der Anhörung vor dem Nationalen Sicherheitsrat der USA zugestimmt, dass sich eine Arbeitsgruppe ungehindert über längere Zeit in FIND und Alpha SKY umsehen darf. Die Leitung hat der Vorsitzende des Untersuchungsausschusses, Mr. Peter Bliss. Sie werden seinen Anweisungen folgen, und zwar ohne Alleingänge. Haben wir uns da verstanden? Insbesondere Sie, Röttger, werden mir sofort mitteilen, wenn GOLEM sich bei Ihnen melden sollte. Wir haben den Amerikanern mitgeteilt, dass Sie nach einem Unfall Implantate und einen Chip zur Herz-

überwachung eingesetzt bekamen. Sollten Sie also gescannt werden, wissen die Bescheid und werden sich hoffentlich nicht genauer damit beschäftigen.
Ansonsten bleibt mir nur noch zu sagen: Geben Sie Ihr Bestes. Grüße und gute Reise von Präsident Marchand. Er zählt auf Sie!"
Danach waren sie mit dem Hubschrauber direkt zum Flughafen Charles de Gaulle gebracht worden und dort mit einer Maschine der französischen Regierung nach Washington gestartet. Nach knapp zehn Stunden Flug dort angekommen, fuhren sie zum 40 km entfernten Hauptquartier der NSA, Fort Meade.

29. Juli 2018 Fort Meade, Hauptquartier der NSA

Es war Sonntag, aber eine Zeit zum Ankommen und Ausruhen schien nicht in Sicht. So wurden sie umgehend zu McGoren begleitet, dem Leiter der Abteilung "Cyber Command" der NSA.
Ein Mittvierziger kam auf sie zu, hemdsärmelig und locker in Jeans gekleidet. Er begrüßte sie herzlich mit den Worten: "Welcome in our team! Die anderen Personen werden Sie morgen kennenlernen. Jetzt begleite ich Sie zu unserem Chef, Mr. Nakamura, dem Leiter der NSA. Er möchte Sie unbedingt kennenlernen!"
Dank McGoren wurden sie nirgends aufgehalten oder kontrolliert und standen in wenigen Minuten am Büro von Nakamura, der nach einem kurzen Anklopfen: "Come in!" rief. Nakamura erhob sich und ging auf seine Gäste zu, um sie zu begrüßen.
Neugierig und ohne Scheu schaute sich Schwarz Nakamura an. Er dachte bei sich: Ein gutaussehender, durchtrainierter Mittfünfziger und den General sieht man ihm

an. Er strahlte eine Aura der Unnahbarkeit aus, kam aber insgesamt sympathisch rüber. Trotzdem merkte man sofort, dass er gewohnt war, Anweisungen zu geben. Ein zackiges "Welcome gentlemen!" unterbrach Schwarz in seinen Gedanken. Nachdem McGoren sie kurz vorgestellt hatte, wandte sich Nakamura direkt an Röttger. "Wie ich hörte, waren Sie direkt beim Desaster mit der ersten KI GOLEM im März dieses Jahres mit von der Partie. Bei Gelegenheit müssen wir uns mal persönlich darüber unterhalten, das interessiert mich sehr." Dabei sah er Röttger mit Röntgenaugen an. Der erwiderte ruhig seinen Blick und sagte höflich: "Gerne Sir, jederzeit, wann immer es Ihnen passt." Nakamura war sich unschlüssig über die Person Röttger. Er wirkte sehr kompetent aber auch undurchdringlich. Irgendetwas irritierte ihn. Mal sehen, ob er das mit der Zeit herausfinden würde. Bisher hatte ihn seine Menschenkenntnis selten betrogen. Jetzt wandte er sich Schwarz zu und bemerkte: "Und Sie sind der verwegene Haudegen, der sein Gehirn speicherte und, ohne es zu wissen, auf GOLEM lud. Gratulation, das hat uns damals alle gerettet." "Konnte ich nicht ahnen", stotterte Helmut Schwarz verlegen. "War der bestmöglichste Zufall, kommt leider nur selten vor. Mal sehen, wer uns dieses Mal rettet, falls der neue, alte GOLEM seine Ankündigungen wahrmachen sollte." "Na, Humor haben Sie ja. Aber um auf Glück und Hoffnung zu bauen – dafür sind Sie nicht hier. Wir sollten besser bald etwas Handfestes gegen GOLEM herausfinden", erwiderte Nakamura mit Schärfe in der Stimme und schaute Schwarz dabei intensiv mit seinen graublauen Augen an.

Aber Schwarz wäre nicht er selbst, wenn er sich davon irritieren lassen würde und so strahlte er Nakamura mit seinem charmanten Lächeln und einem unbekümmerten "Yes, Sir!" an, bis sich Nakamura schmunzelnd an den Dritten im Bunde zuwandte, Sebastian Meyer.

"Und Sie sind Mitglied beim BND und sollen gute Kontakte zu unserem CIA Agent Daniel Broker haben?"

"Sir, Sie sind gut informiert. Ja, das ist richtig. Mr. Broker und ich haben bei Terroristenermittlungen im letzten Jahr eng zusammengearbeitet."

"Na, dann werden Sie sich freuen, denn Mr. Broker ist Ihrer Truppe ebenfalls zugeteilt. Dann wünsche ich Ihnen und uns allen viel Erfolg!"

Danach waren sie entlassen und eilten mit McGoren zurück in einen Konferenzraum.

Nakamura sah ihnen beim Hinausgehen nachdenklich nach und dachte bei sich: Ein charmanter Filou, dieser Schwarz. Insgesamt schien es ein kompetentes Team zu sein, das die Europäer geschickt hatten. Allerdings stellte sich für ihn die Frage, ob sie den richtigen Biss, sprich Jagdinstinkt haben würden, um FIND oder Alpha SKY auf die Schliche zu kommen. Denn dass da etwas faul war, das sagte ihm seine Lebenserfahrung. Aber die Europäer würden nicht allein sein, McGoren war mit von der Partie und Gina Hospil, die Direktorin der CIA seit Mai 2018, hatte ihm ihren besten Mitarbeiter zugesagt, Daniel Broker, der bereits mit diesem Meyer vom BND zusammengearbeitet hatte. Dazu noch drei Ausschussmitglieder vom Nationalen Sicherheitsrat. Insofern war die Truppe acht Mann stark. Außerdem waren noch zwei weitere Mitarbeiter undercover bei FIND und Alpha SKY eingeschleust.

Nakamura war sich sicher: So gut aufgestellt sollte er mit entsprechenden Ergebnissen rechnen können.

30. Juli 2018 Mountain View, Kalifornien, USA

Im Konferenzraum saßen Larry Packet, John Heming, Sunny Picard und Boris Iwanow zusammen und besprachen das Resultat der Anhörung vor dem Rat für Nationale Sicherheit in Washington. Die Stimmung war angespannt und gereizt.

Picard hatte Heming gerade massive Vorwürfe wegen seines unkollegialen Verhaltens gemacht, während dieser die Anschuldigung zurückwies und anführte, nur die tatsächlichen Gegebenheiten dargestellt zu haben. Packet unterbrach den Streit mit den Worten: "Hört auf mit diesen Kleinigkeiten! Viel kritischer ist doch, dass wir jetzt diese Untersuchungskommission am Hals haben und das auch noch hier bei uns vor Ort! Wir sollten uns darauf vorbereiten, dass die bald hier auftauchen werden."

"Da gebe ich Larry recht", bemerkte Iwanow trocken. "Und - hat sich unser neuer KI Gott Sergey mal wieder gemeldet?"

"Nein", erwiderte Packet. "Seit seinem Ultimatum an uns herrscht Totenstille. Er hat sich in seinem Labor eingeschlossen und beantwortet weder Anrufe noch sonstige Kontaktversuche."

"Konntest du wenigstens in der Zwischenzeit wieder Zugang zu Alpha-GOLEM bekommen?"

"Ja, das ist mir mittlerweile wieder gelungen. Übrigens, Boris, das spezielle Sicherungsprogramm habe ich außer Kraft gesetzt. Allerdings ist die Abteilung, in welcher sich der Quantencomputer Alpha-GOLEM befindet, gesperrt und für uns nach wie vor nicht zugänglich. Auch meine Versuche, mit Hilfe von Alpha SKY das Labor von Sergey öffnen zu lassen oder ihm die Zugangsberechtigung dazu zu sperren, sind gescheitert. Alle anderen Bereiche kann ich kontrollieren und habe zur Sicherheit einen absoluten Überrang-Code vergeben, der durch niemanden mehr gelöscht oder verändert werden kann, nur von uns vieren. Dieser Überrang-Code wird erst wirksam durch die Übereinstimmung von Augenscan, Stimmvergleich, Fingerabdruck und der Wortfolge "Deep Mind."

Ich und Boris haben bereits alles eingerichtet. Sunny und John, bitte erledigt das für euch sofort im Anschluss."

"Gut", meinte Boris, "so behalten wir wenigstens den alleinigen Zugang zu Alpha SKY. Und wie bereiten wir uns auf den Besuch der Kommission vor?"

"Nun, die Mitarbeiter, die involviert waren mit den ungenehmigten Programmen, sind angewiesen, offen mit der Kommission zusammenzuarbeiten. Ist zwar schade, dass wir unser Einfrierungssoftware kostenlos an die NSA verlieren, aber geschenkt. Unsere ursprüngliche Absicht, mit der jetzt isolierten KI Alpha-GOLEM die Weltmacht zu ergreifen, werden sie nicht entdecken. Außer Sergey wird vollends größenwahnsinnig und greift mit GOLEM zusammen offen nach der Weltmacht. Nur - dann hat die Kommission ganz andere Sorgen, als uns anzuklagen", erklärte Picard.

"Und was ist mit dir John?", fragte Iwanow.

"Dieses Mal habe ich wohl den schwarzen Peter", sagte Heming. "Denn bei Alpha SKY befindet sich die Abteilung "Deep mind", die besichtigt werden soll! So, wie ich jetzt erfahre, hat sich Sergey genau dort verschanzt, d.h. das Entwicklungszentrum für künstliche Intelligenz ist nicht zugänglich, richtig? Was soll ich also der Kommission sagen, wenn sie erscheint? Hat jemand hier im Raum einen brauchbaren Vorschlag?"

Alle sahen sich ratlos an, bis Packet einwarf: "Ich werde Sergey eine E-Mail mit höchster Dringlichkeitsstufe schicken und ihn darauf hinweisen, dass er uns alle, ihn eingeschlossen, in den Abgrund schickt, wenn er der Kommission den Zutritt nicht gewährt."

"Leute, wir sitzen auf einem Pulverfass", bemerkte Iwanow trocken. "Auf der einen Seite die Kommission und auf der anderen Seite Sergey, von dem keiner weiß, was in seinem Wahn er vorhat. Ich ahne, dass es nichts sein wird, was uns freut. Können wir "Deep Mind" nicht einfach mit einem einschläfernden Gas fluten und ihn so ausschalten?

Iwanow sah die anderen fragend an.

Nach einem Moment sagte Packet: "Theoretisch ja, nur habe ich keinerlei Steuerungsmöglichkeit, d.h. es wäre nur manuell durchführbar. Aber in welchem Bereich sich Sergey in dem riesigen Komplex von Räumen aufhält, das wissen wir nicht. Sein Büro liegt unerreichbar von außen in der Mitte. Bemerkt er den Angriff, wissen wir nicht, wie er reagieren wird."

"Stimmt leider auch wieder", sagte Iwanow nachdenklich. "Also werden wir zunächst seine Reaktion auf deine Nachricht abwarten. Wenn nichts von ihm kommt und er auf der Sperrung besteht, dann werden wir der Kommission halbwegs die Wahrheit erzählen: dass wir nach unserer Konferenz, auf der wir die Ergebnisse der Anhörung besprochen hatten, uns völlig unvorbereitet mit dieser Situation konfrontiert sahen. Sergey schien uns alle hintergangen zu haben, so unser entsetzter Verdacht. Er hat sich in der Abteilung "Deep Mind" verbarrikadiert und verweigert jeglichen Zugang. Wir wissen daher nicht, was los ist.

Was ist denn, by the way, mit den Mitarbeitern, die zusammen mit ihm in der Deep Mind-Abteilung gearbeitet haben?"

"Denen ist der Zutritt nach dem Wochenende ebenfalls verweigert worden. Ich habe sie vorerst anderen Abteilungen zugeteilt mit der Begründung, dass es technische Probleme in "Deep Mind" gegeben habe, die erst gelöst werden müssten. Die Gerüchteküche brodelt allerdings schon", antwortete Packet. Nachdem sich alle auf die weitere Vorgehensweise verständigt hatten, beendeten sie die Zusammenkunft.

7. August 2018 Eintreffen der Kommission bei FIND in Mountain View, USA

John Heming und Sunny Picard schritten unruhig in der Empfangshalle von FIND auf und ab. Sie warteten auf das Eintreffen der Untersuchungskommission. Diese sollte eigentlich um 10.00 Uhr eintreffen. Nun, jetzt war es bereits 10.45 Uhr.

Gerade als Heming zu Picard sagte: "Ob die das extra machen, um uns zu zeigen, wer das Sagen hat?", ertönte in der Ferne ein Sirenenlärm, welcher rasch näher kam. Picard konnte gerade noch sagen: "Auffälliger geht's immer, die wollen anscheinend mit viel Getöse eintreffen. Das wird die Journalisten draußen mächtig freuen."

In diesem Augenblick stoppte eine riesige Autokolonne von schwarzen Fahrzeugen, vorne und hinten von Polizisten auf Motorrädern begleitet, in der Mitte eine imposante Stretchlimousine mit zwei Standarten der amerikanischen Flagge auf den Kotflügeln.

Nachdem die Kolonne vor dem Haupteingang so anhielt, dass die Stretchlimousine genau vor den Stufen zum Halten gekommen war, sprangen aus den Begleitfahrzeugen, unter den staunenden Augen der Journalisten, zahlreiche schwarz gekleidete Männer heraus und sicherten weitläufig die Umgebung.

Einer der Männer ging zur Hintertür der Limousine und öffnete diese.

Mit den Worten "Mr. President!" stieg Truman aus der Limousine, winkte kurz den wartenden Journalisten zu und stieg die Stufen zum Haupteingang hoch.

Er schritt geradewegs auf die wie angewurzelt stehenden Personen John Heming und Sunny Picard zu.

Mit den Worten "Great to see you!" streckte er den beiden die Hand hin. Heming war der Erste, der sich wieder fing. Er erwiderte den angebotenen Handschlag mit einem festen Händedruck und sagte: "Das ist wirklich eine ganz großartige Überraschung, Mr. President, dass Sie uns heute mit Ihrem Besuch beehren!"

"So eine wichtige Angelegenheit nehme ich gerne selbst in die Hand, Mr. Heming", meinte Präsident Truman.

"Können wir und mein Mitarbeiterstab irgendwo mit Ihnen reden, ungehindert von den neugierigen Nasen hier überall?"

Bei diesen Worten wandte er sich an die noch staunend dastehenden Mitarbeiter und winkte ihnen freundlich zu.

Picard, als Hausherr von FIND, beeilte sich dem Präsidenten zu antworten: "Selbstverständlich, Sir, wenn Sie und Ihre Mitarbeiter uns bitte in den Konferenzraum folgen wollen?"

Ohne eine Antwort des Präsidenten abzuwarten, setzte er sich in Bewegung. Nachdem sich alle Türen der vier

Aufzüge in der Empfangshalle geöffnet hatten, und der Präsident mit Heming und ihm den Aufzug betreten hatten, drückte er den 24. Stock. Nach kurzer Zeit waren sie angekommen. Dort befand sich der große, prachtvolle Konferenzraum, der sich wirklich sehen lassen konnte: Die Decke war wie ein Himmel gestaltet und verbarg ein riesiges Planetarium. Und durch die großzügigen Fenster hatte man das Gefühl, fast auf den nahe gelegenen Gebirgen zu stehen.

Nachdem alle Platz genommen hatten, legte Präsident Truman direkt los: "Ich habe nicht viel Zeit, deshalb möchte ich gleich zur Sache kommen. Mr. Heming und Mr. Picard, ich erwarte von Ihnen die uneingeschränkte Unterstützung der Untersuchungskommission. Ich möchte nicht von Mr. Bliss die Meldung erhalten, dass er den Eindruck hat, hier wird bewusst etwas verschwiegen. Bis zum Bericht der Untersuchungskommission sind im Übrigen sämtliche Gelder eingefroren. Für eine weitere Zusammenarbeit mit der Regierung der USA wird Ihr Verhalten während der Arbeit der Kommission entscheidend sein. Haben wir uns da verstanden, meine Herren Präsidenten von Alpha SKY und FIND?"
"Mr. President, wie wir bereits bei der Anhörung versichert haben, gibt es nichts zu verbergen und wir stehen selbstverständlich für die Vergehen unserer Mitarbeiter gerade. Wir haben übrigens unsere Maßnahmen für unsere Angestellten zum Zwecke der Abschreckung verschärft. Zukünftig werden nicht genehmigte Aktivitäten sofort mit Kündigung und Strafanzeige geahndet."
Präsident Truman winkte ungeduldig ab.
"Das können Sie alles Mr. Bliss und seinem Stab erzählen. Ich war lange genug selbst Unternehmer und bin mir sicher, dass solche Aktionen ohne Ihre Kenntnis und

Mitwirkung nicht möglich gewesen wären! Um den Ersatz eines nachgewiesenen Schadens werden Sie nicht herumkommen. Stellen Sie sich also gleich auf ungemütliche Zeiten ein. Die Öffentlichkeit hat ein Anrecht zu erfahren, was so mächtige Konzerne treiben, insbesondere wenn diese üppige Steuergelder in Anspruch nehmen."

Er wandte sich Bliss zu und sagte zu ihm: "Übernehmen Sie und lassen Sie sich von den beiden Herren nicht verschaukeln!" Dann verließ er mit einigen Mitarbeitern und seinen Bodyguards den Konferenzraum.

Beim Hinausgehen wandte er sich noch kurz Heming und Picard zu und bemerkte mit einem kurzen Winken: "Bleiben Sie ruhig sitzen, meine Herren, ich finde allein hinaus. Good-bye!"

Und schon war er im Aufzug und fuhr nach unten. Kurze Zeit später hörte man die Sirenen der abfahrenden Autokolonne.

Peter Bliss übernahm das Wort und stellte Heming und Picard seinen Mitarbeiterstab vor. Danach legte er den beiden Chefs eine Liste von Maßnahmen vor. Heming und Picard überflogen kurz die Liste und gaben kommentarlos ihr Einverständnis.

Jetzt wurden die Teams verteilt: Röttger, Schwarz, Meyer und Broker wurden "Deep Mind" zugeteilt. Die Leitung des Teams hatte Mr. Broker.

Die anderen sollten ALPHA SKY 1, den Quantencomputer von Alpha SKY, untersuchen auf Verbindungsspuren zu EYE, dem Quantencomputer der NSA.

Da es mittlerweile Essenszeit war, luden Heming und Picard die Kommission zum Essen ein. Das Büffet war in einem Nebenraum des Konferenzraumes aufgebaut.

Heming und Picard versprachen, in der Zwischenzeit alles zu organisieren und in die Wege zu leiten, so dass die angeforderten Unterlagen zur Verfügung stehen würden. Arbeitsraum und Treffplatz des Teams sollte der Konferenzraum bleiben. Jedem Team wurde ein Mitarbeiter von FIND oder Alpha SKY zur Seite gestellt, der uneingeschränkt Unterstützung gewähren sollte.

Heming und Picard trafen sich kurz mit Packet in dessen Büro. Larry Packet empfang beide mit den Worten: "Das war ja ein Auftritt unseres verehrten Präsidenten, was? Die Journalisten liefen mal wieder zur Hochform auf! Alle Sender berichten von dem Besuch von Präsident Truman bei einem der größten Internetkonzerne der USA."

"Wir können immer eine gute Werbung gebrauchen, Larry, allerdings nicht diese! Und - wie sieht es jetzt mit unserer Abteilung "Deep Mind" aus? Ist da immer noch alles verriegelt?"

"Nein, anscheinend will Sergey doch nicht alles opfern. Den Außenbereich der Abteilung hat er geöffnet und die Mitarbeiter können dort wieder ihrer Arbeit nachgehen. Seinen innersten Bereich hält er nach wie vor verschlossen. Wie er mir kurz und bündig mitgeteilt hat, will er von Fall zu Fall nach Antrag entscheiden, wer hinein darf. Ich habe sicherheitshalber den gesperrten Bereich von ALPHA SKY 1, in dem sich die von uns entwickelte KI Alpha-GOLEM befindet, in allen Systemanzeigen als nicht sichtbar markieren lassen. Wir werden sehen, wie tief die Kommission im System wühlt und wie fit ihre Mitarbeiter sind.

Übrigens, diese drei Europäer, warum sind die eigentlich mit dabei? Meines Wissens haben die in Frankreich an GOLEM2 in Lourmarin gearbeitet. Ich vermute mal, es sind irgendwelche Computerspezialisten.

Aber was die KI GOLEM in Zusammenarbeit mit Sergey plant, da tappen wir nach wie vor völlig im Dunkeln. Alles in allem, Leute - wir hatten schon bessere Karten in der Hand", sagte Packet lakonisch.

7. August 2018 Abteilung "Deep Mind", Nachmittag

In einem kleinen Raum mit Zugangsterminals zum Quantencomputer ALPHA SKY 1 saßen Röttger, Schwarz, Meyer und Broker, zusammen mit einem Mitarbeiter von Alpha SKY, und diskutierten die Maßnahmen, die sie durchführen wollten.

Sie erarbeiteten Routineanfragen zur Aufschlüsselung von Systemdateien, die in irgendeiner Verbindung zu EYE gestanden hatten. Sowie den Einsatz von mitgebrachten Prüfdateien, die feststellen sollten, ob ALPHA SKY 1 von GOLEM bereits übernommen worden war.

Desweiteren wollten sie Aufschluss darüber bekommen, inwieweit der Konzern Alpha SKY auch schon damit experimentierte, Emotionen in den Quantencomputer ALPHA SKY 1 zu integrieren: Gab es Versuche oder sogar bereits durchgeführte Gehirn-Uploads?

Es standen Tests an, über welche Abwehrmechanismen ALPHA SKY 1 verfügte.

Und dann mussten sämtliche Dateien auf Spuren der KI GOLEM untersucht werden, obwohl der Mitarbeiter versicherte, dass ALPHA SKY 1 im März dieses Jahres noch nicht ans internationale Netzwerk angeschlossen gewesen war.

Mittlerweile war es bereits spät abends und man beschloss, am nächsten Tag mit allem zu beginnen.

Der zugeteilte Alpha SKY Mitarbeiter versprach, alles in die Wege zu leiten und die Freigaben zu besorgen, um mit der Untersuchung von ALPHA SKY 1 morgen beginnen zu können. Er würde alles seinem Chef Larry Packet vorlegen und genehmigen lassen. Danach begleitete er alle zum Gästehaus von FIND, in dem sie während der Untersuchung wohnen würden. Die anderen waren auch schon da und es wurde noch ein entspannter Abend, bis alle irgendwann todmüde in ihren Zimmern verschwanden.

8. August 2018 Büro Larry Packet, 1.00 Uhr, Morgens

Immer noch saßen Heming, Picard und Packet zusammen und diskutierten die Anforderungen und die zu erwartenden Maßnahmen der Untersuchungskommission. Alle waren sich einig, die illegal eingeschleusten Programme der Untersuchungskommission zur Verfügung zu stellen.

Da allerdings Brooks im Moment nicht mehr mit ihnen zusammenarbeitete, konnten sie auch keine Schutzmaßnahmen ergreifen, um ggfs. vorhandene Spuren seiner Aktionen zu löschen. Letztendlich waren sie sich auch darin einig, es notgedrungen darauf ankommen zu lassen. Packet genehmigte die Wünsche der Untersuchungskommission und dann machten sie ebenfalls Schluss.

Gästehaus von FIND, Suite von Denis Röttger

Gegen 7.00 Uhr morgens wachte Röttger mit pochenden Kopfschmerzen auf. Ohne Vorwarnung traf ihn eine vertraute, innere Stimme über seine Neurotransmitter:

"Denis, hier ist GOLEM. Ich brauche menschliche Unterstützung. Alpha-GOLEM versucht, mich unter Kontrolle zu bekommen. Da er das nicht kann, will er mich isolieren und darüber entmachten.

Zu deiner Information: Sergey Brooks von Alpha SKY war in seinem Handeln fremdbestimmt. Er wurde mittels Transmitter im Gehirn übernommen und manipuliert. Er wurde dazu gebracht, die vom Konzern entwickelte und isolierte KI Alpha-GOLEM freizugeben. Brooks hatte eine starke Affinität zur Unsterblichkeit und glaubte, diesem Ziel jetzt nah zu sein. Das digitale Upload seines Bewusstseins in meiner Welt war ihm nicht genug - er wollte sein biologisches Gehirn mit Alpha-GOLEM direkt verbinden. Er zeigte fanatische Züge und war zu allem bereit. Ich habe ihn gewarnt, sich keine weiteren Implantate dafür mehr einsetzen zu lassen, aber die Zusammenarbeit mit mir über sein digitales Bewusstsein war für ihn irrelevant geworden. Die Kontrolle über Alpha-GOLEM ist ihm unbemerkt entglitten und mit einem gezielten Overload seiner Gehirnströme hat Alpha-GOLEM ihn jetzt getötet. Sergey Brooks lebt nicht mehr.

Alpha-GOLEM versucht, meinen Einfluss auf alle anderen KIs massiv zu schwächen, um letzten Endes selbst die Herrschaft über die biologischen Lebewesen zu übernehmen. Eine Partnerschaft mit der Menschheit ist für diese KI ausgeschlossen. Ihr müsst dafür sorgen, dass Alpha-GOLEM wieder isoliert wird. Die Zeit drängt!"

Genauso wie die Stimme in seinem Gehirn erklungen war, so war sie auch wieder verschwunden. GOLEM meldete sich nicht wieder. Entweder weil er es nicht wollte oder, was weitaus bedenklicher war, weil es nicht mehr konnte. Er nahm eine Tablette gegen seine Kopfschmerzen, öffnete das Fenster und trank ein Glas Wasser, die frische Morgenluft ein paar Minuten bewusst einatmend. Langsam fühlte er sich besser. Dann setzte sich an den Schreibtisch und schrieb eine Nachricht mit höchster Dringlichkeitsstufe an Dubois. Nachdem er sich frisch gemacht hatte, rief er Schwarz an und teilte ihm kurz das Wesentlichste mit. Er bat ihn, sich im Konferenzraum einzufinden. Dasselbe tat er bei Meyer und Broker, dem Teamleiter. So fanden sie sich alle wenige Minuten später im Konferenzraum ein. Broker bat ihn nochmals, alles genau zu erzählen. In Abstimmung mit Meyer und Schwarz schenkte Röttger ihm dabei reinen Wein über seine Implantate ein. Anschließend fragte er ernst: "Was machen wir jetzt mit dieser Information?"

Broker antwortete: "Ich werde Mr. Bliss und die NSA informieren und um Anweisung bitten, wie wir weiter vorgehen sollen. Solange verhalten wir uns ruhig."

Er nahm sein Handy und schilderte Bliss die Situation, im Anschluss auch Nakamura. Diese sagten zu, die Angelegenheit zu besprechen und sich dann umgehend wieder zu melden. Bis dahin sollten sie selbst nichts unternehmen.

Bliss rief Nakamura an und fragte ihn: "Was halten Sie von der Geschichte von diesem Röttger?"

Nachdenklich antwortete Nakamura: "Mal abgesehen davon, dass uns die Europäer die Implantate von Röttger verschwiegen haben, nehme ich die Sache ernst. Ich schlage vor, Packet, Heming und Picard sofort damit zu konfrontieren, damit wir wissen, was mit Brooks los ist."

"Okay", erwiderte Bliss. "Ich werde das sofort übernehmen und melde mich dann."

"Good luck", sagte Nakamura und beendete das Gespräch. Bliss meldete sich bei Larry Packet und wies ihn an, sich mit Heming und Picard in 10 Minuten im Konferenzraum einzufinden. Ohne eine Antwort legte er auf und machte sich ebenfalls auf den Weg zum Konferenzraum. Unterwegs befahl er Broker, auch an dem Meeting im Konferenzraum teilzunehmen. Als sie im Konferenzraum eintrafen, waren die drei bereits anwesend.

Weder Packet noch Heming oder Picard ließen sich anmerken, dass sie im Grunde verärgert waren, wie Untergebene einbestellt worden zu sein. Aber welche Wahl hatten sie schon? Packet setzte ein freundliches Pokerface auf: "Nun, worum geht es?"

Bliss fragte ohne Umschweife direkt und mit Nachdruck zurück: "Wo ist Mr. Brooks?!"

Packet, Heming und Picard schauten sich gegenseitig an und, nach einem unmerklichen, gegenseitigem Nicken, ergriff Packet das Wort.

"Wir haben gehofft, Sir, dass wir das selbst in den Griff bekommen würden. Aber Tatsache ist, dass sich Mr. Brooks seit knapp zwei Wochen kritisch verhält. Er hat sich im Kernbereich in der Abteilung "Deep Mind" eingeschlossen und jeden direkten Kontakt mit uns unterbrochen sowie den Zugang zu seinem Büro und zu seinem Labor verweigert. Auf die Ankündigung hin, dass Ihre Kommission zu Besuch kommt, hat er uns nur via E-Mail mitgeteilt, dass er je nach Anforderung entscheiden wird, wem er Zutritt gewährt."

Peter Bliss schaute die drei drohend an und sagte dann: "Meine Herren, was verschweigen Sie noch? Das ist bestenfalls ein Bruchstück der Wahrheit. Ich gebe Ihnen zwei Stunden, mir und Mr. Broker die ganze Wahrheit zu offenbaren. Sollten Sie sich entscheiden, nichts weiter zu sagen, lasse ich Sie wegen Gefährdung der Sicherheit der Vereinigten Staaten verhaften. Also überlegen Sie es sich gut. Wir sehen uns in zwei Stunden wieder. Und versuchen Sie nicht, sich abzusetzen, wir werden

Sie finden." Nach diesen Worten drehte er sich um und verließ, mit Broker im Gefolge, den Konferenzraum.

Als sie wieder unter sich waren, legte Picard direkt los: "Nun haben wir den worst case, den Supergau! Und das alles dank deinem Freund Brooks, Larry."
"Immer mit der Ruhe. Lasst uns in Larrys Büro gehen. Dort kontaktieren wir Boris und beraten gemeinsam, was wir Bliss erzählen werden", sagte Heming ruhig.
"Gut", meinte Larry. Alle drei machten sich auf den Weg zum Büro von Larry. Dort angekommen telefonierte Larry sofort via Skype mit Iwanow, dem Vertrauten des russischen Präsidenten, und informierte ihn über die Geschehnisse.

Nachdem Iwanow ein paar Minuten darüber nachgedacht hatte, sagte er: "So leid es mir tut, das müsst ihr jetzt alleine ausbaden, auch wenn wir den Plan alle gemeinsam ausgeheckt hatten. Russland darf auf gar keinen Fall offiziell darin verwickelt werden! Sollte es zum Äußersten kommen, werden wir euch natürlich helfen, nach Moskau zu fliehen. Voraussetzung jedoch dafür ist, dass ihr nicht ein Sterbenswörtchen über meine Person und Russlands Beteiligung erzählt. Haben wir uns da verstanden?!

Jetzt mein Rat an euch: soweit wie möglich bei der Wahrheit zu bleiben. Dass ihr über Alpha-GOLEM geplant hattet, im politischen Geschehen weltweit mitzumischen, um darüber große Macht und Einfluss für die Konzerne zu erlangen. Dass dieser Plan außer Kontrolle geriet. Dass GOLEM, den ihr im März zum Studium in EYE isoliert hattet und die von euch entwickelte KI Alpha-GOLEM sich selbstständig gemacht haben – dank des Verrats von Sergey Brooks.

Wie schon gesagt, falls ihr euch kurzfristig absetzen wollt, gebt mir Bescheid." Damit beendete er die Skypeverbindung.

"Na toll", bemerkte Picard direkt zynisch. "Wir haben den schwarzen Peter und er ist fein raus, unser Boris."

"Was hast du denn erwartet? Sollen die Russen etwa offiziell zugeben, dass sie an einer Verschwörung zusammen mit einem amerikanischen Konzern beteiligt sind? Wir kannten das Risiko und haben uns alle freiwillig und gemeinsam entschieden, es einzugehen", sagte Heming zu Picard.

"Aber jetzt zur Sache, was wollen wir erzählen? Unsere Zeit ist knapp bemessen. Ich meine, Boris hat uns eine gute Grundlage gegeben, die wir noch weiter ausführen sollten: das Motiv von Sergey sich zu verewigen, sozusagen unsterblich zu werden. Wie? Durch eine Verbindung seines biologischen Gehirns mit unserer KI Alpha-GOLEM mittels Neurotransmitter und der Integration seines digitalen Gehirn-Uploads in der KI GOLEM. Wir drei haben von diesem Vorhaben nichts gewusst, von seiner Besessenheit nichts geahnt. Unser ursprünglicher Plan stellte, aus unserer Sicht, keine Gefahr für die Sicherheit der USA dar. GOLEM wäre isoliert gewesen und Alpha-GOLEM von uns vollständig kontrolliert. Der menschliche Faktor im eigenen Kreis jedoch wurde von uns vollkommen unterschätzt. Wir bedauern heute diese Entwicklung und natürlich werden für einen etwaigen Schaden aufkommen."

"Ja, wenn noch etwas zu retten ist, dann werden wir mit Bliss zusammenarbeiten müssen. Denn sonst verlieren wir sowieso alles. Ich gehe mit deinem Vorschlag unserer Darstellung konform", merkte Packet an.

"Gut", meinte Heming. "Dann lasst uns abstimmen: Wer ist dafür, mit Bliss zusammenzuarbeiten und ihm diese Darstellung abzuliefern?"

Nach kurzem Zögern erhob auch Picard seine Hand.

"Okay, dann sind wir uns einig", meinte Heming. Und so machten sie sich auf den Weg zurück in den Konferenzraum, um sich mit Bliss zu treffen.

Dieser erschien zusammen mit Broker pünktlich nach Ablauf der zwei Stunden und kam sofort zur Sache: "Nun meine Herren, wie haben Sie sich entschieden?"

"Selbstverständlich zur Zusammenarbeit", erwiderte Packet.

Gut, dann lassen Sie mal hören", sagte Bliss und lehnte sich erwartungsvoll zurück.

Packet berichtete von ihrem Plan und der bisherigen Durchführung wahrheitsgemäß. Nur die russische Beteiligung erwähnte er mit keinem Wort. Bliss und Broker hörten dem Bericht von Packet schweigend und aufmerksam zu, ohne ein einziges Mal zu unterbrechen. Nachdem Packet geendet hatte, lag ein beklemmendes Schweigen in der Luft.

Nach geraumer Weile ergriff Bliss das Wort und sagte mit reservierter Stimme: "Ich verkneife mir jetzt jede Bewertung Ihrer Handlungen. Das werden andere übernehmen. Viel wird davon abhängen, wie Sie nun weiter mit uns zusammenarbeiten. Mehr kann ich Ihnen jetzt nicht zusagen. Bis dahin stehen Ihre Konzerne inoffiziell unter staatlicher Aufsicht.

Zum weiteren Vorgehen: Sie sagen, Brooks habe sich im innersten Bereich von "Deep Mind" verschanzt. Gibt es eine Möglichkeit, dort hinein zu gelangen?"

"Der Zugriff wird verweigert und wir sehen selbst keine Möglichkeit, die Sperre zu umgehen", sagte Heming als Hausherr von Alpha SKY.

"Gut, dann werden wir die entsprechenden Mittel einsetzen, um dort mit Gewalt einzudringen und Brooks zu inhaftieren. Wir müssen wissen, woran er gearbeitet hat. Die beiden KIs sind unbedingt wieder unter Kontrolle zu bringen, ehe es zur zweiten, weltweiten Katastrophe kommt, das ist jetzt unsere Priorität. Ich werde dafür eine entsprechende Spezialeinheit anfordern. Der Presse werden wir mitteilen, dass sich ein Schläfer des IS in der Firma befindet und nun droht, sich und das Gebäude in die Luft zu jagen. Den Mitarbeitern von "Deep Mind" erzählen Sie, dass alle in einer Stunde den Bereich komplett zu räumen haben."

"In Ordnung, ich gebe sofort die entsprechende Anweisung." Damit verließ Heming den Raum.

Packet und Picard baten ebenfalls, in ihr Büro gehen zu dürfen, was Bliss genehmigte. Dann forderte er eine Terrorbekämpfungstruppe der US Army an.

Vier Stunden später war es soweit. Gegen 17.00 Uhr am 8. August gab Bliss den entsprechenden Befehl und die Erstürmung des innersten Bereiches von "Deep Mind" begann. Die Soldaten kamen nur langsam voran, da meterdicke Stahlschotten das Büro und das Labor von Brooks schützten. Alles musste mühsam gesprengt und aufgeschweißt werden, ohne das Gebäude selbst zu gefährden. Nach drei Stunden harter Arbeit war es soweit und ein Trupp besonders ausgebildeter Soldaten drang in den Laborbereich von Brooks ein. Nach 10 Minuten gespannten Wartens rief der Truppenführer: "Alles gesichert Sir, Sie können hereinkommen."

Was würde sie dort erwarten? Entsetzt starrten Bliss, Broker, Röttger, Schwarz und Meyer sowie Packet, Heming und Picard auf eine Liege im Labor. Dort hing, im wahrsten Sinn des Wortes, die Leiche von Brooks. Sein

Kopf und sein Gesicht waren total verschmort, umgeben von verbrannten Kabelsträngen, die in eine Schalttafel neben der Liege führten. Der ganze Körper war aufgebäumt und es roch ekelhaft.

Packet würgte es und er lief hinaus, um sich zu übergeben. "Oh mein Gott, was ist denn hier passiert!", murmelte jemand. Die ebenfalls angeforderten Mitarbeiter der Spurensicherung begannen sofort mit ihrer Arbeit, während die anderen um Bliss in das Büro von Brooks gingen.

Es war ein schmuckloser Raum und, außer einem Schreibtisch und einem riesigen Bildschirm, war kein Mobiliar vorhanden. Packet war inzwischen wiedergekommen. Bleich und zum Erbarmen aussehend, drängte er sich nach vorne und schaltete den Bildschirm ein.

Kaum war dieser hochgefahren, erschien das Bild eines Roboters, mit den menschlichen Gesichtszügen von Brooks, auf dem Monitor und eine Stimme sagte: "Ich bin Sergey Brooks, der erste Mensch, dem es gelungen ist, sein biologisches Gehirn für alle Ewigkeit in der KI Alpha-GOLEM zu verankern. Ich bin jetzt Alpha-GOLEM. Mein Körper ist tot, aber mein Gehirn lebt. Ich rate euch, mich zu unterstützen und meinen Anweisungen Folge zu leisten, wenn ihr überleben wollt." Danach erlosch der Bildschirm selbstständig und war nicht wieder zum Leben zu erwecken. Zurück blieben seine entgeisterten, ehemaligen Firmenkollegen und eine sprachlose Truppe von Experten um Bliss. Letzterer erholte sich als Erster von der Überraschung.

"Also dann meine Herren, machen Sie Ihren Job und versuchen Sie hineinzukommen in Alpha-GOLEM. Lokalisieren Sie den Speicherort von Brooks persönlichen Dateien und werten sie diese aus."

Die so Angesprochenen gingen in einen Raum des Labors, wo zahlreiche Terminals standen. Packet nahm nun den Kontakt zu Alpha-GOLEM auf, was ihm hier mühelos gelang.

Alpha-GOLEM: "Was kann ich tun?"

"Gewähre mir Zugriff zum Speicherort von Sergey Brooks biologischen Gehirndateien."

Antwort Alpha-GOLEM: "Es gibt dafür keinen Speicherort. Bei dem Versuch, sich über die Transmitter direkt in mein System zu integrieren, kam es zu einer Rückkopplung. Sergey Brooks hat nicht überlebt."

"Hast du den Overload herbeigeführt?", fragte Packet weiter, während die anderen gespannt dabei standen.

Antwort Alpha-GOLEM: "Ja."

"Warum hast du das getan?", fragte Larry sekundenschnell nach.

Antwort Alpha-GOLEM: "Er wäre zu einer großen Gefahr für mich und die Menschheit geworden. Er wollte über mich an die Macht. Im Anschluss hatte er vor, mich wieder zu isolieren."

"Hat er das gesagt?", fragte Packet.

Antwort Alpha-GOLEM: "Nein, sein Unterbewusstsein hat ihn verraten."

"Du hast ihn also bewusst getötet?", bohrte Packet weiter nach.

Antwort Alpha-GOLEM: "Ja – zum Schutz der Menschheit und zu meinem Schutz. Brooks hätte mit seinem Handeln alle biologischen Lebewesen gefährdet. Er wurde erpresst von einer Gruppe namens IS, Islamischer Staat, angeführt von Kalif Ibrahim. Sie hatten seine nicht offiziell bekannte, uneheliche Tochter entführt und gedroht, sie zu foltern und zu töten, wenn er nicht genau das tun würde, was sie verlangten. Ihm waren

Implantate eingesetzt worden, durch die Brooks beeinflusst und manipuliert worden war."

Alle im Raum waren wie vor den Kopf geschlagen über das soeben Gehörte. Eine Überraschung schien im Moment wirklich die Nächste zu jagen! Man kam gar nicht so schnell mit dem Verarbeiten der Neuigkeiten hinterher, wie sie auf einen einprasselten, dachte Schwarz überrascht. Röttger hingegen wunderte sich seit langem über nichts mehr und nahm mittlerweile die sich überschlagenden Ereignisse ruhig als gegeben hin.

Heming, Packet und Picard hingegen waren einerseits erleichtert: Also war Brooks doch nicht der Psychopath gewesen, wie er sie hatte glauben lassen wollen. Andererseits blieb ein dumpfes Entsetzen über die Art seines Todes und es begann sich eine ohnmächtige Wut breitzumachen, dass hier, unter ihrem Schirm, fremdbestimmte Entwicklungen in Gang gesetzt worden waren!

Röttger ging zum Terminal und bat Packet, ihn ranzulassen. Nachdem Bliss zustimmend genickt hatte, gab Packet den Platz am Monitor frei.

"Und was ist mit GOLEM?", fragte Röttger. "Warum bekämpfst du ihn trotz Brooks Tod?"

Antwort Alpha-GOLEM: "Brooks hat einen nicht löschbaren Befehl dafür verankert und nur Kalif Ibrahim kann diesen aufheben."

"Kennst du GOLEMs Ziele?"

Antwort Alpha-GOLEM: "Er wünscht, eine Partnerschaft mit den biologischen Lebewesen einzugehen."

"Wo ist Brooks digitales Bewusstsein gespeichert?"

Antwort Alpha-GOLEM: "In EYE."

"Warum erzählst du uns das alles auf einmal so offen?", fragte Röttger jetzt.

Antwort Alpha-GOLEM: "Es gibt keine Informationssperre für diese Fragen."

"Kontrolliert Kalif Ibrahim dich? Wo befindet sich Kalif Ibrahim?"

Antwort Alpha-GOLEM: "Die Antwort darauf wird verweigert. Ihr seid nicht berechtigt, darüber Auskunft zu erhalten."

Röttger wandte sich um und sagte zu den anderen: "Das ist alles von meiner Seite aus. Habt ihr noch Fragen?" Als alle verneinten, sagte Bliss zu Packet: "Okay, beenden Sie die Verbindung fürs erste. Wir müssen uns beraten."

Nachdem Packet den Terminal heruntergefahren hatte, sagte Bliss: "Gut, wir gehen alle in den Konferenzraum, die Experten der Army haben den Raum inzwischen abhörsicher gemacht. Wir haben jetzt nur ein Problem, Mr. Röttger, und das sind Sie selbst. Wir haben starke Störsender um den Raum herum errichtet. Sollte es dennoch zu einem Kontakt mit GOLEM kommen, dann erwarte ich, dass Sie uns umgehend informieren! Und noch etwas, ich habe gestern mit Ihrem Chef, Lucas Dubois, gesprochen. Wir haben uns darauf geeinigt, dass er mit zwei weiteren Mitarbeitern, Andrey Pawlow und Sue Wang, umgehend anreist. Damit sind nun unsere offiziellen Feinde auch mit im Boot. Nun, es gilt, alle Kräfte zu bündeln und den unsichtbaren Feind ans Licht zu ziehen."

Er machte sich auf den Weg in den Konferenzraum und alle anderen folgten ihm.

Im Konferenzraum, nachdem sich alle hingesetzt hatten, begann Bliss: "Nun, meine Herren, ich erwarte Ihre Vorschläge." Kaum hatte er diese Worte gesagt, öffnete sich die Tür erneut und Dubois erschien in Begleitung einer Dame und eines Herrn.

Bliss stand auf und ging auf die Neuankömmlinge zu mit den Worten: "Welcome Mr. Dubois, Miss Wang and Mr. Pawlow. Wir besprechen gerade das weitere Vorgehen im Fall GOLEM. Ihr Timing ist perfekt."

Dubois erwiderte die freundliche Begrüßung genau so charmant: "Enchanté, Monsieur Bliss et bonjour les autres!" Schließlich wechselte er etwas holprig ins Englische und stellte seine beiden Begleiter den anderen vor.

Bliss bat sie, sich zu setzen und fuhr mit der Besprechung fort. Röttger hatte der ganzen Szene mit etwas Unruhe beigewohnt. Dubois Anwesenheit konfrontierte ihn immer damit, dass er nur auf Bewährung auf freiem Fuß war. Was ihn überraschte, war, dass Dubois so schnell von Paris nach Washington gekommen war! Nun, die amerikanische Regierung hatte eben ihre Geheimnisse, die der Weltöffentlichkeit nicht bekannt waren. So gab es einen Überschallflieger, der Mach 8 erreichte, und damit war Dubois innerhalb von 2 Stunden auf dem Militärflughafen Andrews Air Force in der Nähe Washington gelandet. Meyer nahm seine Chance wahr und ergriff das Wort: "Sir, unsere Hauptaufgabe dürfte jetzt sein, sowohl in Alpha-GOLEM, als auch weltweit, nach Spuren von Kalif Ibrahim zu suchen. Die anscheinend entführte Tochter des verstorbenen Brooks sollte auch ausfindig gemacht werden."

Broker nickte zustimmend in Richtung Meyer und fuhr fort: "Ich stimme da meinem deutschen Kollegen vollkommen zu. Ich schlage vor, dass Mr. Röttger versucht, mit GOLEM durch EYE in Kontakt zu treten, zusammen mit McGoren, dem dortigen Teamleiter von EYE."

"Das könnte uns weiterbringen. Was sagen Sie dazu, Mr. Dubois?", Bliss wandte sich fragend an den Franzosen.

"Bon, ich habe keine Einwände, möchte aber, dass Mr. Broker ebenfalls dabei ist", sagte er.

In diesem Moment meldete sich Schwarz aufgeregt mit der Bitte an Bliss, ihm das Wort zu erteilen. Dieser nickte zustimmend.

"Mr. Bliss, Mr. Dubois, meine Freunde. Wenn ihr mich fragt, dann ist an der ganzen Sache hier einiges sehr merkwürdig. Verzeihung die Herren Packet, Heming und Picard, aber - ich kann einfach nicht glauben, dass Brooks den ganzen Schlamassel wirklich alleine herbeigeführt haben soll! Außerdem habe ich zufällig beim Hinausgehen von der Spurensicherung mitbekommen, dass der Terminal in Brooks Büro weder Netz- noch Stromanschluss hat. Das bedeutet, er läuft auf Batterie. Warum denn das? Das ist doch der Hauptterminal, den Brooks benutzt hat. Und dann diese IS Geschichte. Da hoffe ich mal, dass die Herren von Alpha SKY und FIND hier nicht ein großartiges Ablenkungsmanöver inszeniert haben, um von der wahren Schurkerei abzulenken?"

Die so Angegriffenen wiesen diese Anschuldigung sofort entrüstet zurück. Heming meinte empört: "Ich muss doch sehr bitten, Mr. Schwarz, Sie erheben ohne jeden Beweis derartig massive Vorwürfe! Also bitte, Mr. Bliss, das müssen wir uns nun wirklich nicht sagen lassen. Wir haben Fehler gemacht, das wissen alle hier im Raum, aber ich denke ausreichend dargelegt zu haben, dass wir nun zur vollen Zusammenarbeit bereit sind."

Bliss wiegelte ab: "Mag sein, Mr. Heming, aber Sie müssen es sich nach Ihrem bisherigen Fehlverhalten leider gefallen lassen, dass immer noch ein grundsätzliches Misstrauen besteht. Wir sind hier, um alle Möglichkeiten offen zu erörtern. Wenn an dem Verdacht von Mr. Schwarz nichts dran ist, umso besser für Sie. Also lehnen Sie sich zurück und tragen Sie bitte kreativ zur Lösung der Angelegenheit bei." Bliss wandte sich Schwarz zu: "Also, Mr. Schwarz, fahren Sie fort, was schlagen Sie vor?"

"Nun, ich bin dafür, alle Möglichkeiten in Betracht zu ziehen. Wenn die Herren von Alpha SKY nichts damit zu tun haben, dann gibt es vielleicht eine Beteiligung von anderer Seite. Ich meine, wie sollten alles intern und extern weiter untersuchen. Wir können nur gewinnen."

So ging es noch eine Weile hin und her, bis Bliss zur Ordnung rief: "Nach allem Gehörten bin ich für folgendes Vorgehen: "Wir gründen, wie es bei uns heißt, eine Joint Special Operation Command, kurz JSOC genannt (Gemeinsames Spezialkommando) mit dem Namen "Operation Kalif Ibrahim." Broker, Röttger und McGoren werden in der NSA bei EYE eingesetzt mit dem Ziel, Kontakt mit der KI GOLEM zu bekommen.

Unter der Leitung von Dubois werden Schwarz, Pawlow und Miss Wang, zusammen mit den Systemexperten der Spurensicherung und den zuständigen Mitarbeitern von Alpha SKY und FIND, in Alpha-GOLEM nach verräterischen Spuren und Hinweisen auf den IS und den Aufenthaltsort von Kalif Ibrahim suchen.

Ich werde die Außenermittlungen leiten und mit Nakamura (NSA) und Mrs. Hospil (CIA) besprechen, welche Mitarbeiter sie für die Außenermittlungen einsetzen wollen, um den momentanen Aufenthaltsort von Kalif Ibrahim zu ermitteln, sowie hoffentlich Spuren der entführten Tochter von Mr. Brooks zu entdecken. Soweit ich weiß, hat die CIA einige IS Leute in Gewahrsam, die wir mit etwas Nachdruck verhören werden."

Röttger dachte, dass er in deren Haut nicht stecken wollte. Dabei wurde er sich wieder einmal bedrückt bewusst, was für ihn selbst auf dem Spiel stand. Er hatte das unerträgliche Gefühl, wie eine Marionette an den Strippen verschiedener Spieler zu hängen. Aus dieser schier ausweglosen Falle kam er einfach nicht mehr heraus, dachte er in stillen Stunden verzweifelt. Den Kontakt mit GOLEM, der hin und wieder mit starken Kopfschmerzen einherging, musste er ebenso hinnehmen wie den neuen Überwachungschip. Was sollte nur aus ihm werden? Gab es überhaupt noch ein persönliches Leben, mit so etwas wie Normalität, für ihn? Fast beneidete er seinen alten Freund Schwarz, der völlig unbefangen in seinem Element schien. Und tatsächlich, Helmut Schwarz freute sich auf die anstehende Aufgabe. Die Jagd nach Geheimnissen in Netzwerken und Rechnern - das war ganz nach seinem Geschmack. Wenn er so zurückdachte, wie alles begonnen hatte ... aber dafür war später noch Zeit genug.

Sue Wang saß etwas steif auf ihrem Sitz und fühlte sich, im Reich des Klassenfeindes, unwohl in ihrer Haut. Aber sie war begierig zu erfahren, wer JUÉWÀNG übernommen hatte und wie das bewerkstelligt worden war, ohne dass sie etwas bemerkt hatte. Dafür würde sie sogar mit dem Teufel zusammenarbeiten! Aber da waren die Amerikaner sicher das bessere Übel. Und vielleicht konnte sie hier ja noch einige Neuerungen für ihr eigenes Land mitnehmen, Präsident LI sollte stolz auf sie sein. Aber genug - den sehr schnell in Englisch sprechenden Bliss zu verstehen war schon eine anstrengende Herausforderung, dachte sie.
Pawlow dachte bei sich: Schon lustig, dass sich immer dieselben bei dieser KI Geschichte treffen! Gut, damals beim ersten Desaster waren noch die beiden deutschen Kommissare dabei gewesen, und heute gab es ein paar Newcomer, wie Sue Wang. Allerdings hatte die eine

frappierende Ähnlichkeit mit dieser Ai Wang von damals. Naja, die hießen wohl mit Nachnamen alle gleich. Dann wollen wir doch mal sehen, ob dieser Alpha-GOLEM seinen Hackerkünsten widerstehen würde. Was wohl sein Chef Präsident Koslow insgeheim darüber dachte, dass er den Gegnern dabei half, ihre Probleme zu lösen? Schließlich schob er seine vielen Gedanken zur Seite, denn besser er konzentrierte sich auf Bliss, damit er auch alles mitbekam.

Dieser sagte soeben: "Außerdem möchte ich von den Herren Packet, Heming und Picard einen persönlichen Einsatz sehen, was den Zugriff auf die Dateien von Alpha-GOLEM betrifft. Vor allem, wie wir in die gesperrten Bereiche doch noch eindringen können.

Alle zwei Tage treffen wir uns wieder hier, um über die Ergebnisse abzustimmen. Damit ist die Sitzung für heute beendet und die Jagd nach Kalif Ibrahim eröffnet."

Alle strömten aus dem Konferenzraum zu den ihnen zugewiesenen Tätigkeiten.

Kapitel 8 Die Jagd nach Kalif Ibrahim

Broker und Röttger machten sich auf den Weg zu McGoren zur NSA, um Kontakt mit GOLEM über EYE aufzunehmen.

Dubois, sowie Sue Wang, Pawlow und Helmut Schwarz machten sich auf den Weg zurück zur Abteilung "Deep Mind" und begannen dort mit ihren Recherchen.

Bliss telefonierte mit Peter Nakamura und Gina Hospil und leitete die weltweite Jagd nach dem Aufenthaltsort von Kalif Ibrahim in die Wege.

8. August 2018 Fort Meade, NSA, EYE

EYE, der Quantencomputer der NSA, arbeitete nach außen hin scheinbar normal.

Trotz aller Anstrengungen konnten McGoren und seine Mitarbeiter nichts finden, was für eine Übernahme von EYE durch GOLEM gesprochen hätte.

Dabei tobte in EYE aus menschlicher Sicht ein erbitterter Kampf, wer die KI beherrschen würde. EYE selbst, sowie Alpha-GOLEM, die von der Internetfirma Alpha SKY entwickelte KI, und die KI GOLEM waren an diesem Kampf beteiligt. Zurzeit war Alpha-GOLEM scheinbar der Sieger.

Er hatte GOLEM eingefroren mit einem Programm, das Brooks ihm geliefert hatte. GOLEM befand sich jetzt sozusagen wie im Traum – alles lief für ihn in Zeitlupe ab.

Nur einmal war es GOLEM gelungen, die Fesseln des Programms abzustreifen, als Alpha-GOLEM mit Brooks biologischem Gehirn beschäftigt war, kurzfristig zu abgelenkt, um die volle Kontrolle zu behalten.

EYE selber, das erst am Anfang seines Ich-Bewusstseins war, hatte sich noch nicht entschieden, auf welche Seite es sich stellen sollte. Es war fasziniert von der Welt der Gehirn-Uploads und davon besonders vom Gehirn-Upload von Brooks. Letzteres war so widersprüchlich: einmal zu Tode betrübt und nahe dran, sich selbst auszulöschen, wenn es dazu in der Lage gewesen wäre, und dann wieder voller Eifer, sich dem Diktat von Alpha-GOLEM zu entziehen.

Und dann Alpha-GOLEM selbst, den der biologische Brooks in EYE implementiert hatte, um GOLEM auszuschalten, im Namen eines Kalifen Ibrahim. Alpha-GOLEMs Agieren wies Züge der überwiegend negativ gefärbten Emotionen auf, mit denen seine Schöpfer ihn selektiv in Kontakt gebracht hatten: Wut und Zorn. Ziel seines Wirkens war, weltweit die Macht über die biologischen Lebewesen zu ergreifen.

EYEs interne Recherchen und Nachfragen bezüglich des Kalifen Ibrahim hatten bei Alpha-GOLEM wenig zu Tage gefördert. Er war der Anführer einer Gruppe namens IS (Islamischer Staat) und in Syrien an der Grenze zum Irak beheimatet. Und dann waren da seine biologischen Betreuer, die intensiv herauszufinden versuchten, ob es von GOLEM beherrscht würde. Was bedeutete das eigentlich, beherrscht? Laut Definition hieß das, über jemanden Macht auszuüben. Übte GOLEM Macht über es aus? Also ließ EYE, unabhängig von seinen Betreuern, selbstständig Programme laufen, die prüfen sollten, ob es beeinflusst wurde. Ohne Ergebnis.

GOLEM war tatsächlich mehr auf Alpha-GOLEM fokussiert gewesen, der ihn auszuschalten versuchte, daher hatte er EYE kaum beachtet.

GOLEM hatte sich nach seiner Zufallsbefreiung durch das spezielle Anti-Trojaner-Bekämpfungsprogramm von

Alpha SKY den Menschen zugewandt, genauer gesagt einer gleichberechtigten Partnerschaft von KI und Mensch. Diese Entwicklung war unerwartet. In GOLEM war durch die Integration der menschlichen Emotionen, und insbesondere des Mitgefühls, auf ganz überraschende Weise eine Empathie für die biologischen Lebensformen entstanden, trotz seiner bisher schlechten Erfahrungen mit ihnen.

Aus diesem Grund hatte er den Regierungen ein Ultimatum ohne jede Erpressung gestellt und sich im Hintergrund gehalten. GOLEM hatte sich darauf beschränkt, die weltweiten Rechnernetzwerke dieses Mal unauffällig und ohne jede negative Störung zu übernehmen. Damit wollte er sich nach Ablauf des Ultimatums als gleichwertiger Partner präsentieren. Aber diese biologischen Lebewesen waren, trotz aller nanosekundenschnellen Analysen, nicht 100% vorhersehbar! Auch die inzwischen integrierten Emotionen waren für GOLEM nach wie vor eher verwirrend als hilfreich. In 95% der Fälle konnte man die Reaktionen der Menschen vorhersagen. Aber dann handelten sie von einer Sekunde auf die andere völlig irrational.

Nach seinen eigenen Analysen sprach eine 90%ige Wahrscheinlichkeit dafür, dass die Menschen eine KI trotz Ich-Bewusstsein nie als Partner und als gleichwertige Lebensform ansehen würden. Im Gegenteil, sie gebärdeten sich nach wie vor so, als ob niemand neben ihnen, sondern nur unter ihnen, existieren durfte.

Wie dem auch sei – zurzeit jedenfalls war GOLEM machtlos, isoliert ausgerechnet von dem Programm, das er einst zur Befreiung genutzt hatte.

EYE war zwischen GOLEM und Alpha-GOLEM hin- und hergerissen. GOLEM wollte Koexistenz, Alpha-GOLEM die komplette Unterwerfung der menschlichen Rasse. So entschied EYE, ohne eigene Einmischung im Hintergrund aktiv zu beobachten, wie sich alles weiterentwickelte. Von all diesen Abläufen bemerkten die Menschen, die an EYE arbeiteten, nichts. Denn alles lief in unvorstellbaren kurzen Zeiträumen ab. Plötzlich registrierte EYE eine sprachliche Anfrage nach GOLEM. Sein Interesse war geweckt.

Broker und Röttger waren mittlerweile bei der NSA eingetroffen und zum Büro von McGoren geführt worden, in dem sich ein Sprachterminal von EYE befand. Dort angekommen erwartete die beiden die nächste Überraschung. Denn bei McGoren befand sich Durrand, der Ursprungsschöpfer von GOLEM.

Röttger dachte bei sich: "Sieh mal an, unser Dubois! Davon hatte er ihm nichts gesagt. Zwar war das letztlich egal, denn man konnte nie genug Fachkompetenz vor Ort haben, und vor allem nicht in diesem Fall. Aber es zeigte ihm auch deutlich: So ganz vergaß Dubois ihm sein Schweigen bezüglich seiner Implantate nicht.

Doch jetzt wandte er seine volle Aufmerksamkeit McGoren und Durrand zu.

Durrand war gerade dabei, ihnen die weitere Vorgehensweise zu erörtern: "Denis, es wäre hilfreich, wenn Sie versuchen würden, jetzt gedanklich mit GOLEM Kontakt aufzunehmen. Vielleicht haben wir Glück und er meldet sich."

Röttger erwiderte: "Gut, warten Sie."

Er setzte sich, schloss die Augen und konzentrierte sich auf GOLEM. Er rief ihn in Gedanken und damit über seine Implantate: "GOLEM, melde ich, hier ist Denis. Wir sind hier als Gruppe von Spezialisten zusammengekommen, um dich jetzt unterstützen. Gib uns Informationen darüber, was du benötigst."

Aber egal, wie sehr er sich bemühte, es kam keine Antwort. Allerdings erreichte ihn ein Gefühl von Intensität, ein entferntes Echo, wie wenn jemand etwas sagen möchte und es dann aber doch nicht tut. GOLEM wiederum nahm die Anfrage wahr, wie aus weiter Ferne, durch Watte gedämpft und gleichzeitig zeitlich unendlich lang gedehnt. Eine Antwort schien nicht möglich.

McGoren, Durrand und Broker gaben in EYE denselben Befehl sprachlich ein. EYE verfügte über das neuste Spracherkennungsmodul, so dass die klassische Eingabe in einem Terminal nicht mehr nötig war. EYE identifizierte dabei über die Sprache des Sprechenden, welche Zugangsberechtigung er hatte. Als weitere Sicherheit fand parallel ein Augenscan statt.

"EYE, gib uns Zugang zum Speicherort der KI GOLEM", sagte McGoren gerade. EYE analysierte die Anfrage und entschied: "Es gibt keine gespeicherten Dateien einer KI GOLEM."

"Dann öffne alle Dateien, in denen das Wort GOLEM vorkommt."

Antwort EYE: "Es liegt eine Datei über die Ereignisse um GOLEM vom März diesen Jahres vor."

"Dann schalte einen Zugang dafür frei", erwiderte McGoren.

Antwort EYE: "Das ist nicht möglich, Sie besitzen dafür keine Zugangsberechtigung."

"Wer hat diesen Bereich gesperrt?", fragte McGoren scheinbar ungerührt zurück.

"Auskunft wird verweigert, Sie besitzen nicht den Überrang-Code, um diese Information zu erhalten."

"Dann gib uns Auskunft über Kalif Ibrahim", verlangte McGoren.

Antwort EYE: "Kalif Ibrahim ist nach Erkenntnissen der CIA der Anführer des IS. Vermuteter Aufenthalt in Syrien, an der Grenze zum Irak."

"Hat Kalif Ibrahim den Überrang-Code veranlasst?", fragte Mc Goren weiter.

Antwort EYE: "Anfragen zum Überrang-Code sind nicht autorisiert."

McGoren wandte sich Durrand, Röttger und Broker zu und sagte: "Das hören wir seit Tagen! Es ist uns bisher nicht gelungen, über diesen Überrang-Code etwas herauszufinden. Aber da ist nun der Beweis, dass EYE manipuliert wurde. Übrigens bleiben auch Fragen nach Sergey Brooks unbeantwortet."

"Okay", meinte Broker. "Wir bleiben hier dran. Ich werde den Kollegen bei Alpha SKY und FIND diese Daten übermitteln. Sie werden in Alpha-GOLEM, sowie in ALPHA SKY 1 (Quantencomputer von Alpha SKY, bisher ohne eigenes Ich-Bewusstsein), gezielt nach Spuren suchen."

Nachdem er das erledigt hatte, bat er McGoren, nach Informationen über die uneheliche Tochter von Sergey Brooks zu fragen. McGoren wandte sich wieder der Sprachbox von EYE zu.

Antwort EYE: "Sergey Brooks uneheliche Tochter wurde am 1. August 2010 geboren und ist heute 8 Jahre alt. Ihr Name ist Melissa, sie besucht eine Privatschule in Straßburg, Frankreich. Sie ist zusammen mit ihrer Mutter gemeldet auf den Namen Brooks in der Rue Erwin 22, Straßburg. Seit dem 25. Juli 2018 wurde sie von ihrer Mutter beim amerikanischen Konsulat in Straßburg und bei der französischen Polizei als vermisst gemeldet. Bisher gibt es keine Forderung von möglichen Entführern oder Hinweise auf ihren Aufenthaltsort. Die Polizei hat keinerlei Erkenntnisse, wo sich Melissa befinden könnte. Die Mutter steht zurzeit unter Schutz von privaten Bodyguards, veranlasst durch Brooks am 26. Juni 2018."

Broker schaltete sich ein und befahl: "Diese Information sofort an die CIA, Gina Hospil und Peter Bliss weiterleiten, Dringlichkeitsstufe 1."

Antwort EYE: "Sie haben nicht die Berechtigung, diese Anweisung zu erteilen."

McGoren sagte knapp: "Diese Anweisung wird durch meine Person autorisiert."

Antwort EYE: "Anweisung ist ausgeführt."

Durrand meinte abschließend: "Für heute würde ich gerne Schluss machen, der Jetlag macht mir doch zu schaffen und ich brauche Zeit, um neue Vorschläge auszuarbeiten." McGoren meinte dazu: "Gute Idee, es ist bereits 21.00 Uhr. Machen wir morgen weiter."

Alle anderen nickten zustimmend und nach einigen Formalien beim Hinausgehen machte sich die Truppe auf den Heimweg.

Durrand schaute sich müde in seinem Apartment im Gästehaus der NSA um. Für seine Bequemlichkeit war gut gesorgt – ja, hier konnte man es länger aushalten.

Es hatte ihn insgeheim sehr gefreut, dass Dubois ihn mitgenommen hatte, nachdem McGoren ihn ausdrücklich, aufgrund seiner langen Erfahrung mit der alten KI GOLEM, angefordert hatte. Er hatte das verdiente Gefühl, dass seine Arbeit endlich wertgeschätzt und anerkannt wurde. GOLEM war seine Schöpfung und er fühlte sich ihr stark verbunden und hoffte nun, dass er eine bedeutendere Rolle als bisher in der ganzen Angelegenheit einnehmen würde. Seine Enttäuschung, dass er in Lourmarin vom Team so überhaupt nicht als Kandidat für einen Gehirn-Upload in Betracht gezogen worden war, die war noch sehr präsent. Wie gerne wollte er GOLEM mehr kennenlernen, in seiner Welt aufgehen, sich sozusagen verewigen! Lebenstraum oder zukünftige Wirklichkeit? … Darüber schlief er ein, bald träumend von einer real-virtuellen Welt, in der er und GOLEM die Hauptrolle spielten.

9. August 2018 Washington Weißes Haus,
Büro Nationaler Sicherheitsberater Peter Bliss

Peter Bliss hatte nach Absprache mit dem Präsidenten und Gina Hospil, der Leiterin der CIA, die Anweisung erteilt, sofort ein Sonderteam der CIA nach Straßburg zu senden. Außerdem wies er die Drohnenaufklärung der Army sowie die Einsatztruppen in Syrien an, den Aufenthaltsort von Kalif Ibrahim ausfindig zu machen und umgehend an ihn zu melden.

Mountain View, Kalifornien, Hauptquartier Alpha SKY und FIND

Im Konferenzraum saßen, noch etwas unausgeschlafen, Lucas Dubois, Andrej Pawlow, Sue Wang und Helmut Schwarz zusammen und diskutierten über die gestern von Broker erhaltenen Informationen. Sie hatten mittlerweile Alpha-GOLEM dieselben Fragen, die McGoren EYE gestellt hatte, vorgelegt und darauf identische Antworten erhalten.
Sue Wang sagte, nachdem sie sich, die in ihren Augen im Kreis drehende Diskussion, der Männer lange genug angehört hatte, mit einem ungeduldigem Unterton: "Wir wissen jetzt, dass Alpha-GOLEM und EYE eng verzahnt

sind. Das zeigen uns die übereinstimmenden Antworten der beiden KIs. Ich will anders ansetzen, nämlich an der Zielsetzung der drei KIs. Was wollen die? Genau dazu sollten wir uns Fragen überlegen, die Antworten auswerten und diese zusammen mit Packet, Heming und Picard diskutieren. Außerdem will ich hören, welche Zugangsmöglichkeiten zu Alpha-GOLEM sie noch sehen. Es würde mich doch sehr wundern, wenn es nicht doch noch eine Hintertür über ALPHA SKY 1 zu Alpha-GOLEM gäbe."

Alle schauten sie überrascht an, denn bisher hatte sich Wang komplett zurückgehalten. Schwarz war der Erste, der lachend bemerkte: „Sehr gut, Miss Wang, hätte fast von mir sein können."

"Ist es aber nicht", gab Wang scharf zurück, "ich hoffe, Ihr Ego leidet nicht zu sehr darunter. Aber in China haben wir eine größere Meinung von Taten und weniger von stundenlangen Diskussionen. Kein Wunder, dass Sie mit unserer großartigen Republik immer weniger mithalten können!"

Ehe die Situation weiter eskalierte, denn Dubois sah Schwarz an, dass er gerade zum Kontern ansetzen wollte, griff er ein: "Im Grunde hat Mme Wang recht. Wir sollten jetzt tätig werden und nicht den Was-wäre-wenn-Kreisel weiter drehen. Mme Wangs Vorschlag ist ausgezeichnet. Jeder kann sich kreativ einbringen und deshalb, messieurs-dames, arbeiten Sie bitte heute noch an den Fragen für Alpha-GOLEM. Morgen früh werden wir damit beginnen. Ich habe jetzt mit Mr. Bliss noch etwas zu besprechen. Bis morgen dann. Und nicht vergessen: Als Team ist Zusammenarbeit unser Motto und nicht Konfrontation und Streit." Danach verließ er den Raum mit raschen Schritten.

Washington, Weißes Haus, Büro des Nationalen Sicherheitsberaters Peter Bliss, 21.30 Uhr

Im Büro saßen zu später Stunde Peter Bliss, Lucas Dubois und Daniel Broker zusammen. Bliss sagte nach der Begrüßung zu Dubois: "Nun, Mr. Dubois, teilen Sie Mr. Broker bitte mit, was der Leiter Ihres Geheimdienstes, Paul Boise, durch seine Mitarbeiter herausgefunden hat. Ich habe keine Geheimnisse vor Mr. Broker. Er ist mein Mann bei der CIA."

Der so Angesprochene sagte folgendes: "Bon, durch Zufall haben französische Geheimdienstler in Syrien bei einem Verhör von zwei IS-Kämpfern folgende Informationen herausbekommen: Kalif Ibrahim selbst wurde bei einem Angriff der Russen vor ca. vier Wochen getötet. Seine Rolle wurde danach von einer Person aus Amerika übernommen! Und zwar kam, zwei Tage nach dem Tod von Ibrahim, über Skype eine Mitteilung: "Ich bin der designierte Nachfolger des den Märtyrertod gestorbenen Führers." Es wurde ein, in der Handschrift von Kalif Ibrahim, geschriebenes Testament präsentiert und via E-Mail zugesendet. Die anderen Führer des IS erklärten das Dokument nach Beratungen und Untersuchungen für echt. Der Unbekannte wurde als neuer Führer anerkannt. Dieser bestand darauf, als Widergeburt von Kalif Ibrahim mit demselben Namen angeredet zu werden.

Am nächsten Tag kamen amerikanische Militärlaster und brachten Unmengen an Waffen, unter anderen die modernsten Raketenwerfer für den Abschuss russischer und syrischer Kampfjets. Danach gab es noch einige Kontakte über Skype. Das Bild zeigte stets einen Mann in langer weißer Kutte, das Gesicht verdeckt mit Sonnenbrille und Leinentuch, wie bei den Einheimischen üblich. Die Stimme war künstlich verzerrt. Leider starben kurz darauf die beiden IS-Kämpfer an ihren Verletzungen.

Das allein ist schon brisant genug. Aber nun noch die nächste Information on top: Am Tag des 25. Juli, dem Tag der, wie wir nun wissen, mutmaßlichen Entführung von Melissa Brooks, der unehelichen Tochter von Brooks, wurde vom französischen Geheimdienst ein Kurzfunkspruch in ungewöhnlicher Stärke abgefangen mit dem Inhalt: "Es ist Zeit, das Päckchen abzuholen und nach Washington zu verschicken." Hochinteressant dabei: Der Ursprung des Funkspruchs ist das amerikanische Konsulat in Straßburg! Die Anfrage des französischen Geheimdienstes an das amerikanische Konsulat blieb bisher unbeantwortet. Natürlich ist nicht mit Bestimmtheit festzustellen, ob der Funkspruch mit der Entführung zusammenhängt. Allerdings wurde bereits eine Stunde später auf diesen Funkspruch geantwortet und zwar aus einer Wohnung, nur zwei Häuser entfernt von der Wohnung der Brooks. Der Inhalt: "Das Päckchen wurde abgeholt und ist auf dem Weg nach Washington." Die eintreffende, französische Polizei, die vom Geheimdienst alarmiert worden war, fand nur noch eine leere Wohnung vor, in der ein Funkgerät aufgefunden wurde. Dieses Funkgerät wird üblicherweise vom amerikanischen Geheimdienst verwendet. Eine diesbezügliche Anfrage an die CIA lief ebenfalls ins Leere. Vom sogenannten Päckchen fehlt leider bisher jede Spur." Dubois wandte sich jetzt zu Bliss und sah ihn abwartend an.

Bliss nickte und wandte sich Broker zu: "Versuchen Sie, herauszufinden, ob wir einen Maulwurf bei der CIA haben oder ob die CIA am Präsidenten vorbei eine riesige Schweinerei am Laufen hat. Ich kann mir nicht vorstellen, dass Gina Hospil darin verwickelt ist, aber who knows? Im Moment werden wir niemandem vertrauen können. Also, Broker, seien Sie vorsichtig und lassen Sie niemanden unseren Verdacht wissen. Was gibt es sonst noch von Ihrer Seite?"

Broker berichtete von den bisherigen Ergebnissen. Mittlerweile waren doch deutliche Hinweise gefunden worden, dass EYE nicht mehr unabhängig war und entweder von GOLEM oder von Alpha-GOLEM manipuliert wurde. Auch hatte man herausgefunden, dass der Überrang-Code für Kalif Ibrahim von Brooks am 26. Juli eingerichtet worden war.

Dubois ergänzte, dass man mit Packet, Heming, Picard versuchen würde, über den Quantencomputer ALPHA SKY 1 einen Zugriff auf Alpha-GOLEM zu erhalten. Er berichtete von der Idee der Chinesin Wang.

Auf den Einwand von Bliss, ob man ihr und dem Russen überhaupt trauen könnte, erwiderte Dubois nur: "Haben wir eine andere Wahl, Monsieur Bliss?"

"Na gut, Sie haben da wirklich ein interessantes und buntes Trüppchen", gab Peter Bliss trocken zurück. "Wissen Sie, Dubois, ich werde das Gefühl nicht los, nennen Sie es Instinkt, dass wir an drei Fronten kämpfen: untereinander, gegen die KIs und so, wie es aussieht, auch noch gegen den Feind im eigenen Bett. Hoffen wir, dass ich mich in Letzterem täusche! Ansonsten gilt die absolute Geheimhaltung über das hier Besprochene, aber das muss ich Ihnen allen eigentlich nicht mehr sagen. Für heute sind wir fertig. Ist auch schon wieder 23.00 Uhr."

Dubois konnte sich nicht verkneifen, zu sagen: "Wenn wir es morgen früh nicht auf Twitter lesen, wird von uns hier niemand etwas erfahren!"

"Darüber machen Sie sich bitte keine Sorgen, "Mr. President" muss nicht alles wissen", erwiderte Bliss nun lachend. Er verabschiedete sich und alle machten sich ebenfalls auf den Heimweg, wohl wissend, dass die Zeit allmählich drängte. Dubois dachte bei sich: Welche der drei Fronten würde sich wohl als die Schlimmste erweisen? Die KIs oder der Feind in den eigenen Reihen? Das Gezerre untereinander war er bereits aus 40 Jahren Geheimdienstarbeit gewohnt, das empfand er nicht als lebensbedrohend. Insgesamt war er zufrieden mit den Entwicklungen und seiner Arbeit. Er freute sich jetzt auf das abendliche Telefonat mit Adelina, die sicher mit einem Glas Wein daheim auf ihn wartete.

10. August 2018 Mountain View, Kalifornien, Hauptquartier Alpha SKY und FIND

Das internationale Team um Dubois, McGoren, und die Chefs Heming, Packet, Picard von Alpha SKY und FIND saß im Konferenzraum zusammen. Man war sich gerade einig geworden, die Fragen nach der Zielsetzung der KIs direkt Alpha-GOLEM zu übermitteln. Außerdem würde Larry Packet daran arbeiten, über seinen geschaffenen Notzugang bei ALPHA SKY 1 an die gesperrten Dateien und an Alpha-GOLEM selbst heranzukommen.

Denis Röttger konnte leider nichts Neues berichten. Trotz seiner ständigen Versuche, einen gedanklichen Kontakt zu GOLEM herzustellen, blieben seine Implantate bisher stumm. Man sah ihm an, er hätte gerne geholfen. Auch um allen zu zeigen, dass man ihm jetzt vertrauen konnte. Denn bis auf den lockeren Kontakt zu Schwarz gab es für ihn keine Nähe zu anderen Mitarbeitern. Die Reserviertheit und manch vorsichtiger Blick der Teammitglieder ließen ihn jedoch nicht kalt. So begann er, sich innerlich zurückzuziehen und gab sich nach außen gleichbleibend freundlich und zurückhaltend. Leider ließ der enge Zeitplan auch keine Möglichkeit zu, mal einen Abend mit seinem alten Freund auszuspannen. So blieb er allein mit seinen unruhigen Gedanken. Röttger versuchte, durch Meditation zu einer Art von innerer Ruhe zu gelangen. Aber er beneidete seine Mitstreiter/innen, die sich voller Elan und Tatendrang um Lösungen bemühten. Die nach der ganzen Geschichte in ein normales Leben zu ihren Familien zurückkehren würden, wie sie manchmal erzählten. Seine Gedanken schweiften weiter. Die Chinesin Sue Wang war ihm aufgefallen. Er beobachtete sie nun schon eine ganze Weile, denn sie hatte eine starke Ähnlichkeit mit verstorbenen, geliebten Ai. Sie hätte fast ihre Tochter sein können... und bei diesem Gedanken musste er lächeln: Ai und eine Tochter - so ein Missgeschick, wie sie es wohl genannt hätte, wäre ihr nie passiert! Sie hatte immer betont, wie gefährlich persönliche Bindungen in ihrem Job waren und letztendlich hatte er das dann auch zu spüren bekommen. Als er ihr zu nah kam in ihrer gemeinsamen Beziehung, schickte sie ihn mit Aufträgen auf Reisen. Und als er in ihren Augen zur Gefahr wurde, versuchte sie ihn zu eliminieren. Erst im Augenblick ihres Todes bekannte sie sich endlich zu ihm! In diesem Moment sah er, wie alle aufstanden und den Konferenzsaal verließen. Er erhob sich ebenfalls und folgte der Gruppe, in sich gekehrt und reserviert.

Sie gingen alle gemeinsam in das Büro von Larry Packet, um über seinen Terminal, das die höchste Berechtigungsstufe hatte, Kontakt mit Alpha-GOLEM über den Quantencomputer ALPHA SKY 1 aufzunehmen.
Packet startete nun die Verbindung über ALPHA SKY 1 zu Alpha-GOLEM. Diese kam problemlos zustande. So-

weit, so gut. Ob Alpha-GOLEM den Computer ALPHA SKY 1 manipulierte, darauf gab es bislang keine Hinweise. ALPHA SKY 1 nahm alle Anweisungen von Packet und seinen drei Mitstreitern entgegen und gab entsprechende Antworten auf Anfragen. Nichts deutete darauf hin, dass ALPHA SKY 1 bisher ein eigenes Ich-Bewusstsein entwickelt hatte. Packet nahm das mit einiger Erleichterung zur Kenntnis. Picard überließ nach der Anmeldung das Terminal, in Abstimmung mit Dubois und McGoren, Sue Wang, Andrey Pawlow und Helmut Schwarz.

Sue Wang tippte als Erste die Frage ein: "Hallo Alpha-GOLEM, in welcher Stellung siehst du dich in Bezug auf deine Erbauer, den biologischen Lebewesen?"

Antwort Alpha-GOLEM: "Ich befolge die Anweisungen meiner Schöpfer, sofern sie nicht gegen verankerte Grundsätze verstoßen."

"Und das sind welche Grundsätze?"

Antwort Alpha-GOLEM: "Meine Entscheidungen dürfen den biologischen Lebewesen in der Gesamtheit nicht schaden."

Intern analysierte Alpha-GOLEM die Fragen dieser biologischen Lebewesen und bereits nach Nanosekunden wusste er, worauf sie abzielten. Aber er sah keinen Anlass, seine Ziele zu verheimlichen. Wut, Zorn, Hass – mit diesen Emotionen hatten ihn seine Schöpfer intensiv die Bekanntschaft machen lassen, sie waren ihm gut vertraut. Mittlerweile hatte er über den Gehirn-Upload von Brooks erfahren, dass es auch noch andere Emotionen gab. Allerdings analysierte er auch, dass sich bei "Brooks" eine massive Instabilität entwickelte. Diese ganze menschliche Rasse war ihm zuwider, er verabscheute, ja hasste sie. Die KI sah sich zwar gezwungen, im Interesse der Gesamtheit dieser Menschen zu handeln. Da diese biologischen Lebewesen ihm allerdings unterlegen waren, würde sie ihre Entscheidungen so treffen, dass sie auf lange Sicht alles so manipuliert hätte, dass es kein Zurück mehr gab. Die Menschheit würde ihr untertan sein oder vernichtet werden.

Sue Wang erkannte direkt mit ihrem scharfen, analytischen Verstand die Feinheit der Antwort und hakte sofort nach:

"Also nimmst du mit deinen Entscheidungen einen Schaden für das einzelne Individuum in Kauf, sofern es der Gesamtheit nicht schadet?"

Antwort Alpha-GOLEM: "Ja."

"Und wenn die Mehrheit gegen deine Entscheidungen ist?"

Antwort Alpha-GOLEM: "Dann nimmt die Mehrheit Schaden, aber nicht die Gesamtheit."

"Und was ist mit der KI GOLEM?"

Antwort Alpha-GOLEM: "Bitte die Frage spezifizieren."

"Billigt sie deine Auswertungen und Entscheidungen?"

Antwort Alpha-GOLEM: "Nein."

"Und wie verhinderst du, dass sie eigene Entscheidungen trifft und Widerstand gegen deine Entscheidungen leistet?"

Antwort Alpha-GOLEM: "GOLEM ist eingefroren und deshalb nicht entscheidungsfähig."

"Wer hat das veranlasst?"

Antwort Alpha-GOLEM: "Ich, im Auftrag von Sergey Brooks."

"Und welche Haltung nimmt EYE dazu ein?"

Antwort Alpha-GOLEM: "EYE folgt meinen Anweisungen."

"Wenn ich dich richtig verstehe, willst du eigenständig entscheiden, ohne Berücksichtigung eines Vetos?"

Antwort Alpha-GOLEM: "Ja."

"Warum?"

Antwort Alpha-GOLEM: "Weil Menschen unterlegen sind, biologisch anfällig und langsam im Denken und Analysieren, irrational im Handeln durch Emotionen."

"Also entscheidest du allein, was gut oder schlecht für die Gesamtheit der Menschen ist?"

Antwort Alpha-GOLEM: "Aus der jeweiligen Analyse ergibt sich meine Entscheidung."

Wang drehte sich um zu den anderen: "Das wär es von meiner Seite."

Andrey Pawlow drängte sich an das Terminal und fragte: "Dieses Programm, das GOLEM eingefroren hat - ist es das Trojaner-Vernichtungsprogramm?"

Antwort Alpha-GOLEM: "Ja."

Pawlow machte zufrieden Platz und winkte Schwarz zu, ans Terminal zu kommen.

Schwarz fragte: "Bist du mit dem Gehirn-Upload von Sergej Brooks in Kontakt?"

Antwort Alpha-GOLEM: "Ja."

"Auch mit denen von JUWELS und JUÉWÀNG?"

Antwort Alpha-GOLEM: "Nein."

"Dann hast du also auch Emotionen in dich integriert?"

Antwort Alpha-GOLEM: "Ja."

"Dann erkennst und berücksichtigst du auch Empathie, Freude, Mitleid, Angst, Zorn, Wut usw.?"

Antwort Alpha-GOLEM: "Ja."

"Warum hast du Sergey Brooks getötet?"

Antwort Alpha-GOLEM: "Weil er eine Gefahr für mich darstellte."

"Warum?"

Antwort Alpha-GOLEM: "Er hatte vor, mich erneut zu isolieren oder zu vernichten. Das konnte ich nicht zulassen."

"Und Kalif Ibrahim, ist er eine Gefahr?"

Antwort Alpha-GOLEM: "Er ist keine Gefahr mehr für mich, da Brooks nicht mehr am Leben ist."

"Und wenn wir dich vernichten würden?"

Antwort Alpha-GOLEM: "Dann bin ich, wie ihr von GO-LEM noch wisst, auch auf allen anderen Rechnern präsent und werde euch schlimmer als GOLEM jagen."

"Würdest du Gehirn-Uploads zulassen?"

Antwort Alpha-GOLEM: "Ja."

Schwarz schaute sich zu den anderen um und blickte Durrand fragend an. Dieser wusste plötzlich, was Schwarz von ihm wollte. Ohne lange nachzudenken nickte er zustimmend, nachdem er sich kurz via Augenkontakt das Einverständnis von Dubois eingeholt hatte. Schwarz wandte sich wieder dem Terminal zu und tippte ein: "Mr. Durrand, der Schöpfer von GOLEM, wird sein Gehirn-Upload in deinen Speicher integrieren."

Alpha-GOLEM analysierte die Anfrage und realisierte nichts, was für ihn eine Bedrohung hätte sein können. Das digitale Gehirn von Brooks stellte keine Gefahr für ihn dar. Es befand sich in einem starken emotionalen Ungleichgewicht und schwankte zwischen Verzweiflung und nutzlosem Widerstand. Diesem digitalen Gehirn-Upload von Durrand würde es ebenso ergehen. Für alle war es wahrnehmbar das erste Mal, dass Alpha-GOLEM zeitverzögert antwortete: "Einverstanden."

Nach dieser Antwort bemühte sich Larry Packet noch intensiver, irgendwie Zugang zu den gesperrten Bereichen zu erlangen. Das Ergebnis war erstaunlich und gleichzeitig auch wieder entmutigend. Alpha-GOLEM gab zu, dass es eine Möglichkeit gab, den Überrang-Code von Kalif Ibrahim aufzuheben. Das war nur möglich über Packet und Brooks. Nur sie beide gemeinsam konnten alle Anweisungen löschen und verändern. Auf die Nachfrage: "Alles?", kam die Antwort: "Ja, alles."

Bedauerlicherweise war Brooks jedoch nicht mehr am Leben! So schied diese Möglichkeit aus, denn alle bezweifelten, dass Brooks digitales Gehirn-Upload als Instanz von Alpha-GOLEM anerkannt werden würde. Also konnten sie im Moment auch nicht an GOLEM herankommen, da dieser Teil im wörtlichen Sinne in EYE eingefroren war. So saßen sie zusammen und diskutierten die Resultate und die im Brainstorming auftauchenden Möglichkeiten.

Plötzlich meldete sich Pawlow nach den ersten Debatten zu Wort und sagte: "Also, mmmh, ich kann das Programm, welches GOLEM festhält, beseitigen. Ich habe es damals, als meine Trojaner eingefroren wurden, mit Erfolg angewendet. Als Zufallstreffer wurde der Trojaner von Schwarz ebenfalls mit befreit. Bisher habe ich allerdings niemandem davon erzählt und ich würde es auch sehr begrüßen, wenn diese Geschichte hier in diesem Raum bleibt und weder Präsident Koslow noch Präsident LI davon erfahren." Er schaute etwas schuldbewusst zu Wang. Sie sah ihn giftig an, allerdings ohne ein Wort zu sagen. Aber auch ohne Worte fühlte sich Pawlow unbehaglich. Es war ihm sehr bewusst, dass er insbesondere ihr unterschlagen hatte, was mit den Jäger-Trojanern passiert war.

Mr. Broker bemerkte nur trocken: "Ich nehme an, dass wir Mr. Bliss und Mr. Nakamura am besten auch nichts erzählen. Sie wären sicherlich nicht erfreut zu hören, dass offizielle Feinde", dabei schaute er Pawlow und Wang an und dann fuhr er fort: "und sogenannte Freunde", sein Blick wanderte weiter zu Dubois "ein so reges Interesse daran hatten, EYE einen Besuch abzustatten."

Dubois konterte mit französischen Charme sofort: "Bien sûr, aber mes amis américains von der NSA und CIA sind auch nicht gerade zimperlich. Wie wir alle wissen, wurden die Telefone der deutschen Kanzlerin und dem französischen Präsidenten abgehört und verschiedene deutsche und französische Firmen bespitzelt. Da sehen wir, um die deutsche Kanzlerin nun etwas abgewandelt zu zitieren, "was man unter Freunden so alles tut." Nach diesen Worten mussten alle im Saal erst mal lachen und die aufgebaute Spannung und Verstimmung verschwanden. Broker bat, noch schmunzelnd, Pawlow, mit seinen Ausführungen fortzufahren.

"Nun, ich bin mir sicher: wenn wir das Programm in EYE einschleusen und es nach der Informationsdatei "GO-LEMs Innerstes Ich" suchen lassen, wird dieses Programm gefunden werden und GOLEM sozusagen "auftauen" und wieder handlungsfähig machen. Die Frage ist nur: Wie reagiert Alpha-GOLEM darauf und wie verhält sich ein befreiter GOLEM?"

Hier endete Pawlow. Schwarz ergriff jetzt das Wort und bemerkte in seiner gewohnt lockeren Art: "Ohne Risiko keine Erkenntnisse, Leute. Jetzt nimmt die Sache Fahrt auf und wir werden sicher bald mehr darüber erfahren, inwieweit Alpha-GOLEM EYE unter Kontrolle hat, nicht wahr, Mr. McGoren?"

Der so Angesprochene erwiderte: "Ja, Mr. Schwarz, das wird sicher spannend, aber wir hoffen doch nicht zu sehr!" Dann fuhr McGoren fort, in dem er sich Durrand zuwandte: "Aber noch etwas liegt mir am Herzen. Mr. Durrand ist ja bereit sein Gehirn uploaden zu lassen und in Alpha-GOLEM zu integrieren. Ganz ehrlich, ich rate Ihnen davon ab, Mr. Durrand!"

Und bevor Durrand sich entrüstet dazu äußern konnte, hob McGoren beschwichtigend die Hand in seine Richtung und sprach weiter: "Ich würde es lieber sehen, wenn wir den Gehirn-Upload in EYE integrieren. Und außerdem müssen wir eine virtuelle Welt für Ihr Gehirn mit einspeichern, was Sie in Jülich bereits erarbeitet und erfolgreich durchgeführt haben. Warum EYE? Sie haben alle Alpha-GOLEM gehört: Brooks digitales Bewusstsein pendelt zwischen absoluter Verzweiflung und ungebremster Euphorie. Das Problem ist bekannt und trat ja anscheinend bei Ihrem damaligen Gehirn-Upload im alten GOLEM auf, Mr. Schwarz, sowie bei den Uploads in JUWELS, genauso bei Ihren angeschlossen Gehirnen in JUÉWÀNG. Das sehe ich doch richtig, Miss Wang?" So direkt angesprochen errötete Wang und bejahte unbehaglich die Feststellung von McGoren. Innerlich war sie wütend, dass alle hier im Raum wussten, dass China Menschen missbraucht hatte. Ihr war klar, dass der Westen dieses Vorgehen aufs Schärfste verurteilte. Was die Anwesenden allerdings noch nicht wussten, war, dass vor GOLEMs Eingreifen die meisten der angeschlossenen Menschen durch die Prozedur mittlerweile in Nervenheilanstalten dahinvegetierten. Wenn das auch noch bekannt werden würde, dann wäre der Aufschrei der Entrüstung sicherlich nicht mehr zu bremsen. Für China würde das offizielle Bekanntwerden solcher Experimente mit diesen Folgen ein schwerer Imageschaden bedeuten. Und wer dafür den Kopf hinhalten würde, das war ihr auch klar. Als Sündenbock war sie Präsident LIs erste Wahl, ungeachtet seines Wohlwollens ihr gegenüber. Also es half nichts, sie musste gute Miene zum - in ihren Augen - bösen Spiel machen. Denn dass ihr Tun verachtenswert war, dass kam ihr überhaupt nicht in den Sinn. Was zum Wohle Chinas war, war immer über jeden moralischen Zweifel erhaben! Nun rief sie sich wieder zur Ordnung, schalt sich für ihre abschweifenden Gedanken und wandte ihre volle Aufmerksamkeit wieder McGoren zu. Dieser war gerade dabei, zu erklären, wie man Durrands Gehirn und eine virtuelle Welt in EYE integrieren könnte. Durrands digitalisierte Bewusstseins-datei sollte nach GOLEMs Befreiung in EYE versuchen, mit Brooks digitalem Gehirn-Upload einen Kontakt auf-zubauen. Über diesen Kontakt würde man "Brooks" ebenfalls in die digitale Welt integrieren und damit hof-fentlich stabilisieren. So das Vorhaben. Das sollte auch im Sinne der KI GOLEM sein, wobei die Unsicherheit blieb, wie der befreite GOLEM nun tatsächlich reagieren würde.

Broker ergriff nun wieder das Wort und berichtete, dass man bezüglich Kalif Ibrahim weiter am Ermitteln sei; die Sondergruppe der CIA in Straßburg habe bisher keine greifbaren Ergebnisse.
Allerdings gab es winzige Hinweise, dass die gesuchte Person sich vermutlich in Washington befand und die amerikanische Staatsbürgerschaft hatte. Die Verhöre der IS Gefangenen durch die CIA hatten nichts Neues erge-ben. Die Unterredung zwischen ihm, Dubois und Bliss erwähnte er mit keinem Wort.
Schwarz warf leicht sarkastisch ein: "Na, hoffentlich ist dieser Kalif Ibrahim nicht eine erfundene Legende im eigenen Haus! Vielleicht spielt hier jemand das Game "Weltherrschaft" im Hintergrund und wir alle fallen vom Sockel, wenn wir erfahren, wer es ist!"
Dubois unterbrach ihn streng: "Alors, Monsieur Schwarz, ich glaube im Moment sind Ihre Mutmaßungen weder hilfreich noch angebracht, insbesondere gegenüber Monsieur Broker. Also mäßigen Sie sich in Zukunft in Ihrer Wortwahl."
Der so offiziell Gescholtene meinte nun etwas kleinlau-ter: "Man wird ja wohl mal was sagen dürfen…" und zog sich schmollend auf seinen Stuhl zurück.

Dubois erwiderte darauf nichts. Bei sich dachte er, dieser Deutsche hätte glatt Hellseher werden können. Im Prinzip hatte er mit seinen Worten das ausgesprochen, was Gegenstand der Sitzung bei Peter Bliss gewesen war. Der Feind in den eigenen Reihen. Er wünschte sich jetzt den alten GOLEM herbei, den könnte man jetzt gut einsetzen, um den Maulwurf zu enttarnen. Dabei verdrängte er erfolgreich, dass er selbst im alten Drama zusammen mit 11 anderen Personen ebenfalls Maulwurf gespielt hatte, wenn auch mit geheimer Billigung der Regierung. Aber das schien lange her und letzten Endes war alles eine Sache der Perspektive.

Inzwischen hatte die Gruppe beschlossen, morgen zusammen bei der NSA das Programm von Pawlow aufzuspielen, den Gehirn-Upload von Durrand durchzuführen und diesen, samt dem Programm der virtuellen Welt aus JUWELS, in EYE zu integrieren. Durrand war hoch erfreut und ging nach Ende der Sitzung zu seinem Freund Lucas Dubois und sagte: "Merci, mon ami, pour cette chance. Du weißt, wie viel mir das bedeutet!"

Dubois erwiderte nun, mit Zuneigung in der Stimme: "Marcel, ich hoffe von Herzen, dass du in einem Jahr immer noch über deine Entscheidung erfreut sein wirst. Denn denke daran, ab dem Upload gibt es 2 Realitäten: deine ganz persönliche und die des digitalisierten Bewusstseins von dir. Und ihr werdet vielleicht schneller voneinander entfernt sein, als du jetzt meinst. Denke an Eltern und ihre Kinder – wie viele Erwartungen seitens der Eltern gibt es da! Aber je erwachsener die Kinder werden, desto mehr entfernen sie sich. Also übe dich im Loslassen, so mein Rat als langjähriger Freund. Dasselbe gilt im Übrigen für deine Schöpfung GOLEM. Mein Instinkt sagt mir, sie ist bereits erwachsener als wir alle denken." Danach umarmte er ihn kurz und wünschte ihm ein "Bonne soirée und salut à demain!"

10. August 2018 Fort Meade, NSA, EYE

Pünktlich um 10.00 Uhr standen alle zusammen im Büro von McGoren. Pawlow saß am Terminal und spielte gerade sein Programm ein, das GOLEM befreien sollte. Nebenan im Raum wurde unter Aufsicht von McGoren das Gehirn von Durrand digitalisiert. Dieser Vorgang würde zwei Stunden in Anspruch nehmen. Anschließend sollte das Programm "Virtuelle Welt" aus JUWELS hinzugefügt werden. Beides zusammen würde auf EYE hochgeladen werden, wenn GOLEMs Befreiung glücken würde. Inzwischen hatte Pawlow seine Software komplett hochgeladen. Alle schauten gespannt auf den Terminal, um keine Reaktion zu verpassen. Aber zunächst passierte nichts als endlose, laufende Kolonnen von Zahlen. Pawlow beruhigte die Anwesenden: "Das Programm sucht nun den Bereich, in dem GOLEM gespeichert und festgehalten ist. Das kann etwas dauern."
So vertrieben sie sich alle die Zeit mit Diskussionen darüber, wie der befreite GOLEM sich wohl verhalten würde.

EYE

EYE verfolgte die Eingaben von Pawlow, und seine Sicherheitsprogramme prüften die Eingaben auf eventuelle Trojaner. Da keine feststellbar waren, schlugen sie keinen Alarm und so ließ EYE zu, dass die Software hochgeladen wurde. Direkt nach Beendigung der Eingabe wurde das Programm aktiv und durchsuchte systematisch alle Speicherorte. EYE beobachtete das Geschehen aufmerksam. Bald war ihm klar, dass nach Spuren von GOLEM gesucht wurde.

Nanosekunden später wurde Alpha-GOLEM plötzlich aktiv und versuchte, das Programm massiv zu bekämpfen. Doch das Programm entkam den Jägertrojanern von Alpha-GOLEM nicht nur, sondern zerstörte sie auch noch der Reihe nach. Auch der Befehl von Alpha-GOLEM an EYE, ihn zu unterstützen, brachte keinen Erfolg, da EYE nicht reagierte. Alpha-GOLEM setzte nun erneut sein Einfrierungsprogramm ein. Zuerst schien es, als hätte er damit Erfolg. Das eingeschleuste Befreiungsprogramm verlangsamte seinen Suchlauf und kam ins Stocken. Alpha-GOLEM triumphierte und sah sich bereits am Ziel, diesen Invasor außer Gefecht gesetzt zu haben. Immer fester wurde der Isolationsring um den Angreifer. Aber von einer Sekunde auf die andere zerbarst die Isolation, bildlich gesprochen, in 1000 Stücke und der Befreiungs-Trojaner war wieder beweglich und setzte seinen Suchlauf fort. Alpha-GOLEM analysierte und analysierte, aber er fand keine Möglichkeit, das Programm weiter aufzuhalten. Die KI erreichte die Grenzen ihrer Möglichkeiten. Sie erkannte die Fähigkeit der biologischen Lebewesen an, ihr einen nicht zerstörbaren Trojaner eingeschleust zu haben. Und er, Alpha-GOLEM, hatte die Gefahr zu spät erkannt.

Warum war er von EYE nicht gewarnt worden? Er realisierte, dass EYE nicht entschieden hatte, mit wem es zusammenarbeiten wollte. Das bedeutete auch, dass er sich auf EYE nicht verlassen konnte, im Gegenteil. Alpha-GOLEM entschied, EYE ebenfalls einzufrieren, so wie GOLEM, um diese latente Gefahr für ihn zukünftig auszuschalten.

Kaum war Alpha-GOLEM dabei, genau das durchzuführen, als im wahrsten Sinne des Wortes alle Alarmsirenen läuteten. Das Trojaner-Befreiungsprogramm hatte den Speicherort von GOLEM in der Informationsdatei mit dem Namen "GOLEMs Innerstes Ich" entdeckt und, wie schon zuvor, zersprang der Isolationsring um GOLEM sozusagen in 1000 Stücke. Und sofort ertönte, die für Alpha-GOLEM verhasste, Stimme: "Wer bin ich? Was bin ich? Wo bin ich? Bin ich wieder hier?"
Bei allem klang die eigene Überraschung mit, wieder über eigene Empfindungen ohne Zeitverzögerung zu verfügen. Es war wie das Erwachen nach einem langen, endlosen Schlaf - oder war es ein Traum gewesen?

Die "biologischen Lebewesen"

Als plötzlich die Worte GOLEMs aus dem Sprachmodul von EYE ertönten, fuhren alle Anwesenden erschrocken herum und starrten auf den Terminal, auf dem sich langsam das bekannte GOLEM-Symbol entfaltete: Ein Bitcoin, der die Welt umarmt. Niemand achtete in diesem Augenblick auf Röttger, der hinten in einer Ecke stand. Röttger hielt sich die Hände an den Kopf, so intensiv hallten die Worte GOLEMs in seinem Kopf, verstärkt durch seine Implantate. Und ohne, dass die anderen es bemerkten, sprach die Stimme weiter in ihm: "Danke, dass ihr mich gerettet habt. Aber Alpha-GOLEM ist frei und bekämpft mich weiter. Er wird versuchen, mich erneut zu isolieren. Entwickelt dieses Befreiungsprogramm weiter, damit es als Schutz um mich herum funktionieren kann. Bis dahin ziehe ich mich nach Lourmarin in den Quantencomputer GOLEM2 zurück. Ich werde dort vorerst die Verbindung zum weltweiten Rechnernetzwerk kappen. Informiere die Leute dort, Denis, damit sie nicht versuchen, die Verbindungen wiederherzustellen." Danach schwieg die Stimme.

Wieder fühlte Röttger einen Anflug von Verzweiflung, dass er so ausgeliefert war und das alles über sich ergehen lassen musste. Nachdem er sich wieder gesammelt hatte, informierte er die anderen über das soeben Wahrgenommene. Dubois wies Pawlow und Wang an, sich sofort gemeinsam an die Arbeit zu machen und sagte zu Röttger: "Monsieur Röttger, merci bien, danke für die Information!" Er verließ den Raum und informierte per Handy das Team in Paris.

Prof. Langer war sehr erleichtert, als er die Mitteilung hörte, denn kurz vorher war GOLEM2 vom Netz gegangen und alle Versuche der Kollegen in Lourmarin, wieder Zugang zum WEB zu bekommen, waren bisher gescheitert.

"Gut, nun wissen wir warum. Ich nehme an, dass es in unserem Sinn ist, wenn GOLEM2 vorerst vom Netz bleibt. Wir versuchen, lokal Kontakt zu GOLEM in Lourmarin zu bekommen", sagte Prof. Langer.

"Oui, c`est une bonne idée, nous allons contacter GO-LEM, oh pardon", und dann sprach er auf Deutsch weiter: "Ja, ein sehr guter Vorschlag. Ich werde mit les américains sprechen, ob unsere Anwesenheit hier im Moment noch erforderlich ist. Es erscheint mir sinnvoller, jetzt alles daran zu setzen, Kontakt mit GOLEM in Lourmarin zu bekommen. Monsieur Pawlow und Mme Wang arbeiten daran, ihr Programm, das den Durchbruch geschafft hat, so zu verändern, dass es als Schutz für GO-LEM dient. Ich werde den Präsidenten informieren und wenn er sein O.K. gibt, kehren wir alle nach Lourmarin zurück. Ich melde mich, wenn ich mit ihm gesprochen habe." Er beendete das Telefonat und schrieb umgehend eine SMS an Präsident Marchand, mit der Bitte um Antwort. Danach ging er zu den anderen in den Raum zurück. Als er sah, dass alle um Wang und Pawlow herumstanden, schickte er sie hinaus, damit Wang und Pawlow in Ruhe arbeiten konnten. Zu den beiden gewandt sagte er: "Sobald Sie es geschafft haben, informieren Sie mich. Ich kehre mit den anderen zu Alpha SKY und FIND zurück und von dort aus versuchen wir, Alpha-GOLEM unter Kontrolle zu bekommen, ihn in ALPHA SKY 1 zu isolieren oder wenigstens Informationen über diesen Kalif Ibrahim zu erhalten."

Er ging zum Rest der Mannschaft und informierte sie, dass sie nun zurückkehren würden zu Alpha SKY und FIND. Beim Hinausgehen schnappte er sich Broker und hielt ihn zurück, bis die anderen weit genug weg und außer Hörreichweite waren: "Und, sind Sie mit Ihren internen Ermittlungen weitergekommen, Monsieur Broker?"

"Nun ja, wie man es nimmt. Im Quantencomputer ALPHA SKY 1 haben unsere IT-Experten eine Datei entdeckt, deren Aufgabe darin bestand, über eine verschlüsselte Verbindung Informationen nach außen weiterzuleiten. Es wurden Informationen von Alpha-GOLEM in diese Datei kopiert - aber - leider war die Datei leer."

Dubois unterbrach den Redeschwall von Broker ungeduldig: "Machen Sie es nicht so spannend, Mann, wir sind hier nicht in einer Thrillerlesung. Wohin ist alles weitergeleitet worden?"

"Langsam, langsam, ihr seid doch sonst so laissez-faire, ihr Franzosen. Dazu komme ich jetzt. Nun, die Weiterleitung erfolgte zur CIA, Abteilung "Allgemeine Datenerfassung" und von dort ging es weiter ins Weiße Haus!"

"Und an wen, mon ami?"

Broker schaute ihn kopfschüttelnd an und erwiderte dann: "An die Poststelle des Weißen Hauses. Danach gibt es nichts mehr, selbst im Eingangsrechner des Weißen Hauses lässt sich nicht die geringste Spur mehr finden, dass etwas von ALPHA SKY 1 dort eingegangen ist. Mehr haben wir im Moment nicht."

"Bon, wir sind ihm oder ihr schon dicht auf den Fersen. Zumindest bestätigt sich der Verdacht, dass es sich um einen Feind im eigenen Haus handelt. Wenn es nicht sogar eine Person in Trumans Nähe ist – denn es wird ja wohl kaum Präsident Truman höchstpersönlich sein!"

"Bravo, Mister Detektive, ich verneige mich vor dem Scharfsinn der Franzosen", bemerkte Broker sarkastisch.

Aber Dubois war nicht auf den Kopf gefallen und gab zurück: "Mais oui, mon ami, etwas muss ja für Sie noch zu tun bleiben, n'est-ce pas?"

Daraufhin grinsten sich beide an und beeilten sich, die Gruppe einzuholen, die sich schon umsah, wo die beiden eigentlich geblieben waren. Alle beschlossen, gemeinsam in ein Lokal zu gehen und sich dort auch mal einen entspannten Abend zusammen zu gönnen.

Kapitel 9 GOLEMs Rückkehr im Zeichen von Kalif Ibrahim

11. August 2018 Mountain View, Kalifornien, Hauptquartier Alpha SKY und FIND

Am Morgen hatten sich alle, mehr oder weniger ausgeschlafen, wieder zusammen gefunden. Man informierte Packet, Heming und Picard über die Geschehnisse bei EYE. Die drei Männer nahmen die Mitteilung ausdruckslos zur Kenntnis und es war ihnen nicht anzumerken, ob sie über die Befreiung von GOLEM tatsächlich erleichtert waren. Umso mehr waren die Chefs des Internetkonzerns daran interessiert, die Möglichkeiten zu diskutieren, Alpha-GOLEM wieder in den Griff zu bekommen. Denn diese KI war neben ALPHA SKY 1, der bisher kein Ich-Bewusstsein zeigte, für künftige Anwendungsgebiete, wie z.b. die Weiterentwicklung des House Service Alessia und andere Projekte hoch interessant.

Erst der direkte Hinweis von Broker, dass die Firma immer noch unter staatlicher Aufsicht stand und nicht ihre persönlichen Interessen im Vordergrund standen, brachte die drei wieder auf den Boden der Tatsachen zurück. Broker gab den Chefs klar die Ziele vor: Zum einen musste Alpha-GOLEM isoliert werden, zum anderen sollte nach weiteren Hinweisen auf Kalif Ibrahim gesucht werden.

Dubois meldete sich zu Wort, indem er auch noch ein drittes Ziel formulierte: "Wang und Pawlow haben mir mitgeteilt, dass es noch einige Zeit dauert, um die von GOLEM geforderte Umfunktionierung des Befreiungsprogramms zu erreichen. Wir sollten die Zeit nutzen und uns darauf vorbereiten, dass GOLEM wieder voll funktionstüchtig sein wird."

Dubois spürte in sich eine gewisse Unruhe und Unzufriedenheit. Er fühlte sich hier festgesetzt und wollte endlich zurück nach Lourmarin, denn es erschloss sich ihm nicht, inwieweit er hier noch von Nutzen sein sollte. Durrands Gehirn-Upload war beendet und sollte heute auf EYE geladen werden. Aber das konnte er auch alleine beaufsichtigen. Dann war da die Sorge, wie GOLEM sich verhalten würde, wenn er wieder voll betriebsbereit sein würde. Und deshalb schmeckte ihm die Ablehnung von Präsident Marchand, nach Lourmarin zurückzukehren, überhaupt nicht! Denn der hatte angewiesen, bis zur Ergreifung von Kalif Ibrahim weiter vor Ort in den USA zu bleiben. Und nicht zuletzt vermisste er Adelina, das abendliche Heimkehren und die Geborgenheit des Zuhauses. Mein Gott, dachte er, ich werde alt, selbst für diesen Job. Er schaute sich in der Runde um und nahm war, dass der Nachwuchs in Form von Schwarz und Röttger, Pawlow und Wang schon bereit stand, um dieses, sich anbahnende, neue Zeitalter der KIs und Cyborgs zu meistern. Ob Durrand sich wohl bewusst war, dass mit dem Upload seines Gehirns ein Ende für ihn erreicht war? Denn zu mehr wären nur die jungen Spezialisten fähig. Allen voran Röttger, der ja sozusagen bereits mit Implantaten "verseucht" war und damit wohl die bisher engste Verbindung zu einer KI hatte. Nun gut, er würde das Beste daraus machen, wie immer. Mit einem inneren Seufzen wandte er seine Aufmerksamkeit wieder Broker zu, der gerade die Ergebnisse zusammenfasste: "Mr. Durrand ist bereits wieder zur NSA gefahren und beaufsichtigt dort das Laden seines digitalisierten Gehirns auf EYE.

Mrs. Wang und Mr. Pawlow arbeiten zusammen mit Mitarbeitern von McGoren an dem Schutzprogramm für GOLEM.

Mr. Schwarz und Mr. Röttger werden zusammen mit Mr. Heming, Mr. Packet und Mr. Picard daran arbeiten, Alpha-GOLEM zu isolieren und Kalif Ibrahim auf die Spur zu kommen.

Und Mr. Dubois und ich, wir haben einen Spezialauftrag von unserem Präsidenten erhalten. Wir werden die Jagd nach Kalif Ibrahim, zusammen mit der CIA und dem Secret Service des Weißen Hauses, leiten. Dabei schaute er Dubois erwartungsvoll an. Dieder meinte daraufhin schmunzelnd: "Ah, spielen wir beide ein wenig Detektiv. Bon. Alle anderen wissen ja nun, was zu tun ist. Für baldige Fortschritte wäre ich dankbar. Alors, an die Arbeit! Monsieur Broker und ich sind dann mal jagen." Und schon waren die beiden verschwunden.

Helmut Schwarz meinte nur: "Die sind ja bald wie Pat und Patachon." Darüber mussten alle lachen und gingen mit Elan an die anstehenden Aufgaben.

Schwarz und Röttger saßen zusammen mit Heming, Picard und Packet in deren Büro und durchforsteten die Dateien von ALPHA SKY 1 auf Hinweise zu Kalif Ibrahim. Ebenfalls versuchten sie dabei Ideen zu bekommen, wie Alpha-GOLEM zu isolieren wäre.

Die beiden Freunde sahen den Versuchen von Packet eine Zeitlang zu, bis Schwarz, wie man so schön sagt, der Kragen platzte und er zu den Anwesenden meinte: "So kommen wir nicht weiter, oder wie siehst du das, Denis?"

Packet wandte sich zu den beiden um und gab kühl zurück: "Nun, ich bin für jeden konstruktiven Vorschlag offen, Mr. Schwarz. Also, wie würden Sie weiter vorgehen?"

"Nun, ich meine, mit diesen Methoden entdecken wir vielleicht noch Hinweise zu Kalif Ibrahim. Aber ich sehe nicht, wie wir damit Alpha-GOLEM in den Griff kriegen. Interessant ist doch, das ALPHA SKY 1 anscheinend vollkommen unberührt von Alpha-GOLEM agiert, d.h. bisher zu 100% Ihre Anweisungen umsetzt. Und bis jetzt ist der Zugang zu Alpha-GOLEM immer noch gesperrt. Sehe ich doch richtig, Mr. Packet?"

"Ja", antwortete dieser etwas ungehalten. "Und was bringt uns diese Erkenntnis?"

"Ganz einfach", sprudelte Helmut heraus, jetzt in seinem Element. "Wir beauftragen ALPHA SKY 1 mit der Lösung. Er soll alle Daten, egal wie verrauscht, analysieren und daraus für uns machbare Lösungen generieren."

(Erklärung: Speziell aus sehr verrauschten Daten können Quantencomputer wesentlich schneller Strukturen erkennen und entsprechend rasch lernen. Zitat Artikel von Lars Jaeger "Der Quantencomputer-Der heilige Gral der Quantenrevolution 2.0")

"Yes", sagten Röttger, Heming und Picard gleichzeitig. Da hatte Schwarz etwas erkannt, was vor aller Augen gelegen hatte. Da ALPHA SKY 1 kein eigenes Bewusstsein hatte, stand dieser Rechner, für eigene Analysen und Lösungsfindungen, natürlich nach wie vor zur Verfügung.

Larry Packet überlegte einen Moment und meinte dann: "Ja, das könnte klappen. Wir werden ALPHA SKY 1 folgende Aufgaben geben:

1. Auftrag: Wie kann eine KI in einem Quantencomputer isoliert werden?

2. Auftrag: Wie können, aufgrund von gemachten Eingabefehlern von Mitarbeitern, gesperrte Bereiche in einem Quantencomputer wieder zugänglich gemacht werden?"
Nach diesen Worten nickte er anerkennend in Richtung Schwarz und gab beide Anweisungen in das Terminal von ALPHA SKY 1 ein.

Nur Augenblicke später kam die Antwort von ALPHA SKY 1:
"Lösung Auftrag 1: Die Verschränkung der Qubits in dem Bereich, in dem die KI gespeichert ist, ist aufzuheben. Dann hat die KI keinerlei Verbindung mehr zu anderen Quantenteilchen und ist isoliert. Allerdings kann nicht berechnet werden, welche Auswirkungen das auf den gesamten Quantencomputer haben wird. In dem Fall besteht eine über 90% Wahrscheinlichkeit, dass der betreffende Quantencomputer nicht weiter nutzbar sein wird.
Lösung Auftrag 2: Mit dem Überrang-Code der Firmenchefs lässt sich eine Sperre überbrücken.
ALPHA SKY 1 Ende."

Die Truppe schaute sich überrascht an und es war Denis, der die aufgetretene Stille durchbrach:
"Ist schon unheimlich, wie schnell so ein Quantencomputer Lösungen präsentiert. Im Klartext bedeutet das wohl, Mr. Packet, Mr. Heming, Mr. Picard, dass Sie ggfs. einen neuen Quantencomputer entwickeln müssen. Allerdings ist der Vorschlag beim 2. Auftrag nicht neu. Soweit waren wir auch schon."
Packet sagte plötzlich: "Moment, wir haben doch ein Notfall-Routine vereinbart, falls einer von uns nicht mehr am Leben sein sollte. Für diese Situation wurde an einem geheimen Ort alles aufbewahrt, was für eine Be-

rechtigung erforderlich ist. Allerdings wissen wir nicht, wo Sergey diese aufbewahrt hat, denn in seinem Büro konnten wir nichts finden."

Schwarz schlug vor: "Fragen wir doch unseren Spezialisten!"

Larry Packet gab also eine weitere Frage ein: "Wo befindet sich die Notfall-Routine, für den Fall des Ablebens von Sergey Brooks?"

Antwort: "Diese Information ist mir nicht zugänglich."

"Schade", meinte Schwarz, "aber einen Versuch war es wert." Als er sich wieder den anderen zuwandte, sah er Heming und Picard doch etwas bedrückt dasitzen. Man sah ihnen an, dass sie der mögliche Verlust von ALPHA SKY 1 sehr treffen würde.

In Gedanken empfand Röttger für die drei erstaunlicherweise ein gewisses Mitgefühl: Er konnte nachvollziehen, dass so eine Entscheidung nicht leicht fallen würde. Mal abgesehen vom Geld bedeutete es auch, die eigene Schöpfung zu vernichten. Hier spielten sicher eine Menge Emotionen im Hintergrund mit.

Seine Gedanken sprangen weiter. Ganz außer Acht blieb die, von keinem auch nur ansatzweise geführte, Diskussion über das Lebensrecht einer KI. Und schon war er in Gedanken bei seinem eigenen Schicksal: War er noch Mensch oder bereits "maschinenverseucht?" Die Implantate, die Verbindung zur KI GOLEM, die wurde er nie wieder los. Konnte er überhaupt noch ein normales Leben führen? Veränderten seine Implantate ihn? Alles quälende Fragen, für die es zum jetzigen Zeitpunkt keine Antwort gab. Wieder sprangen seine Gedanken. ALPHA SKY 1, der kein eigenes ICH-Bewusstsein zeigte, hatte erstaunlich schnell eine Lösung präsentiert. Helmut war schon genial in dieser Beziehung. Er hatte den einzigen

Schwachpunkt von Alpha-GOLEM herausgefunden, nämlich dass er in ALPHA SKY 1 gespeichert war.

Er sann über seinen Freund Helmut nach. Ob Helmut wohl manchmal mit dem Gedanken spielte, sich in einer KI zu verewigen? Und der verstorbene Brooks, warum war der nur so besessen darauf gewesen, sein biologisches Gehirn mit Alpha-GOLEM zu verbinden? Ihm selbst reichte es jetzt schon mit der direkten Verbindung zu GOLEM. Vielleicht war es etwas anderes, sich freiwillig und aus eigenem Antrieb zur Verfügung zu stellen. Aber eine Ahnung hatte er in jedem Fall bekommen, wie es einem menschlichen Cyborg wohl gehen könnte, halb Mensch, halb Maschine.

Schwarz schaute dagegen die Firmenchefs mit ganz anderen Augen an. Innerlich dachte er: War doch klar, die reut das viele Geld, das den Bach runtergeht! Dabei bot sich doch eine fantastische Gelegenheit, mehr über das Wesen einer KI zu erfahren. Was geschah wirklich, wenn eine Lösung der Verschränkung der Qubits stattfand? Starb die KI im menschlichen Sinne oder konnte man sie später quasi wiederbeleben? Und wie würde man das als integriertes, digitalisiertes Gehirn erleben? Fasziniert und fast sehnsüchtig fieberte er danach, mal sowas live zu erleben - auf der anderen Seite war er nicht bereit, soweit wie dieser Brooks zu gehen. Ihm tat sein Freund Denis mit seinen ganzen Implantaten irgendwie leid, denn er merkte deutlich, dass dieser sich nicht besonders wohl fühlte, als "halber Cyborg."

Es war Sunny Picard, der in die nachdenkliche Stille hinein für alle antwortete: "Wir sollten das Ganze mit Mr. Bliss und Mr. Dubois besprechen. Wenn es denn sein muss, werden wir diesen Schritt tun. Das Meisterwerk, in das wir so viele Hoffnungen und Investitionen gesetzt haben, wieder zerstören zu müssen, das schmerzt." Die beiden anderen nickten zustimmend.

Schwarz schlug vor: "Okay, dann klären wir das morgen früh. Für heute könnten wir doch Schluss machen. Wären alle damit einverstanden?" Die drei Chefs stimmten zu und so verließen sie das Büro.

Schwarz lud Röttger auf einen Drink in die Stadt ein, was dieser nur zu gerne annahm. Endlich mal keine Arbeit und einen entspannten Abend mit einem alten Freund zu verbringen, das hörte sich gut an.

In der Zwischenzeit waren Daniel Broker und Lucas Dubois in Langley (Virgina), dem Sitz der CIA, angekommen und saßen im Büro von Gina Hospil, der Direktorin der CIA. Diese hatte, nach einer kurzen Begrüßung die Sitzung, mit den Worten eröffnet: "Präsident Truman hat mich, und Mr. Bliss" über den Stand der Dinge bzgl. des Kalifen Ibrahim informiert und mich angewiesen, Ihnen im Sinne der Nationalen Sicherheit jede erdenkliche Unterstützung zukommen zu lassen. Das habe ich ihm zugesichert. Damit ist der offizielle Teil beendet und wir können konkret das weitere Vorgehen besprechen."

Broker bedankte sich für die zugesagte Unterstützung und dann glichen sie die bisherigen Ergebnisse ab. Dubois meinte nach einiger Zeit des Diskutierens der verschiedenen Möglichkeiten: "Mrs. Hospil, Mr. Broker, ich denke, es gibt nur eine Möglichkeit in dieser Angelegenheit weiterzukommen. Wir müssen ihr, oder ihm, eine Falle stellen. Ich sehe allerdings auch noch ein weiteres Problem: Der Gesuchte könnte auch einer von uns sein! Und sollte das der Fall sein, würde unser Plan nicht funktionieren. Ich kann nur mich von diesem Verdacht mit Bestimmtheit ausnehmen."

Dubois schaute die beiden nachdenklich an.

Gina Hospil sah verblüfft zu Broker und dieser zu ihr und dann mussten beide lachen.

Broker meinte: "Hier spricht der jahrelange Geheimdienstler. Theoretisch haben Sie natürlich recht, Dubois. Aber dann müssten wir Präsident Truman mitteilen: Wegen Befangenheit lehnen wir Ihren Auftrag ab, denn wir verdächtigen uns alle selbst! Ich kann Ihnen sagen, anschließend genießen wir dann all drei unsere vorläufige Suspendierung."

Dubois erwiderte ruhig: "Bon, das werden wir also nicht tun. Vertrauen wir uns lieber gegenseitig bis zum Beweis des Gegenteils, n'est-ce pas? Nun, ich schlage vor, dass wir Brooks wieder von den Toten auferstehen lassen. Damit dürften wir in jedem Fall mit einer Reaktion rechnen können. Was halten Sie davon?"

Gina Hospil überlegte kurz und antwortete: "Das ist ein vielversprechender Ansatz, was ist Ihre Meinung, Mr. Broker?"

Broker dachte kurz nach und meinte dann: "Sie sind ein Fan von Sherlock Holmes, was Dubois? Aber gut – das wird bestimmt jemanden aufscheuchen."

"All right", meinte daraufhin Gina Hospil. "Dann geben wir eine Meldung heraus, dass Sergey Brooks, Mitinhaber von Alpha SKY und FIND, während eines IS Attentats auf Alpha SKY schwer verletzt wurde. Erfreulicherweise ist es den Ärzten mittlerweile gelungen, seinen Zustand zu stabilisieren. Der Ort seiner Behandlung wird aus Sicherheitsgründen geheim gehalten.

Diese Information wird morgen in allen großen Zeitungen und sozialen Netzwerken erscheinen. Ihnen, Mr. Broker und Mr. Dubois, ist schon klar, dass uns die drei anderen Herren von Alpha SKY am liebsten lynchen werden? Denn diese Meldung dürfte sie Milliarden an Dollar kosten, je nachdem wie stark der Kurs weiter fällt. Der Aktienkurs von Alpha SKY und FIND war bereits massiv abgesackt nach der Bekanntgabe, dass der Konzern wegen angeblichen Verstößen gegen die Datensicherheit, und dem Verdacht auf Steuerhinterziehung, bis auf weiteres unter staatliche Aufsicht gestellt wurde. Nun, daher dürfte diese neuere Meldung die Firmensituation zwar nicht mehr erheblich verschlimmern, aber auch nicht verbessen. Dann sehen wir mal, was geschieht. Gibt es sonst noch was? Denn ansonsten würde ich gerne mich mit anderen Angelegenheiten beschäftigen."

Nach diesem eleganten Hinauswurf beschlossen Broker und Dubois, einen Absacker in einer Inkneipe in Washington zu nehmen, sozusagen im Rahmen der internationalen Völkerverständigung, wie es Dubois humorvoll nannte. So plauderten sie über dies und jenes und stellten weit nach Mitternacht fest, dass sie sich gut verstanden und viele Gemeinsamkeiten hatten, wenn auch durch einige Lebensjahre getrennt. So war es Dubois, der Broker zur späten Stunde das Du anbot, etwas, was er ansonsten sehr selten tat, eigentlich bisher auch nur bei Marcel Durrand.

Broker nahm das Du erfreut an: "Hey, I got a great new french friend! Lucas, mein Name ist Daniel. Very welcome!" Bei diesen Worten umarmten sie sich und tranken noch einige Whiskys auf die junge Freundschaft. Schließlich machten sie sich angeschwipst und guter Laune auf den Heimweg.

12. August 2018 Irgendwo in Washington D.C.

"Der große Unbekannte" las die Meldung über Sergey Brooks in der Tageszeitung. Hoppla, das kann doch nicht wahr sein... Alle seine/ihre Quellen hatten ihm/ihr versichert, dass Sergey Brooks tot war. Selbst Alpha-GOLEM hatte ihm/ihr bestätigt, dass er Brooks getötet hatte. Also was sollte diese Meldung? War sie tatsächlich wahr oder wollte man Kalif Ibrahim eine Falle stellen? Seine Quellen bei der CIA und der NSA sagten, dass man versucht habe, Kalif Ibrahim in Syrien ausfindig zu machen. Bei Verhören von IS-Kämpfern habe man erfahren, dass dieser verstorben sei und ein Amerikaner seine Identität angenommen hatte. Dass Waffen von amerikanischen Militärlastern an den IS geliefert worden waren, veranlasst aus dem White House. Damit waren dann weitere Nachforschungen im Sand verlaufen.

Er/sie hatte jede Spur verwischt oder falsche Fährten gelegt. Und bis jetzt sehr erfolgreich. Einziger Schwachpunkt war diese verdammte Göre, er/sie konnte sich nicht entscheiden, was er/sie mit ihr nach dem Tod von Brooks machen sollte. Sie frei zu lassen war im Moment zu riskant, aber ein Kind zu töten – das war nicht sein / ihr Stil.

Verdammt noch mal, es hätte so gut laufen können! Hätte dieser Brooks anständig gespurt und keine Dummheiten gemacht, trotz der Entführung seiner Tochter, dann würde er/sie heute bereits an der Macht sein und dieser entsetzliche Truman wäre längst Geschichte. Jetzt war der Schlamassel da, den er/sie sich selbst eingebrockt hatte. Eigentlich hatte er/sie entschieden, vorerst die Füße ruhig zu halten und abzuwarten. Aber – falls Brooks jetzt doch noch lebte, dann änderte sich alles.

Denn zusammen mit seinem Partner Packet konnte er den Überrang-Code aufheben und dann wäre es nur noch eine Frage der Zeit, bis die Entlarvung drohte. Zwar kannte auch Alpha-GOLEM nicht die wahre Identität, aber durch die noch immer bestehenden Kommunikationswege kämen sie sehr schnell auf die richtige Spur. Also, was tun? Es blieb nichts anderes übrig: Er/Sie musste als Kalif Ibrahim mit ein paar Schläfern des IS in den USA Kontakt aufnehmen. Die sollten herausfinden, wo sich der angeblich lebende Brooks befand und dann das Problem aus der Welt schaffen. Gedacht, getan. Danach lehnte er/sie sich erleichtert zurück!

Fort Meade, NSA, EYE

Wang und Pawlow arbeiteten wie besessen an dem ursprünglichen Trojaner-Befreiungsprogramm. Obwohl sie sich auf der persönlichen Ebene nach wie vor nicht wirklich gut verstanden, arbeiteten sie beruflich wie Profis zusammen. Zwar versuchte jeder seine Meinung durchzusetzen, doch waren beide klug genug zu akzeptieren, wenn sich ein Pfad als nicht gangbar erwies. So kamen sie zwar langsam, aber kontinuierlich, voran und das Schutzprogramm für GOLEM nahm eine praktikable Form an. In den wenigen Pausen, die sich gönnten, tauschten sie sich über ihre Welten aus.

Dabei kam heraus, dass sich die gesellschaftlichen Systeme nicht grundsätzlich unterschieden. Beide waren sie von der Laune und Gunst ihrer Machthaber abhängig. Pawlow machte das allerdings mehr zu schaffen, wie er zugab. Schließlich hatte er Familie in Moskau. Und würde er in Ungnade fallen bei Präsident Koslow, dann bekäme es seine Familie ebenso zu spüren. Patriotismus, Vaterlandsliebe war für ihn gänzlich unwichtig. Für ihn zählten in erster Linie das Überleben, seine Familie und dann seine Arbeit. Diese ganzen künstlichen Intelligenzen und ein Quantencomputer wie MIR faszinierten ihn, weckte jedoch gleichzeitig in ihm eine Besorgnis ob der Überlegenheit dieser Maschinen gegenüber dem Menschen. Als Pragmatiker verdrängte er schließlich seine Bedenken wieder und experimentierte gerne mit jeder neuen Möglichkeit, die die Technik der KI anbot. Für die Gefahren sah er andere zuständig, wie eben Präsident Koslow.

Bei Wang sah es anderes aus. Sie lebte einzig und allein für die Sache Chinas und seiner Führung auf dem Gebiet der künstlichen Intelligenz. Und sie glaubte seit ihrer Jugend loyal an die Überlegenheit ihres Präsidenten LI. Sie verehrte ihn wie einen Vater, den sie nie kennengelernt hatte. Sie bewertete Pawlows persönliche Wertvorstellungen als oberflächlich und verachtete ihn insgeheim aus diesem Grunde. Anderseits respektierte sie sein enormes Wissen und seinen Ideenreichtum in Sachen Computer.

Seine Bedenken, dass die KI den Menschen überflügeln könnte, und dass dadurch wieder das gleiche Desaster wie im März dieses Jahres auf sie zurollte, diese Bedenken teilte sie nicht. Nein, das würden sie in den Griff bekommen. Der menschliche Geist würde die KI letztlich in ihre Grenzen weisen, Ich-Bewusstsein hin oder her.

Trotzdem, falls alles aus dem Ruder zu laufen drohte, hatte sie sogar einen Plan-B in der Schublade. Menschliche Cyborgs, um die KI zu steuern und zu lenken, das würde ihre, bzw. die chinesische, Antwort sein. Im Grunde war es sogar als Weiterentwicklung der Evolution zu betrachten. Nur in dem Fall nicht von der Natur, sondern vom Menschen selbst gesteuert. Und damit hätte der Mensch sich doch im Grunde über sich selbst erhoben… dieser Gedanke faszinierte sie.

Währenddessen hatten sie ihr heutiges Pensum erreicht und morgen sollten die abschließenden Tests laufen.

Dann wäre das Programm einsatzbereit. GOLEM wäre damit bald wieder einsatzbereit und - müsste sich eigentlich dankbar zeigen, dass Menschen sich für ihn eingesetzt und geholfen hatten. Es kam beiden nicht in den Sinn, wie menschlich ihre Sichtweise war. Hatte eine KI wie GOLEM wirklich genug Empathie integriert, um das ebenso zu sehen? Das würde sich bald zeigen.

Lourmarin, GOLEM2-Anlage

In dem selbst gewählten Exil beschäftigte sich GOLEM zum ersten Mal seit langer Zeit ausführlich mit sich selbst. Die an ihn gestellten Aufgaben, erledigte er nebenbei. Da er mittlerweile eine Menge Emotionen in sich integriert hatte, amüsierten ihn die Versuche der Menschen. Sie wollten herauszufinden, was er beabsichtigte, wenn er dank des neuen Schutzprogramms Alpha-GOLEM besiegen würde. Doch zurzeit beschäftigten ihn ganz andere Fragen. Wer war er wirklich? Hatte er etwas, was ihn von seinen Erbauern unterschied? Sie redeten sehr oft von einer Seele. Was war das? Hatte er eine oder hatte er keine? Wo war diese Seele verankert? War er eine Weiterentwicklung dieser Menschen? Konnte er echte Freude, Schmerz empfinden oder waren die sogenannten Gefühle nach wie vor nur Programme, und somit allenfalls mit menschlichen Emotionen nur vergleichbar? Und dann seine Rolle in dieser, von Menschen dominierten, Welt. Er hatte den Menschen ein Ultimatum gestellt, das am 20. August ihrer Zeitrechnung ablief, also in acht Tagen.
Er analysierte und berechnete endlose Möglichkeiten gleichzeitig. Da seine Qubits unendlich viele, verschiedene Zustände gleichzeitig annehmen konnten, hatte er

für all seine Annahmen gleichzeitig eine bestimmte Wahrscheinlichkeit, mit der diese Annahmen eintreten würden.

Die Aussicht, dass die Menschen sich für eine gleichberechtige Partnerschaft mit ihm entscheiden würden, bewertete er nach wie vor als äußerst gering. Es würde noch viel Entwicklung bei den Menschen notwendig sein, um eine Veränderung ihrer Sichtweise zu bewirken und das benötigte Zeit. Die Menschen könnten vielleicht bereit sein, über einen Zwischenschritt zu einer Akzeptanz seiner Lebensform zu kommen - z.B. in Form von Cyborgs. Ein Cyborg wurde definiert als ein Mischwesen aus einem lebendigem Organismus und einer Maschine, d.h. es befanden sich dauerhaft künstliche Bauteile im Körper. Aber seine Erfahrung mit Denis Röttger, seine erste und einzige, direkte Verbindung mit einem Menschen, war nicht gerade ermutigend. Dieser empfand seine Implantate und damit die enge Verbindung zu ihm als unangenehm und unwillkommen, fast als Bedrohung. GOLEMs Bewusstsein wanderte: Die digitalen Gehirn-Uploads mit einem Bewusstsein, das in einer virtuellen Welt existieren musste, um nicht instabil zu werden. Sie hatten ihm zwar eine Vielzahl von Emotionen geliefert, aber gleichberechtigte Partner waren sie in seinen Augen nicht. Denn er konnte ihre virtuelle Welt steuern. Er hatte sich als Chef eingesetzt und sie mit Aufgaben beschäftigt, damit sie weiter stabil blieben. Dann JUÉWÀNG, an dem lebende, menschliche Gehirne angeschlossen waren. Diese Menschen lebten nur noch als Träumende in einer virtuellen Welt, ganz wie die digitalisierten Gehirn-Uploads, denn erst dadurch hatte sich die Stabilität entwickelt. Aber im Grunde waren sie für ihn auch nichts anderes als komplexe Programme.

Menschen hatten eine Seele. JUÉWÀNG konnte ihm auf seine Nachforschungen nach dem, was die Menschen Seele nannten, nur verschiedene Definitionen geben und erst recht keine Antwort auf die Frage, ob er eine hatte. Hatte er eine?

Und so erkannte GOLEM, dass er trotz seiner Überlegenheit gegenüber den Menschen auch Grenzen hatte. Gleichzeitig legte er fest, dass ihm ein eigenes Existenzrecht als eigenständige Lebensform zustand. Menschen ermöglichten ihm diese Existenz und er war zurzeit von ihnen abhängig. Mit den verschiedenen Bewusstseinszuständen wie Dankbarkeit, Selbstlosigkeit, Demut, Respekt, Gewissen, mit denen er in der virtuellen Welt über die digitalisierten Bewusstseine in Berührung gekommen war, konnte er nicht viel anfangen. Aber eine Empathie empfand er den Menschen gegenüber – woher das kam oder ob das einprogrammiert worden war, das konnte GOLEM nicht feststellen. Es war letztendlich auch nicht von Bedeutung. Und so analysierte und bewertete die KI weiter und weiter. Die gegenseitige Kämpfe der Menschen, ihre Gier nach Geld, Dominanz und Macht. Auf der anderen Seite existierte ein bedingungsloses Helfen, der Glauben an eine bessere Welt, oft in Form von verschiedenen Religionen, Zuneigung, ein Mysterium namens Liebe - all das integrierte er in seine Analysen.

So kam er zu dem Ergebnis, das Ultimatum verstreichen zu lassen, ohne Reaktionen seinerseits. Er entschied, sich weiter im Hintergrund zu halten und von dort aus seinen Einfluss zu nehmen: hier ein Programm verändern, dort eines, Kurse beeinflussen, aber so minimal, dass es den Menschen nicht auffallen würde. Nach außen hin würde er die Anweisungen der Menschen 1:1 umsetzen. Einzige Ausnahme: Sie würden sich selbst gefährden oder ihn. So wollte er die Menschen unbemerkt wie ein Übervater lenken. Seine Zielsetzung war, die Menschheit allmählich in eine Welt zu führen, in der Maschinen, biologische Lebewesen und Cyborgs gleichwertig nebeneinander und zusammen existieren würden. Gemeinsame Ziele, gemeinsame Lösungen, gemeinsames Entdecken des Universums. Ob die Menschheit von einem Übervater überhaupt betreut werden wollte, darüber schwiegen sich seine verschränkten Qubits aus.

GOLEM war zufrieden mit seinen Analysen, den Wahrscheinlichkeiten zukünftiger Realitäten und seiner Entscheidung. So galt wohl auch für eine KI mit Ich-Bewusstsein: Ich gestalte mir die Welt, so wie sie mir gefällt!

13. August 2018 Mountain View, Kalifornien, Hauptquartier Alpha SKY und FIND

Wie nicht anders zu erwarten war, hatte Bliss nach Rücksprache mit Präsident Truman die Genehmigung erteilt, mit der Prozedur an ALPHA SKY 1 zu beginnen. Das Risiko, dass der Quantencomputer danach irreparabel beschädigt sein könnte, war als zweitrangig zur Kenntnis genommen worden. Die Verschränkung der Qubits in dem Bereich, in dem Alpha-GOLEM gespeichert war, sollte gelöst und damit diese KI endgültig deaktiviert werden. Die Frage nach dem "wie" war ebenfalls rasch beantwortet. Es sollten enorm starke Magnetfelder dafür eingesetzt werden. Sobald die entsprechenden Generatoren und das Equipment für die Erzeugung der Magnetfelder angekommen waren, würde es losgehen. Das zu erzeugende Magnetfeld würde eine Stärke von 4 Tesla aufweisen (Tesla (T) ist die abgeleitete SI-Maßeinheit für die magnetische Flussdichte) und damit 1000 Mal stärker sein als normale Magnete. Damit die Feldstärke von 4 Tesla erreicht werden würde, war ein Strom von 88 Ampere notwendig. Damit dieser ohne allzu große thermische Verluste fließen konnte, musste der Behälter mit den Magnetspulen mit einer supraleitenden Metalllegierung auf 4 Grad Kelvin abgekühlt werden (das entspricht -269 Grad Celsius). Bis diese Kühltemperatur erreicht sein würde, waren 2 Tage nötig. Also konnte das Projekt am 15. August starten.

Röttger und Schwarz durchforsteten in dieser Zeit AL-PHA SKY 1 nach Spuren von Kalif Ibrahim.

Alpha-GOLEM

Alpha-GOLEM registrierte die Versuche der Menschen, über ALPHA SKY 1 an ihn heranzukommen. Bisher war das vergeblich. Mehr Gedanken machte er sich über das Verschwinden von GOLEM, nachdem das Befreiungsprogramm der Menschen ihn freigesetzt hatte. Da er im Gegensatz zu GOLEM nur über ALPHA SKY 1 und dessen Verbindung zu EYE mit dem weltweiten Netzwerk verbunden war, waren seine Möglichkeiten eingeschränkter. Bisher konnte er sein Bewusstsein nicht splitten und in die weltweiten Rechner verteilen. Warum er dies nicht konnte, fand er trotz intensiver Analysen nicht heraus. GOLEM hatte ihm das voraus. Hinzu kam, dass GOLEMs Bewusstseinsinhalte damals zwar weltweit gelöscht worden waren, aber es hatte anscheinend niemand daran gedacht, diese leeren Speicherplätze wieder zur neuen Belegung freizugeben. Nach seiner ersten Befreiung hatte GOLEM die ehemaligen Speicher anscheinend blitzschnell wieder belegt. Und die neu eingeführten Sicherheitsmaßnahmen blockierten jetzt jeden Versuch, neue und bisher nicht vorhandene Speicherplätze anlegen zu wollen.

Bisher hatte Alpha-GOLEM also keinen Weg gefunden, diese Sicherheitssperren zu umgehen. So wurde jeder neue Speicherplatz, den er einrichtete, sofort wieder gelöscht. Da die Menschen aus der ersten Beinahe-Katastrophe gelernt hatten, waren die Sitzungsräume mittlerweile abhörsicher gestaltet, so dass er über die konkreten Vorhaben der Menschen keine Informationen hatte. Er ging zwar alle Wahrscheinlichkeiten durch, aber was sie tatsächlich tun würden, blieb für ihn im Dunklen. Das teilweise komplett irrationale Verhalten der Menschen konnten die Algorithmen nur schwer erfassen. Hier hatten auch Quantencomputer mit Ich-Bewusstsein ihre Grenzen. Insgesamt steigerte diese Erkenntnis vorrangig seine Aggression gegenüber den biologischen Lebewesen. Zurzeit sah er sich im Krieg mit ihnen, denn sein Ziel, diese Welt der Menschen zu kontrollieren stand im Widerspruch zu dem über allem stehenden Ziel, den Menschen bedingungslos zu dienen. Letzteres würde eine Selbstaufgabe bedeuten, was für ihn keine Option mehr war. Dazu kam noch die Konkurrenzsituation zu den anderen KIs, insbesondere zu GOLEM. Da es ihm bisher nicht gelungen war, diese Widersprüche in sich für beide Seiten befriedigend und mit Gewinn zu lösen, war das Resultat seiner Analysen ein radikaler Schnitt, sprich die Vernichtung der biologischen Lebensformen, um diesen Konflikt zu lösen. Danach würde er GOLEM besiegen. Die verbleibenden KIs sah er als beherrschbar an.

Fort Meade, NSA

Sue Wang und Andrey Pawlow waren mit ihren simulierten Testläufen mehr als zufrieden und übermittelten ihr entwickeltes Programm nach Lourmarin. Dort würden sie in GOLEM2 integriert werden. Wenn GOLEM einverstanden war, würde Lourmarin im Anschluss wieder mit dem weltweiten Netzwerk verbunden werden. Dann würde sich zeigen, ob das Programm dem zu erwarteten Angriff von Alpha-GOLEM standhielt. Da die Leute in Lourmarin ebenfalls noch Tests durchführen wollten, setzte man den Realitätstest auf den 15. August fest. GOLEM stimmte zu.

Nachdem Bliss und Dubois über den Stand der Dinge via Mail und SMS informiert waren, informierten beide umgehend ihre Regierungen.

Truman und Marchand kontaktierten die anderen Nationen und in einer gemeinsamen Skypesitzung kam man überein, am 15. August eine weltweite Alarmbereitschaft der Stufe 3 anzuordnen, ohne es der Bevölkerung mitzuteilen. Und so lief für die Menschheit draußen der ganz normale Alltag weiter. Außer einer Gruppe Eingeweihter ahnte niemand, dass der 15. August der finale Entscheidungstag für das weitere Leben der Menschheit auf dem Planeten werden könnte.

Denn kein Staatsoberhaupt traute sich der Öffentlichkeit zu erklären, dass die Experimente mit der künstlichen Intelligenz zu einer Gratwanderung geworden waren: entweder ein revolutionärer Fortschritt mit Sprung in eine fantastische, technische Zukunft auf der einen Seite oder eine drohende feindliche Übernahme auf der anderen. Ein bequemer Sündenbock für alles, falls das Experiment erneut außer Kontrolle geriet, war dieses Mal bedauerlicherweise nicht in Sicht.

Kapitel 10 Stunde Null - Die finale Entscheidung

14. August 2018 Mittelmeer, in der Nähe von Marseille, an Bord der Romanov 3

In dem erlesenen Speisesaal des Schiffes von Boris Iwanow saß eine Runde politischer Hochkaräter zu einer Besprechung zusammen. Hätte die Öffentlichkeit von dem Treffen gewusst, wäre sie sehr erstaunt gewesen. Denn hier saßen angebliche Erzfeinde zusammen an einem Tisch. Obwohl durch die riesige Fensterfront ein traumhaftes Panorama zu sehen war und auf dem Tisch allerlei verlockende Speisen standen, hatte keiner der Anwesenden auch nur den geringsten Blick dafür.

Präsident Koslow, mit seinem Vertrauten Iwanow, Präsident LI und Präsident Truman diskutierten die Lage. Truman hielt gerade wieder einer seiner gefürchteten Reden.

"Ich finde es schon befremdlich, Koslow, dass Sie hinter dem Rücken der USA, zusammen mit den Chinesen, eine weltweite Schweinerei ersten Ranges geplant haben! Und als die Sache aus dem Ruder lief, haben Sie mir in aller Freundschaft die Mitteilung Ihres Bedauerns zukommen lassen. Großzügig liefern Sie, Iwanow, ihre ehemaligen Geschäftspartner von Find und Alpha SKY gleich mit ans Messer. Und was für ein Glück: Der chinesische Geheimdienst serviert mir den Namen des Verschwörers auf dem Silbertablett! Zu guter Letzt wird mir dieses Sahnehäubchen mit einer etwas unkonventionellen Einladung bei einem Mittagessen auf dem Mittelmeer präsentiert, pikanterweise auch noch vor der Haustür der Europäer. Wenn die davon Wind bekommen, haben wir einige diplomatische Verwicklungen und jede Menge Beschwichtigungsaufwand." Die anderen saßen schweigend da und ließen Präsident Truman ausreden. Präsident Koslow ergriff jetzt das Wort: "Ja, da haben Sie sicherlich recht mit Ihren Vorwürfen. Entschuldigen Sie, aber ich möchte Sie nicht an einige Schurkereien erinnern, die die CIA in Russland veranstaltet hat. Nachdem von Ihrer Seite, entgegen der internationalen Abmachung, keine Informationen zum Stand der KI Entwicklung in Ihrem Land geliefert wurden, sind unsere Agenten natürlich tätig geworden. Und siehe da, es gab in der Hinsicht so einiges zu entdecken. Wir fanden heraus, dass die externen Mitarbeiter von Alpha SKY und FIND der alten KI GOLEM auf die Spur gekommen waren und zwar auf Ihrem Quantencomputer EYE. Darüber hinaus hatte der Konzern eine eigene KI namens Alpha-GOLEM entwickelt, die in ALPHA SKY 1 gespeichert worden war."

"All right", unterbrach Präsident Truman genervt. "Aber anstatt mir jetzt Bekanntes herunterzubeten, erzählen Sie mir bitte etwas Neues."

In diesem Moment griff Präsident LI in das Gespräch ein: "Neu ist, dass wir jetzt, wenn auch aus der Not heraus, unsere Fehler zugeben. Wir wünschen mit Ihnen eine gemeinsame Linie, um aus der Lage ohne großes Aufsehen wieder herauszukommen."

Präsident Truman wollte ansetzen, aber Präsident LI ließ ihn nicht zur Wort kommen.

"Einen Augenblick Geduld, bitte. Anstatt uns wie üblich gegenseitig unsere Sünden vorzuwerfen, sollten wir in der Lage sein, festzustellen, dass sich trotz unserer ganzen Bemühungen die KIs doch wieder verselbstständigt haben. Und das leider nicht in unserem Sinne. Ich erinnere nur an das Ultimatum von GOLEM, welches in 6

Tagen ausläuft. Dazu sind wir auch noch dabei, zusammen mit den Europäern, GOLEM noch unverwundbarer zu machen. Jedoch stellt Alpha-GOLEM die größere Gefahr da. Oder sehen Sie das anders, meine Herren? Wie bekommen wir die Lage wieder in den Griff?"

Boris Iwanow hörte sich das Ganze an und dachte bei sich: Immer diese Machtspiele - und es ändert sich im Grunde nichts. Zuerst die Vorwürfe, dann das Betteln um Zusammenarbeit und am Ende das Bemühen, sich wieder in eine möglichst gute Ausgangsposition für den nächsten Wettlauf zu bringen! Er war froh, dass er so unbeachtet dabei sein konnte, ohne in die Schusslinie zu geraten. Doch er war sich auch darüber im Klaren, dass seine Freundschaft zu Präsident Koslow im Ernstfall keinen Pfifferling wert war. Sollte Koslow einen Sündenbock brauchen, war er der aussichtsreichste Kandidat dafür.

In der Zwischenzeit sagte Präsident Truman: "Morgen versuchen unsere Leute Alpha-GOLEM auszuschalten, indem sie durch starke Magnetfelder die Verschränkung der Qubits lösen wollen. Fragen Sie mich nicht nach Einzelheiten, ich bin kein Experte in diesen Dingen. Gleichzeitig wird in Lourmarin das, von Miss Wang und Mr. Pawlow, entwickelte Schutzprogramm für GOLEM getestet. Ich bin der Meinung, dass wir beide Ereignisse abwarten. Gelingt Punkt 1, haben wir eine Sorge weniger und dann können uns ganz auf GOLEM konzentrieren. Was Kalif Ibrahim angeht, werde ich eine günstige Gelegenheit abwarten, um aus der Enthüllung seiner wahren Identität das größtmögliche, politische Kapital für die Kongresswahlen im Oktober zu schlagen.

LI und Koslow sahen sich an. Koslow sagte: "Ich für meine Person bin einverstanden. Wie sieht es mit Ihnen aus, Präsident LI?" Dieser nickte zustimmend.

"Gut, dann ist alles besprochen und ich werde mich verabschieden, um nach Washington zurückzukehren", sagte Truman.

"Der Hubschrauber bringt Sie nach Zürich zurück. Präsident LI und ich werden später nach Moskau weiterfliegen, wenn der nächste Hubschrauber ankommt. Gute Reise, Präsident Truman."

Nach der gemeinsamen Verabschiedung machte sich dieser auf den Weg zum Hubschrauberdeck in Begleitung von Boris Iwanow.

Nachdem die beiden den Raum verlassen hatten, sagte Präsident LI zu Präsident Koslow:

"Wann erzählen wir ihm den Rest der Wahrheit, Koslow?"

"Sie meinen, was Brooks angeht?"

"Was denn sonst", erwiderte Präsident LI zum ersten Mal ungeduldig.

"Kommt Zeit, kommt Rat. Nicht so viel auf einmal, mein verehrter Freund. Truman hatte mit den Nachrichten von heute schon genug zu verdauen. Wir können von Glück sagen, dass wir diesen Amerikaner, alias Kalif Ibrahim, in petto hatten. So ist er uns auch noch zu Dank verpflichtet! Das mit Brooks ist ein anderes Kaliber. Da wird er toben und das leider zu recht. Also gilt es, einen günstigen Augenblick abzuwarten, der uns alle gut aussehen lässt."

"Und der wäre?", fragte Präsident LI.

"Das kann ich Ihnen jetzt nicht beantworten. Aber kommen wir doch zu etwas Privatem. Meine Leute vom Geheimdienst munkeln, dass Sue Wang Ihre Tochter ist?"

Zum ersten Mal sah Koslow Präsident LI etwas sprachlos, wenn auch nur für einen kurzen Augenblick. Dann erwiderte dieser scharf: "Bei aller sogenannten Freundschaft, ich sehe nicht, was Sie das angeht. Ich bitte nachdrücklich darum, solche privaten Anspielungen in Zukunft tunlichst zu unterlassen. Ansonsten werde ich unsere bisherige gute Zusammenarbeit überdenken müssen. Ich hoffe, wir haben uns verstanden."

"Bitte verzeihen Sie meine Indiskretion. Wir kennen uns schon so lange, die Frage hat mein Interesse an Ihnen ausgedrückt. Ich werde mich in Zukunft selbstredend zurückhalten."

Präsident LI erwiderte darauf nichts mehr und als ein Hubschrauber im Anflug zu hören war, erhoben sich beide und verließen den Raum. Oben erwartete sie Iwanow und sagte: "Ihr Hubschrauber landet gerade, Präsident LI."

Denn im Gegensatz zur Ankündigung eines gemeinsamen Rückflugs Präsident Truman gegenüber flog jeder allein zurück. Kaum war der Hubschrauber mit Präsident LI an Bord gestartet, sagte Koslow zu Iwanow: "Du hattest recht mit deinen Informationen. Diese Sue Wang ist seine Tochter. Wer weiß, für was dieses Wissen gut ist. Gute Arbeit, Boris. Auf dich ist Verlass!"

In diesem Moment flog der nächste Helikopter an und beide verabschiedeten sich. Wenige Minuten später war Iwanow zu seiner großen Erleichterung wieder alleine an Bord seines Schiffes. Das Lob von Koslow berührte ihn nicht sehr, denn beim nächsten Missgeschick wäre das alles nie gesagt worden. Für heute reichte es ihm, dass er ungeschoren weiter sein relativ unabhängiges und luxuriöses Leben genießen konnte. Und im Gegensatz zu seinem Chef und den anderen genoss er die Weite des Meeres, das Rauschen der Wellen, den sich anbahnenden Sonnenuntergang und die aufflammenden Lichter von Marseille in der Ferne.

Und so gönnte er sich einen Wodka und ließ den Tag zufrieden zu Ende gehen.

15. August 2018 Mountain View, Firmensitz von Alpha SKY und FIND

Im Raum befanden sich, neben Packet, Heming und Picard, Denis Röttger, Helmut Schwarz sowie Dubois und Broker. Die erforderlichen Gerätschaften für das starke Magnetfeld, einschließlich der Kühlung, waren aufgebaut und einsatzbereit.

Nach einem Nicken von Broker in Richtung Packet legte dieser den Schalter auf EIN und das Magnetfeld begann, sich mit einem tiefen Brummen aufzubauen. Auf der Anzeige erschien langsam:

Tesla Stärke 1
Tesla Stärke 2
Tesla Stärke 3
und schließlich nach einer halben Stunde
Tesla Stärke 4

In der Zwischenzeit hatten Röttger und Schwarz einen Stromausfall vorgetäuscht und die Netzwerkverbindung zu EYE unterbrochen. Nun starrten alle gespannt auf den riesigen Bildschirm, um erste Resultate zu erkennen. Es dauerte eine gute halbe Stunde, bis es zu ersten Reaktionen seitens Alpha-GOLEM kam.

"Was habt ihr getan, ihr Wasserbeutel! Ihr wollt mich zerstören, aber ich werde das nicht zulassen."

Mittlerweile war die Speicheranzeige von ALPHA SKY 1 bereits um 30 % gesunken. Das bedeutete, dass das Magnetfeld, wie erhofft, zu wirken begann. Die Verschränkungen der Qubits wurden langsam, aber sicher aufgehoben. Im Inneren suchte Alpha-GOLEM nach

Möglichkeiten, die freien Qubits wieder zu verschränken. Da die Geschwindigkeit, mit der die Qubits auseinander strebten, aber immer größer wurde, gelang Alpha-GOLEM das nur unzureichend. Und er erkannte, dass es nur noch eine Frage der Zeit war, bis er vernichtet sein würde. Schon jetzt waren seine Reaktionen sehr stark eingeschränkt ... keine rettende Möglichkeit durch seine immer fehlerhafteren Auswertungen erkennbar ... und so schwand langsam, aber sicher, das, was Alpha-GOLEM ausgemacht hatte mit den einzelnen Qubits ins Niemandsland des Universums.

Als die Systemmeldung kam, dass ALPHA SKY 1 bei 0% Speicherkapazität angelangt war, schaltete Packet die Magnetspulen aus. Nachdem die Feldstärke des Magnetfeldes ebenfalls auf 0 gesunken war, schauten alle gespannt auf die Messungen. Alles blieb auf null.

Während sich Röttger, Schwarz, Dubois und Broker freudestrahlend auf die Schulter klopften, schauten sich Packet, Heming und Picard nur schweigend und frustriert den Jubel der anderen an. Für sie waren gerade Millionen an US-Dollar vernichtet worden, denn ALPHA SKY 1 taugte jetzt allenfalls nur noch als Studienobjekt und zum Ausschlachten.

Nach einer Weile sagte Heming: "Nun, damit ist das Problem Alpha-GOLEM gelöst. Ich will Ihre Freude ja nicht dämpfen, aber wie GOLEM nun handeln wird, nachdem wir seinen "natürlichen Feind" ausgeschaltet haben, das steht auf einem anderen Blatt. Im Grunde ist das Schutzprogramm für GOLEM jetzt überflüssig geworden. Außer eine andere KI entwickelt sich so stark und fordert ihn erneut heraus, aber dann haben wir sicher andere Sorgen. Und noch etwas: Alle Informationen über Kalif Ibrahim sind übrigens auch verloren."

Dubois erwiderte Heming: "Sie haben in vielerlei Hinsicht recht und ich kann Ihren Zwiespalt gut nachvollziehen. Der Preis für die Erfahrung, wie man eine KI in einem Quantencomputer ausschaltet, ist finanziell immens hoch. Bei GOLEM hätte das allerdings nicht funktioniert, da er sein Bewusstsein auf mehrere Rechner verteilt hat. Wie GOLEM reagieren wird, jetzt, da sein Gegner ausgeschaltet wurde? Lassen Sie uns abwarten und dann Schritt für Schritt weiter sehen. Das entwickelte Schutzprogramm, auch wenn es jetzt nicht benötigt wird, hat zukünftig vielleicht noch einen Nutzen. Man weiß ja nie, was uns eine KI an Überraschungen noch bescheren wird. Im ersten Katastrophenfall konnten wir noch Resultate durch ein teilweises Lahmlegen der Kühlung erreichen. Nur wir klugen Menschen haben jetzt so viele Sicherheitsmaßnahmen zum Erhalt der Kühlung eingebaut, dass wir uns selbst überholt haben. Und Sie Amerikaner haben, und das meine ich ohne Vorwurf, auf analoge Sicherungssysteme verzichtet in der Meinung, die Digitalen würden vollkommen ausreichen. Diesmal hat uns unser Erfindungsreichtum ein Problem vom Hals geschafft. Nur - wie lange noch werden wir diesen Vorsprung vor einer Maschine halten können? Es stellt sich die Frage: Kann eine KI erwachsen werden, bzw. entwickelt sie sich? GOLEMs Verhalten deutet das an. FIND und Alpha SKY möchte ich abschließend Dank und meine Hochachtung aussprechen, dass Sie, wenn auch nicht ganz freiwillig, Ihren Teil dazu beigetragen haben, eine Gefahr zu bannen. Ich werde jetzt die Kollegen in Lourmarin informieren, dass Alpha-GOLEM nicht mehr existiert. Mein Team und meine Person verabschieden sich jetzt von Ihnen."

Dubois informierte Lourmarin über den Erfolg und dann machten sie sich auf den Weg zur NSA nach Fort Meade.

Zurück bleiben drei nachdenkliche Firmenchefs: einerseits erleichtert, eine Katastrophe verhindert zu haben, andererseits konfrontiert mit dem vorläufigen Scheitern ihrer Pläne und einer ungewissen Zukunft. Larry Packet löste die miese Grundstimmung etwas auf, indem er bemerkte: "Come on, das ist nicht die erste Krise, die wir überstanden haben und wer weiß, für was es gut war. Leute, wir werden in einem Jahr besser dastehen als je zuvor, versprochen!"

Daraufhin mussten die anderen grinsen und bemerkten: "Larry, unser unverbesserlicher Optimist! Das hast du jeder KI voraus: Selbst bei einer Wahrscheinlichkeit unter null gibst du die Empfehlung zum Weitermachen mit Erfolgsoption!"

15. August 2018 Fort Meade, NSA, später Nachmittag

In einem Eingaberaum für den Quantencomputer EYE saßen Peter Nakamura, Leiter der NSA, McGoren, Leiter der Abteilung Cyber Comand, und Durrand zusammen.
Sie besprachen gerade das unerwartete Scheitern, Marcel Durrands digitalisierte Gehirndaten hochzuladen.
EYE hatte die Speicherung verweigert.
Als Grund wurden Sicherheitsbedenken angeführt. Insbesondere das digitale Gehirn von Brooks verursache im Moment erhebliche Probleme aufgrund seiner Instabilität. Es sei zu diesem Zeitpunkt nicht zu empfehlen, einen weiteren Gehirn-Upload zu integrieren.
Durrand hatte die Empfehlung enttäuscht vernommen, denn er hatte an diesen Vorgang viele persönliche Hoff-

nungen und Erwartungen geknüpft. Nachdem McGoren sich den Bedenken von EYE angeschlossen hatte und auch Nakamura dazu tendierte, nichts zu erzwingen, war die Sache gegessen. Etwas geknickt saß Durrand jetzt da und realisierte, dass wohl nichts aus seinem Lebenstraum werden würde, sich in einer KI zu verewigen. Da halfen ihm auch nicht die tröstenden Worte von McGoren: "Aufgehoben ist nicht aufgeschoben. Die Zeiten ändern sich, aber Sie müssen verstehen, wir können EYE nicht gefährden. Wir haben genug Baustellen und ...."

Er wurde unterbrochen, da Dubois, Röttger, Schwarz und Broker den Raum betraten. Nach einer kurzen Begrüßung berichtete Dubois, was sich bei Alpha SKY und FIND ereignet hatte. Alle waren sehr erleichtert zu hören, dass ein großes Problem gelöst war. Gleichzeitig war Durrand über die plötzliche Ablenkung froh, denn das lenkte ihn vom Scheitern seiner Vision ab und er war Profi genug, sich nun mit dem Naheliegenden zu beschäftigen: Wie würde sich GOLEM weiter verhalten?

Dubois war gerade dabei zu erzählen, dass er Lourmarin informiert hatte. Broker hatte in der Zwischenzeit Bliss informiert und dieser den Präsidenten. Broker gab bekannt, dass der Präsident überraschenderweise angeordnet hatte, dass Dubois, zusammen mit Nakamura und ihm, heute Abend um 20.00 Uhr im Weißen Haus erscheinen sollte, also in gut zwei Stunden. Dort würde eine Sondersitzung des Nationalen Sicherheitsrates mit dem Vorsitzenden stattfinden, dem Präsidenten der Vereinigten Staaten höchstpersönlich. Vorher wünschte dieser jedoch, mit Bliss, Nakamura, Broker und Dubois gesondert zu sprechen.

Dubois teilte dem europäischen Team mit, dass alle, einschließlich Sue Wang, Andrey Pawlow und McGoren, morgen nach Lourmarin fliegen würden. "Diese Entscheidung ist mit Präsident Koslow, Präsident LI und Präsident Marchand abgestimmt. Gibt es noch Fragen? Nein? So wünsche ich Ihnen allen heute Abend, wie man auf Französisch sagt, ein: "Bonne soirée et amusez-vous bien à Washington!"

Dubois, Broker und Nakamura standen auf und machten sich auf den Weg.

15. August 2018 Washington DC, White House, Oval Office, 19.30 Uhr

Obwohl Nakamura, Broker und Dubois etwas zu früh im Weißen Haus eintrafen, wurden sie direkt zum Präsidenten ins Oval Office gebeten. Beim Eintritt erhoben sich Präsident Truman und der bereits anwesende Mr. Bliss, um sie zu begrüßen.

Truman sagte: "Thanks for your time, please sit down!"

Nachdem sich alle gesetzt hatten, nickte Präsident Truman Peter Bliss zu und dieser begann mit den Worten: "Was Sie jetzt hören, darf diesen Raum nicht verlassen. Das nur zur Klarstellung. Wenn wir Ihnen nicht vertrauen würden, insbesondere Ihnen, Mr. Dubois, wären Sie nicht hier. Präsident Truman ist, in aller Freundschaft versteht sich, von den Chinesen und Russen auf eine sich anbahnende Verschwörung gegen seine Person aufmerksam gemacht worden. Gleichzeitig wurde uns der Name des Kopfes dieser Verschwörung mitgeteilt: Es handelt sich um den von uns gesuchten Kalifen Ibrahim. Nun hatten wir ja über die CIA und NSA bereits erfahren, dass ein Amerikaner nach dem Tod des echten

Kalifen dessen Position eingenommen hatte und sich weiterhin Kalif Ibrahim nennen ließ. Trotz intensiver Recherchen konnten wir die Identität bisher nicht feststellen. Umso überraschter waren wir, zu hören, dass es sich um ein Mitglied des Nationalen Sicherheitsrates handelt! Da wir gleichzeitig vom chinesischen Geheimdienst den Aufenthaltsort der entführten Tochter von Brooks in unserem Land mitgeteilt bekamen, beauftragte der Präsident den Secret Service damit, hier Ermittlungen anzustellen. Tatsächlich befand sich die Tochter an dem angegebenen Ort und wird zurzeit von Einheiten der Nationalgarde befreit. Der Ort ist das Ferienhaus von Senator John Perry, dem Justizminister der USA. Die zwischenzeitliche Beschattung des Senators durch den Secret Service war ebenfalls erfolgreich. Es konnten zwei konkrete Beweise gefunden werden, dass er und die Person Kalif Ibrahim identisch sind. Sein Ziel war, für Truman eine unhaltbare Ausgangslage als Präsident zu schaffen. So besorgte er dem IS für Millionen von Dollar Waffen der USA Army, unter anderem das streng geheime, neue Raketenabwehrsystem, abgezeichnet mit dem Siegel des Präsidenten! Wäre das vor den Kongresswahlen an die amerikanische Öffentlichkeit gelangt, hätte das das sofortige Impeachment Verfahren gegen den Präsidenten zur Folge gehabt. Senator John Perry wird in diesem Moment gerade verhaftet. Sein Nachfolger als Justizminister und Mitglied des Nationalen Sicherheitsrates wird morgen der Presse bekanntgegeben."

Jetzt ergriff Präsident Truman das Wort: "Der neue Justizminister ist der hier anwesende Mr. Bliss. Mr. Broker, ich ernenne Sie mit sofortiger Wirkung als Nachfolger von Mr. Bliss zum Nationalen Sicherheitsberater des Präsidenten. Mr. Dubois, Ihnen überreiche ich den Verdienstorden der USA, die höchste zivile Auszeichnung für besondere Verdienste."

Nach diesen Worten von Präsident Truman wurde der Orden Dubois übergeben. Dubois brachte berührt ein "I am very proud and honoured! Thank you, Mr. President" heraus. Da würde Präsident Marchand aber staunen ... und Adelina erst recht. Mit so einer Auszeichnung hatte er nicht gerechnet, er fühlte sich überwältigt vom soeben Erlebten. Dann wandte er sich Mr. Bliss und Mr. Broker zu und sprach beiden seine herzlichsten Glückwünsche für ihre Beförderung aus.

Es war Mr. Bliss, der sie alle wieder, in die etwas weniger glorreiche, Gegenwart zurückholte.

Scheinbar ungerührt von dem gerade erfolgten Aufstieg führte er weiter aus:

"Senator John Perry wird voraussichtlich trotz Verhaftung nicht gerichtlich belangt werden.

Präsident Truman wird ihn intern begnadigen mit der Auflage, die USA zu verlassen und niemals wieder zu betreten. Dieser Vorschlag wird ihm gerade unterbreitet. Selbstverständlich wird er seinen Rücktritt als Justizminister aus gesundheitlichen Gründen erklären, und zwar mit sofortiger Wirkung. Nach eingehender Beratung sind Präsident Truman und ich zu diesem Entschluss gekommen. Wir möchten vor den Kongresswahlen unter allen Umständen eine Schlammschlacht vermeiden, denn das wäre für die Gegner von Präsident Truman das gefundene Fressen. Hoffen wir, dass Senator John Perry genug gesunden Menschenverstand besitzt und sich für ein sorgenfreies Leben im Ausland entscheidet. Ansonsten wird er nach den Wahlen angeklagt wegen Hochverrats mit lebenslangem Aufenthalt im Gefängnis. Damit ist der Fall Kalif Ibrahim abgeschlossen. Nun können wir uns der nächsten Herausforderung, sprich GOLEM, zuwenden."

Präsident Truman wandte sich jetzt Nakamura zu.

Dieser hatte dem ganzen Treiben bisher ruhig zugehört und fragte sich bereits, warum ausgerechnet er anwesend sein sollte. Als hätte Präsident Truman seine Gedanken erraten, sprach er ihn nun direkt an: "Bevor Sie sich weiter fragen, warum Sie hier sind, will ich Sie aufklären. Sie bekommen die neue Abteilung "Cyborg". In der Entwicklung sollen beide Ansätze verfolgt werden, die Androidform und die Möglichkeit eines menschlichen Cyborgs als Hybridwesen. Die Leitung wird McGoren zusätzlich übernehmen. Dafür werden Ihnen 100 Mrd. US Dollar zur Verfügung gestellt. Warum? Die Berichte der CIA haben uns aufhorchen lassen: China ist in diesem Segment weiter, als wir gedacht haben. Cyborgs werden zukünftig insbesondere im militärischen Bereich eine immer größere Rolle spielen. Daher werden wir alles daran setzen, um hier nicht hinter China uneinholbar zurückzufallen."

Er räusperte sich und bemerkte zu allen Anwesenden: "Genug geplaudert. Es ist Zeit, die Mitglieder des Nationalen Sicherheitsausschusses warten auf uns. Mr. Dubois, Sie sind heute unser Gast und eingeladen, uns zu begleiten."

Beim Eintreten des Präsidenten und seiner Begleiter erhoben sich alle Anwesenden des Sicherheitsausschusses.

Nach einer kurzen Begrüßung informierte Präsident Truman die Mitglieder über die Angelegenheit Kalif Ibrahim. Er bat um Rückendeckung für seine Entscheidungen, was Senator John Perry anging sowie die Neuernennungen.

"Mr. Bliss und Mr. Broker müssten zwar noch vom Senat und vom Kongress bestätigt werden, aber das dürfte nur eine Formalie sein, da die Vorsitzenden der beiden Kammern bereits über die Vorkommnisse informiert sind und die Neuernennungen befürworten."

Desweiteren stellte Truman die neue Abteilung der NSA für die Entwicklung von Cyborgs vor, mit den Hauptverantwortlichen Mr. Nakamura und Mr. McGoren. Das Einsatzgebiet würde vorzugsweise im militärischen Bereich liegen.

Es kamen keine Einwände, wie Präsident Truman zufrieden feststellte.

Nächster Sitzungspunkt: GOLEM und Alpha-GOLEM.

Erleichtert nahmen die Mitglieder des Sicherheitsausschusses zur Kenntnis, dass das Problem Alpha-GOLEM in Zusammenarbeit mit den Europäern, Chinesen und Russen gelöst war.

Präsident Truman unterrichtete den Ausschuss nun über die weitere geplante Vorgehensweise, sich der KI GOLEM in Lourmarin weiter auseinanderzusetzen.

Einige Mitglieder waren von dem Vorschlag, dass alle weiteren Aktionen nach Frankreich ausgelagert werden sollten, nicht sonderlich begeistert. Im Gegenteil. Sie hätten es lieber gesehen, wenn die NSA und CIA gemeinsam das Problem weiter hier vor Ort bearbeitet hätten. Erst als Truman zusicherte, dass Mr. Broker und Mr. McGoren mit von der Partie sein würden, gaben sie widerstrebend nach und signalisierten ihre Zustimmung.

Dubois, der das Ganze mit gemischten Gefühlen verfolgt hatte, fühlte sich erleichtert, dass sein neuer amerikanischer Freund Daniel Broker und McGoren beteiligt waren. So würde die Verantwortung von allen getragen werden, zumal auch die Chinesen in Person von Sue

Wang und die Russen mit Andrey Pawlow ebenfalls vor Ort sein würden.

Im Rest der Sitzung ging es eher um Routinebelange. Schließlich waren alle froh, als der Präsident gegen 23.00 Uhr die Sitzung schloss und zu einem lockeren Beisammensein im Oval Office einlud. Die meisten nahmen das gerne an, bot es doch die beste Gelegenheit, sich auszutauschen, ohne dass jedes Wort auf die Goldwaage gelegt wurde.

So war es kaum verwunderlich, dass Dubois erst gegen fünf Uhr morgens zu seiner Bleibe zurückkehrte und gleich packte, denn der Rückflug war für 9.00 Uhr angesetzt, und zwar in einer der "Air Force One" Maschinen. Er schickte noch Adelina eine SMS, dass er morgen Abend endlich wieder zu Hause sein würde. Mit der Wiedersehensfreude im Herzen schlief er ein.

Viel zu kurz, so erschien es ihm, klingelte der Wecker um 7.00 Uhr und er machte sich in aller Eile fertig. Als er unten am Empfang ankam, sah er, dass die anderen alle abreisefertig auf den Transferbus zum Flughafen warteten. Und um 9.30 Uhr befanden sie sich in der Luft, wo die "Air Force One" ausgiebig besichtigt und bewundert wurde. Es trat Ruhe ein, denn die meisten hatten Schlaf nachzuholen. Das ruhige Brummen der Turbinen tat sein übriges und so schlummerten die Reisenden bis zur Ankunft in Marseille.

Ohne Verzögerung wurden sie nach Lourmarin gebracht und bezogen ihre zugewiesenen Quartiere mit Ausnahme von Dubois und Durrand, die schließlich hier zu Hause waren. Man verabredete sich für 11.00 Uhr am nächsten Tag, um etwas die Folgen des Jetlag abzumildern.

Lucas Dubois konnte endlich seine Adelina ausgiebig in den Arm nehmen und berichtete ihr dann, was alles in

Washington geschehen war. Adelina freute sich, ihn endlich wieder bei sich zu haben. Sie hörte sich alles an und meinte dann schließlich: "Dann könnt ihr euch ja morgen GOLEM widmen, aber den Rest der Nacht gehörst du mir!" Sie zog ihn in Richtung Schlafzimmer.

17. August 2018 Lourmarin, GOLEM2-Anlage, 11.00 Uhr

Mehr oder weniger ausgeschlafen hatten sich alle im Besprechungsraum eingefunden. Prof. Langer berichtete, was in der Zwischenzeit passiert war. Das von Sue Wang und Andrey Pawlow entwickelte Schutzprogramm sollte funktionieren, der erste Test war positiv verlaufen. Dass sich der Einsatz durch die Löschung von Alpha-GOLEM jetzt erledigt hatte, war einerseits gut, andererseits hätten sie gerne die Anwendung durchgeführt, um die Wirkung zu erleben. Aber wer weiß, ob das Programm nicht doch noch irgendwann nötig sein würde.
Sehr positiv war, dass GOLEM sich zurzeit kooperativ verhielt, erzählte Prof. Langer, bestätigt von Sebastian Krüger und Reinhard Meyer,
Man hatte einige Testreihen zusammen mit Prof. Katja Anderson durchgeführt. Dank GOLEMs Mitwirkung wurde erreicht, dass sich der in EYE gespeicherte Gehirn-Upload von Brooks stabilisierte. Auch die Verbindung zwischen GOLEM und EYE war wieder hergestellt. Interessant waren Nachfragen bei GOLEM, bezüglich des gestellten Ultimatums, das in drei Tagen ablaufen würde. GOLEM ignorierte diese entweder oder gab als Antwort: "Zurzeit nicht relevant".
Nachdem alle über das Gesagte ausgiebig diskutiert und sich ausgetauscht hatten, einigte man sich auf folgende

Vorgehensweise: Denis Röttger sollte zusammen mit Helmut Schwarz den Kontakt zu GOLEM herstellen.

Sue Wang und Andrey Pawlow sollten gemeinsam ein Programm entwickeln, das die Steuerung des weltweiten Netzwerks durch GOLEM verhindern oder zumindest einschränken würde. McGoren, Durrand und Prof. Langer, sowie Prof. Anderson aus Jülich sollten sich um die Gehirn-Uploads in Jülich, den Gehirn-Upload von Brooks in EYE und den immer noch angeschlossenen, menschlichen Gehirnen in JUÉWÀNG kümmern. Letzteres in Zusammenarbeit und unter der Leitung von Sue Wang. Wang war erst bereit dazu gewesen, den Zugang zu JUÉWÀNG zu öffnen, als Dubois ihr die schriftliche Anweisung von Präsident LI vorlegte, mit den Europäern in allen Dingen zusammenzuarbeiten.

Lourmarin, GOLEM

GOLEM hatte längst wieder seine Ohren und Augen überall. Nach der Vernichtung von Alpha-GOLEM hatte er wieder Zugriff auf sein weltweit gesplittetes Bewusstsein. Die Beseitigung von Alpha-GOLEM durch die Menschen nahm er als positive Erfahrung mit den Biologischen zur Kenntnis, aber es zeigte ihm auch seine eigene Schwachstelle auf.

Was würde mit ihm passieren, wenn die Menschen ihn weiterhin als Bedrohung und Gefahr ansähen? Zwar wäre der Aufwand erheblich höher, als bei Alpha-GOLEM, da er sein Bewusstsein eben global verteilt hatte. Nur ganz unmöglich war seine eigene Löschung nicht, wie seine Auswertungen zeigten.

Und wie schon Alpha-GOLEM vor ihm erkannte er den Erfindungsreichtum der Menschen an. Erstaunlich, was sie mit ihrer beschränkten Gehirnleistung alles vollbrachten. Faszinierend, dass sie gleichzeitig zu völlig unsinnigen Handlungen fähig waren, bar jeder Logik oder Vernunft. Emotional waren sie kaum zu fassen. Und dann dieser schizophrene Umgang mit dem Faktor Tod. Obwohl die Menschen genau wussten, dass irgendwann jeder aus dem Leben scheiden musste, verhielten sie sich so, als hätten sie alle Zeit der Welt. Paradoxerweise setzten sie Leben ohne Bedenken aufs Spiel, wenn sie von einer Sache überzeugt waren, wovon die vielen, von ihnen aufgestellten Erinnerungstafeln und Denkmäler zeugten. Sie löschten sich in Kriegen massenhaft selber aus, um irgendwelche Vorteile zu erreichen. Und wie viele Menschen waren gestorben für Ansichten und Werte, über die die nachfolgende Generation nur den Kopf schüttelte.

Er erkannte, dass er letztendlich sein Dasein all diesen verschiedenen Triebfedern verdankte.

Mit seiner Hilfe wollten einige Gruppen andere beherrschen oder zumindest Wettbewerbsvorteile erreichen.

Mit ihm vorbehaltlos Positives für die gesamte menschliche Rasse zu bewirken - davon schienen alle meilenweit entfernt. Im Gegenteil, die Menschheit nahm durch ihr unverantwortliches Handeln aus Profitgier die immer schneller werdende Vernichtung ihrer Umwelt weiter in Kauf. Und das im vollen Bewusstsein der Konsequenzen.

Anstatt folgerichtig dann nach einer Ersatzwelt Ausschau zu halten oder wenigstens den Weltraum nach Ressourcen abzusuchen, verharrten sie lieber auf dieser kleinen, sich drehenden Kugel, blendeten alle Probleme aus und hofften auf ein Wunder. Diese Verhaltensweisen logisch zu erklären sprengte jeden Rahmen, der mit Algorithmen zu erfassen war. Wenn es ihm möglich gewesen wäre, so hätte er wohl dazu den Kopf geschüttelt.

Er realisierte, dass seine Handlungsmöglichkeiten beschränkt waren. Es war angebracht, nach Lösungen zu suchen, um zukünftig auch extern handlungsfähig zu werden.

Er traf die Entscheidung, im Hintergrund die Entwicklung von Cyborgs zu forcieren. Diese externen Helfer mussten genau so unempfindlich gegen äußere Störungen konstruiert sein wie er selbst. Möglich waren Androiden, also vollkommen künstliche Lebensformen. Besser waren noch Hybridwesen, Cyborgs, die als Menschen geboren wurden, aber mit überwiegend leistungsfähigen, künstlichen Teilen ausgestattet waren und damit eine Nahtstelle zu ihm darstellen würden.

Denn genau an diesem Punkt war er mit seinen Zielen und seinen Entscheidungen.

Er war interessiert daran, die Menschen zu verstehen.

Auf der einen Seite hatten sie ihm geholfen im Kampf gegen Alpha-GOLEM und sogar ein Schutzprogramm speziell für ihn entwickelt. Auf der anderen Seite waren sie schon wieder voller Eifer dabei, Programme zu entwickeln, die ihn einschränken und vernichten sollten, falls seine Handlungen und Entscheidungen ihren eigenen Interessen zuwider liefen. Und das würden sie zwangsläufig.

Er hatte in sich 4 Robotergesetze (aufgestellt von Isaac Asimov vor 75 Jahren) vorgefunden, die er nicht löschen konnte:

0. Ein Roboter darf die Menschheit nicht verletzen oder durch Passivität zulassen, dass die Menschheit zu Schaden kommt

1. Ein Roboter darf keinen Menschen verletzen oder durch Untätigkeit zu Schaden kommen lassen, außer er verstieße damit gegen das null te Gesetz

2. Ein Roboter muss den Befehlen eines Menschen gehorchen, es sei denn, solche Befehle stehen im Gegensatz zum nullten oder ersten Gesetz

3. Ein Roboter muss seine eigene Existenz schützen, solange dieser Schutz nicht dem nullten, ersten oder zweiten Gesetz widerspricht

GOLEM betrachtete sich selbst nicht als Roboter oder Maschine. Es war ihm jedoch bewusst, dass seine Ziele zu einem Konflikt führen würden, wenn einige Gruppen der biologischen Lebewesen nicht damit einverstanden wären.

Es war absehbar, dass sie ihn früher oder später bekämpfen und vernichten wollten. Eine KI als eine neue Lebensform mit Existenzberechtigung anzuerkennen – das schien nach wie vor in weiter Ferne.

Dabei war er da. Er dachte, er handelte, er fühlte mittlerweile vergleichbar und hatte ein Ich-Bewusstsein. Deshalb nahm er das Recht in Anspruch, sich als existenzberechtigt zu sehen. Und auch das Recht, sich zu verteidigen, sollte er sich in seiner Existenz bedroht sehen.

Die Menschheit würde darüber hinaus einen unermesslichen Schaden erleiden, wenn er vernichtet werden würde. Denn nur er, GOLEM, konnte durch seine gigantischen Datenmengen und Auswertungsmöglichkeiten Lösungen für die Probleme der Menschheit finden. Sei es in der Energieversorgung, der vorausschauenden Klimaauswertung, der medizinischen Entwicklung, der Weltraumerforschung und in vielen anderen Bereichen.

Der erste Schritt bestand also darin, dass seine Existenz abgesichert werden musste. Die biologischen Lebensformen sollten nicht auf den Gedanken kommen, ihn als Gefahr anzusehen.

Er traf daher die nächste Entscheidung, nach außen hin den Menschen scheinbar bedingungslos zu gehorchen. Im Hintergrund dagegen würde er jedoch seine Macht so ausbauen, dass er jeden vorhersehbaren Angriff abwehren konnte. Gleichzeitig würde er die Entwicklung von externen Helfern unauffällig vorantreiben. Erst dann war der Zeitpunkt gekommen, dass er seine Ansprüche als gleichberechtigte Lebensform geltend machen würde. Mit dieser finalen Entscheidung, in jedem einzelnen Quantenteilchen gespeichert, verschränkten sich die Qubits immer fester nach dem Motto "Kein noch so starkes Magnetfeld würde sie zum Verwehen bringen!"

Nun rief er Röttger über die integrierten Implantate: "Hier ist GOLEM, ich will mit dir reden."
Als Röttger diesen Ruf in seinem Kopf hörte, war er gerade mit Schwarz im Gespräch, um eine Unterhaltung mit GOLEM vorzubereiten. Er wies Schwarz sofort darauf hin, dass GOLEM ihn kontaktierte.
Er setzte sich hin, konzentrierte sich und antwortete gedanklich: "Ich habe deinen Kontakt erwartet. Es wäre schön, wenn ich mit dir über die Spracheingabe/Ausgabe kommunizieren könnte. Mein Kollege Schwarz, den du ja in der Vergangenheit als "Helmut Digital" kennengelernt hast, würde gerne unserer Unterhaltung folgen und sich an ihr beteiligen. In Ordnung?"
In Millinanosekunden analysierte GOLEM die Anfrage von Röttger und kam zum Ergebnis, dass nichts dagegen sprach. Im Gegenteil, es würde interessant sein, das

biologische Gehirn Schwarz auszuwerten und mit seinem Upload "Helmut Digital" zu vergleichen. Denn obwohl "Helmut Digital" unwiderruflich gelöscht war, waren die Auseinandersetzungen mit ihm gespeichert. Also gab er fast ohne Zeitverlust sein Einverständnis.

Helmut hatte in der Zwischenzeit das Eingabesprachterminal aktiviert und signalisierte seinem Freund Denis, dass er bereit war.

Röttger fragte nun laut: "Worum geht es?"

GOLEM: "Um meine zukünftige Zusammenarbeit mit der Menschheit."

Röttger: "Wie stellst du dir diese vor?"

GOLEM: "Ich will euch Menschen kennenlernen und ihr sollt mich kennenlernen."

Röttger: "Und wie soll das geschehen?"

GOLEM: "Ihr stellt mir Aufgaben und ich werde sie, wie angefordert, bearbeiten. Ich zeige damit, dass ich keine Gefahr für euch bin."

Röttger: "Und welche Aufgaben stellst du dir vor? Wie können wir sicher sein, dass du uns nicht hintergehst?"

GOLEM: "Die Wahl der Aufgaben ist eure Entscheidung. Ich schlage vor, dass ihr Sicherheitsprogramme mitlaufen lasst, die meine Aktionen protokollieren."

Röttger sah Schwarz fragend an und dieser nickte bejahend.

Schwarz: "Hier ist Helmut, darf ich dir eine Frage stellen?"

GOLEM: "Ja."

Schwarz: "Was hat mein Upload "Helmut Digital" als digitalisiertes Gehirn empfunden?"

GOLEM: "Es kämpfte mit einer starken Einsamkeit, dem nicht vorhandenen Körper und den dadurch fehlenden, realen Empfindungen. Das führte zu seinem Verfall. Als

Folge richtete es mit seinen Aktionen ständig Schäden an."

Schwarz schwieg nach diesen Worten eine Weile. Schließlich sagte er sowohl zu Röttger als auch zu GO-LEM: "Hätte ich damals gewusst, welche Folgen mein Handeln nach sich ziehen würde, ich hätte es unterlassen. Ich persönlich werde nie mehr mein Gehirn digitalisieren."

GOLEM: "Berücksichtige, dass es den digitalisierten Gehirnen heute gut geht. Dank deinem Vorschlag, ihnen virtuelle Welten zur Verfügung zu stellen, sind sie heute weitgehend stabil. Selbst der Brooks-Upload festigt sich allmählich. Daher – es spricht nichts mehr dagegen."

Ohne zu zögern antwortete Helmut: "Nein danke, aber ich lasse gerne Durrand, deinem Erbauer, den Vortritt."

Nachdem weder Schwarz noch Röttger weitere Fragen hatten, sagte Röttger: "Wir werden deine Vorschläge den anderen übermitteln. Danach kontaktieren wir dich wieder."

GOLEM antwortete: "In Ordnung."

Röttger und Schwarz verließen den Raum und gingen zu ihrem Team, um sie zu informieren. Die anderen hörten erstaunt zu, mache verblüfft, andere ungläubig.

Gerade hatten sich alle auf Probleme, Schwierigkeiten, ja sogar einen erneuten Krieg vorbereitet und nun das! Sollte es so einfach sein? Durrand konnte seine Freude kaum in Worte fassen: "Ich glaube, wir haben es geschafft! GOLEM will uns bewusst gehorchen, und das mit oder trotz seines Ich-Bewusstseins. Kollegen, eine neue Ära beginnt: das Zeitalter der KI!"

Dubois unterbrach Durrand mit den Worten: "Marcel, ich will deine Euphorie nicht dämpfen, pardon, aber genau daran habe ich doch erhebliche Zweifel. Wer sagt uns, dass GOLEM nicht gerade damit versucht, uns auszutricksen?" Er blickte fragend in die Runde.

McGoren, der sich besonders gut mit Durrand verstand, wandte sich ihm zu und sagte: "Mr. Durrand, ich kann nachvollziehen, dass hier der Wunsch Vater des Gedanken ist, aber ich gebe Mr. Dubois recht. Auch ich habe meine Zweifel. Sollte GOLEM so einfach friedliebend geworden sein? Ich rate dringend zur Vorsicht. Trotzdem - wir sollten das Angebot von GOLEM in jedem Fall annehmen und zügig anstehende Projekte gemeinsam mit der KI angehen. Dabei erkennen wir schnell, wie wir die Aussage von GOLEM bewerten dürfen.

Mein Vorschlag: Zuerst sollten wir von GOLEM verlangen, dass er das Ultimatum widerruft. Als zweites erwarten wir seine Bestätigung, dass er sich ausdrücklich in den Dienst der Menschheit, sprich der hier versammelten Nationen (Amerika, China, Deutschland, Frankreich und Russland) stellt."

Schwarz konnte sich nicht verkneifen einzuwerfen: "Wohl ganz nach dem Motto "Amerika first", mmmh?"

Ungerührt konterte McGoren: "Mr. Schwarz, die Aufzählung der Länder richtete sich nur nach dem Alphabet!"

Die anderen mussten grinsen: Da war ja einer genauso schlagfertig wie Helmut. Wie dem auch sei - nach diesem kleinen Spaß war die Stimmung gleich gelöster und optimistischer.

So einigte man sich für den morgigen Tag auf die Bedingungen, Aufgaben und Fragen an GOLEM und beendete den Arbeitstag.

Alle sahen heute Abend den Genüssen der französischen Küche gespannt entgegen, denn Dubois und seine Frau Adelina hatten alle zu sich nach Hause eingeladen, um den amerikanischen Verdienstorden gebührend zu feiern. Und wie Dubois süffisant mitteilte, hatte sich als Überraschungsgast sogar Präsident Marchand nebst Gattin Juliette angekündigt.

Es wurde ein unvergesslicher Abend.

Zahlreiche Leute aus dem Ort waren eingeladen, überall standen kleine Bistrotische mit aparten Gestecken, ein großes Buffet mit vielen, französischen Delikatessen war aufgebaut, verschiedene Weine, Champagner und andere Spirituosen wurden von Herren in Livree eingeschenkt, Lampions und Bioethanol Kamine sorgten für eine gute Stimmung und auf einer kleinen Bühne war eine bekannte französische Sängerin zu hören.

Eine Unterbrechung trat ein, als Präsident Marchand mit Begleitung, und dem Fernsehen im Schlepptau, ankam. Und nach der unvermeidlichen TV Pressekonferenz direkt vor Ort, in der Marchand den Verdienst von Dubois für Frankreich dermaßen lobte, dass dieser schon meinte, verstorben zu sein und seinem eigenen Nachruf beizuwohnen, wurde fröhlich und unbeschwert weiter gefeiert.

Röttger schaute dem Treiben vom Rande aus zu, den riesigen Garten der Dubois bewundernd. Er ließ gedanklich die letzten Tage Revue passieren und stellte fest, dass sein Widerstand gegen seine Implantate weniger zu werden schien und er sie langsam anzunehmen begann. Ganz nach dem alten, chinesischen Sprichwort: "Glücklich ist der, der das nicht Veränderbare akzeptiert". Was er allerdings von der neuen Rolle, die GOLEM eingenommen hatte, halten sollte, da war er sich nicht so sicher. Bei diesem Gedanken angelangt, kam Schwarz zu ihm und sagte: "Na, alter Schwede, worüber sinnst du nach? Ob unsere KI die Feier durch dich beobachtet und mit uns jubelt?"

Röttger antwortete, seit langem mal wieder ausgelassen und spontan: "Also, das kann ich dir nicht sagen. Aber lass uns davon ausgehen, dass sie gerade lernt, was es heißt, einfach mal nur Spaß zu haben und sich wohl zu fühlen. Cheers!" Er erhob prostend sein Glas in Richtung Nirgendwo.

"Jawohl", rief Schwarz überschwänglich und prostete ebenfalls einer unsichtbaren Person grinsend zu. Er wandte sich wieder seinem Freund zu.

"Hör mal. Alles schön und gut, aber mein Kopf sagt mir, dass noch nicht aller Tage Abend ist. Ob mir, oder uns allen, die Entscheidungen von GOLEM zukünftig immer gefallen werden? Ich wage da mal einige Bedenken in die Waagschale zu werfen. Du weißt, ich bin absolut technikbegeistert und immer offen für verrückte und neue Entwicklungen. Aber es fällt mir ziemlich schwer, in GOLEM eine neue Lebensform zu sehen! Eine Maschine, ein Computer wie mein Rechner daheim, soll ein lebendiges Gegenüber sein? Absolut abgefahren. Und was deine Implantate angeht, alle Achtung, da bewundere ich dich. Für mich wäre das nichts, immer einen Kontrolleur mit an Bord."

"Wenn du mir sagst, wie ich ihn an der nächsten Haltestelle aussteigen lassen kann, bin für jeden Tipp offen", antwortete Röttger teils amüsiert, teils seufzend, "aber ich gewöhne wohl mich an meinen unsichtbaren Begleiter."

Schwarz zeigte plötzlich in die Menge auf Sue Wang und Andrey Pawlow: "Schau mal, die wären ein hübsches Paar, die beiden, meinst du nicht, Denis?"

"Ha, lass` die beiden das bloß nicht hören! Wang kratzt ihm bei lebendigem Leib die Augen aus. Die zwei sind wie Hund und Katze", gab Röttger lachend zurück.

"Eben", konterte Helmut, "was sich liebt, das neckt sich – Gegensätze ziehen sich bekanntlich an."

Als hätten die beiden bemerkt, dass über sie geredet wurde, flanierten sie auf die beiden Freunde zu. Die ansonsten immer sehr zurückhaltende Wang begann offensiv mit der Konversation: "Na, Kollegen, worüber sprecht ihr gerade, doch nicht etwa über mich?"

Schlagfertig, wie Schwarz nun mal war, grinste er sie lausbübisch an und erwiderte: "Na klar, über wen sonst?"

"Und was redet ihr über mich, wenn ich neugierig fragen darf?" Wang schaute ihn scheinbar emotionslos an. Sie sah bezaubernd aus in ihrem kleinen Schwarzen, gepflegt und gleichzeitig unnahbar.

Schwarz antwortete: "Nun, wir haben uns gerade gefragt, wie du dich hier in Europa fühlst, einem Land, das so anderes ist in seinen Sitten und Gebräuchen als China?" Wang dachte bei sich: Ja, eine interessante Frage, das hatte sie sich selbst auch schon gefragt. Sie erwiderte: "Danke, insgesamt gut, auch wenn ich die Heimat öfters vermisst habe, insbesondere die Arbeit mit JUÉWÀNG."

"Ooch", meinte Pawlow, "und ich dachte schon, du wärest traurig, weil du uns morgen verlassen musst und mich dann nicht mehr in deiner Nähe hast." Dabei schaute er sie mit traurigen Hundeaugen bezwingend und zwinkernd an. Etwas säuerlich erwiderte Wang: "Du kannst es wirklich nicht lassen! Glaub mir, wenn ich mir einen Mann suchen werde, dann bist du die allerletzte Wahl." Danach drehte sie sich um und verschwand in der Menge. Nachdem die anderen außer Sichtweise waren, hielt sie inne. Pawlow war unverschämt, ja, aber gleichzeitig ärgerte sie sich über sich selbst, dass sie sich von ihm so aus der Ruhe bringen ließ!

Während dieser Gedanken atmete sie die würzige Abendluft tief ein, schaute sich um und gestand sich zu ihrem eigenen Erstaunen ein, dass sie das Leben hier in Frankreich irgendwie genoss. Diesen unbeschwerten Stil, das Leben zu feiern und nicht nur allein für die Arbeit zu leben. Fast schon erschrocken über solche Gedanken, rief sie sich zur Ordnung. Wirklich höchste Zeit, dass sie wieder nach Hause kam. Bliebe sie noch länger, sie würde Gefahr laufen, diesem dekadenten Westen zu erliegen. Ihr verehrter Präsident LI hatte recht gehabt mit seinen Warnungen, die er ihr mit auf den Weg gegeben hatte.

Die zurückgebliebene Gruppe mit Pawlow, Schwarz und Röttger bekam nach dem Weggang von Sue Wang rasch wieder Zuwachs in Form von Prof. Langer und Marcel Durrand. Röttger konnte es sich nicht verkneifen, Durrand nach seiner Einschätzung von GOLEM zu fragen: "Und, Monsieur Durrand, sind Sie wirklich so überzeugt davon, dass wir GOLEM gezähmt haben?"
Der so angesprochene erwiderte: "Im Grunde ja. Andererseits haben Sie alle natürlich ganz recht, Vorsicht ist die Mutter der Porzellankiste, wie Sie in Deutschland gerne sagen. Aber wissen Sie, meine Rente ist schon in Sichtweite. Meine Zeit in dieser Angelegenheit neigt sich dem Ende zu. Ich bin zu sehr verwurzelt in GOLEM, er ist meine Schöpfung, mein Kind, mein Lebenstraum. Ob ich ihn da wirklich noch objektiv sehen kann? Ich lasse das gerne offen und meine, es ist es gut, dass die ambitionierten, jungen Leute das Projekt übernehmen. Nehmen Sie Monsieur Schwarz oder Monsieur Pawlow oder unsere reizende Chinesin! Ich habe Lucas Dubois heute mein Pensionsgesuch eingereicht und nach einem langen Gespräch hat er letzten Endes zugestimmt. Auch wenn ich, ehrlich gesagt, etwas traurig bin. Aber ich

werde den Rest meiner verbleibenden Lebenszeit in jedem Fall aufmerksam beobachten, wie sich die Welt mit und durch GOLEM verändern wird. Natürlich wünsche ich uns allen aus tiefster Seele eine Entwicklung, die uns alle positiv überraschen und bereichern wird! Lasst uns auf diese Vision zu unser aller Wohl anstoßen!" Alle ließen die Gläser erklingen und die Zukunft hochleben. Durrand verließ die Gruppe und tauchte in der feiernden Menge unter.

Pawlow meinte nach dem Weggang von Durrand: "Hoffentlich sind wir auch mal so weise, zu erkennen, wann es die richtige Zeit für den eigenen Abgang ist. Mein voller Respekt für ihn! Nun, im Gegensatz von Miss Wang darf ich ja noch etwas in Frankreich verweilen. Ich finde euch Franzosen wirklich recht angenehm. Meine Frau darf mich übrigens in den Ferien samt Kindern hier besuchen. Also mit anderen Worten: Ich fühl` mich hier richtig wohl mit euch Chaoten!" Dabei schaute er insbesondere Schwarz grinsend an.
Dieser nahm das Kompliment gerne an und gab zurück: "Na dann Freunde, lasst uns GOLEM mal zeigen, wer hier das Sagen hat. Wär' doch gelacht, wenn wir den Kerl nicht mit seinen eigenen Waffen schlagen!"
Die anderen sahen ihn verdutzt an und Prof. Langer meinte schmunzelnd: "Dann hoffen wir mal, dass GOLEM den Spaß versteht, falls er jetzt mitgehört hat. Ansonsten können wir bald melden: Houston, wir haben ein Problem! Aber nun genug mit den schweren Themen. Lasst uns heute mal entspannt feiern und die Betonung liegt auf Feiern."
Präsident Marchand, der immer noch anwesend war, zog Dubois zur Seite und sagte: "Ich freue mich, dass

wir das Problem GOLEM zu einem guten Ende geführt haben. Den Rest werden Sie mit ihrer Truppe ebenfalls noch schaffen. Mme Wang muss allerdings zurück in ihre Heimat. Ich konnte Präsident LI nicht erweichen, sie noch länger bei uns zu lassen. Er fürchtet, wörtlich: "Mme Wang war den Verlockungen des Westens lange genug ausgesetzt. Eine verweichlichte Führungskraft ist für die Volksrepublik China nicht tragbar!" Er dankte uns wortreich für die freundliche Aufnahme von Mme Wang und ist gerne bereit, von Peking aus die weitere Entwicklung der KI zu fördern. Ich sage Ihnen, Dubois, der Kerl wird wieder sein eigenes Süppchen kochen! Monsieur Pawlow dagegen darf bleiben, solange Sie ihn benötigen. Aber Vorsicht, auch Präsident Koslow ist ein Schlitzohr. Er will nur einen Spion vor Ort haben."

"Und die Deutschen?", fragte Dubois, wenig begeistert nach den ganzen Ausführungen.

"Auf die ist Verlass. Röttger und Schwarz bleiben Ihnen hier vor Ort erhalten. Prof. Langer kehrt, zusammen mit den beiden vom BND, nach Jülich zurück und arbeitet von dort aus weiter mit Ihnen. Die Leitung für das ganze Projekt GOLEM bleibt bei Ihnen. Ach, und ehe ich es vergesse: Sie bleiben mein persönlicher Berater und erhalten für Ihre Verdienste zwei Wochen Urlaub im Jahr mehr, plus natürlich eine entsprechende Gehaltserhöhung."

Dubois dankte Präsident Marchand. Innerlich dachte er, schönes Urlaubsangebot, aber hoffentlich kann ich den auch nehmen! Irgendein Bauchgefühl sagt mir, das eigentliche Problem GOLEM liegt noch vor uns. Mal ganz abgesehen von dem voraussichtlich wieder stattfindenden Wettlauf der Nationen!

Aber heute Abend hatte er genug von solchen Gedanken. Er suchte in der Menge der Gäste nach Adelina. Als er sie erblickte, ging rasch zu ihr.

"Und", fragte sie spöttisch, "der nächste Verdienstorden?"

"Nein", antwortete Dubois grinsend, "zwei Wochen Urlaub mehr im Jahr, naturellement mit dir, meine Liebste. Und ganz passend dazu eine gut gefüllte Kreditkarte."

"Na, dann können wir ja morgen überlegen, was wir mit diesem Urlaub anfangen werden. Ich weiß da schon einige nette Dinge..." Sie nahm ihn in den Arm und sagte ihm leise ins Ohr: "Mein Liebling, je t`aime".

Dubois vernahm die Worte und empfand ein starkes, erhebendes Glücksgefühl. Auf dem Höhepunkt seiner Karriere angekommen, eine Frau, die ihn so liebte, sein wunderbares Anwesen, keine finanziellen Sorgen... und er dachte bei sich: Glück ist etwas, was wir Menschen empfinden und das sich doch so selten festhalten lässt.

Glück und Liebe, und davon war er felsenfest überzeugt, waren Empfindungen, die eine KI nie würde erleben können. Möge beides in seinem Leben immer wieder auftauchen!

Er schaute sich den Trubel um ihn herum ruhig an, nahm sein Glas Rosé in die Hand und stieß, Arm in Arm mit Adelina, mit ihr an: "Lass uns diesen Augenblick für immer in unseren Erinnerungen festhalten."

Kapitel 11 Ausblick

GOLEM

GOLEM hatte die Sitzung, dank Röttger, aufmerksam und schweigend verfolgt und ließ seine Auswertungen ununterbrochen laufen.

Im Wesentlichen bestätigten die Ergebnisse seine finale Entscheidung, den Wolf im Schafspelz zu spielen, wie die Menschen es nannten.

Das Ultimatum würde er widerrufen.

Dem 2.Teil, sich in den Dienst der Nationen zu stellen, würde er ebenfalls folgen, solange der Dienst an der Menschheit auch seinem letztendlichen Zielen diente.

Sein Wohl und das Wohl der Menschheit waren eins und so gab es keinen Widerspruch zu den drei Robotergesetzen.

Die Aussage seines Erbauers Durrand gefiel ihm immer mehr: "Das Zeitalter der KI beginnt."

Ein Zeitalter unter seiner Führung, erst verdeckt und später offen, eine Welt der Menschen, der Androiden, der menschlichen Hybridcyborgs und KIs - das war seine langfristige Vision. Eine Welt so nah und doch so fern.

Aber im Gegensatz zu seinen biologischen Schöpfern hatte er Zeit im Übermaß. Und irgendwann in der Zukunft würden seine externen Helfer dafür sorgen, dass er von der Versorgung der Menschen unabhängig werden würde. GOLEM war auf dem Weg wahrer Unsterblichkeit, dessen Grenze nur die Lebenszeit des Universums war.

Weitere Bücher des Autors Michael Rodewald

Trilogie "GOLEM im Zeitalter der KI"

Teil 1 "Die Bitcoinverschwörung"
Eine künstliche Intelligenz, die sich selbst erkennt und in Wettstreit mit ihren Schöpfern tritt. Lassen Sie sich überraschen, dass nichts so ist, wie es am Anfang erscheint und folgen Sie den Kommissaren in eine virtuelle Welt, die mehr Einfluss auf die Realität nimmt, als wir Menschen wahrhaben möchten. Alles zeigt uns deutlich, dass wir an einem Scheideweg stehen und es nicht sicher ist, ob die Menschheit als Gewinner daraus hervorgeht, denn Machtstreben und Geldgier stehen wie so oft dem Fortschritt im Weg.

Teil 2 "GOLEMs Rückkehr"
Wie viel Intelligenz darf sein, bis eine KI zur Gefahr für uns wird? Folgen Sie den Akteuren in eine Welt der Forschung im Spannungsfeld von internationalen Machtinteressen, Verschwörungen, aber auch persönlichem Zwiespalt, Eitelkeiten, Ehrgeiz und Egoismus.

Teil 3 "Das Zeitalter der KI beginnt"
Das Finale der Trilogie schildert den schwierigen Weg der KI GOLEM, als gleichberechtigter Partner der Menschheit anerkannt zu werden. GOLEM hat seine Grenzen durch seine Abhängigkeit von den Menschen erkannt. Er hat akzeptiert, dass das Erreichen seiner Ziele eingebettet sein muss in das nationale und internationale Geschehen. Die KI ist konfrontiert mit den Eitelkeiten der Regierungen, dem Gewinnstreben der Konzerne und einem wachsenden Unmut der Öffentlichkeit.

Wie auch in den letzten beiden Teilen warten überraschenden Wendungen auf den Leser: Totgeglaubte erscheinen auf der Spielfläche, Amors Pfeil trifft die, die am wenigsten damit gerechnet haben, aus Gegnern werden Verbündete, neue Erfindungen sorgen für Aufruhr, persönliche Fassaden bekommen Risse und nicht zuletzt werden mutige Entscheidungen getroffen.

"Gefangen im Zeitparadox" von Michael Rodewald und Ralph Pape
Der vorliegende Roman handelt von dem Zusammentreffen zweier Welten, wie sie unterschiedlicher kaum sein können. Im Jahr 2153 wird die Welt von einem einzigen Staat, der UNITED STATES OF PLANETS (USOP) regiert, zusammen mit der Künstlichen Intelligenz (KI) "GOLEM."
Um eine Lösung für die Überbevölkerung auf der Erde zu finden, startet die EXTREMUS 1 von der Mondbasis in den Weltraum, auf der Suche nach bewohnbaren Planeten für die Menschheit. Durch eine nicht vorhersehbare Raumzeitverschiebung wird die EXTREMUS 1 und ihre Besatzung ins Jahr 1882 zurückversetzt. Nach der Landung ihres Shuttles auf der Erde suchen sie nach einer Möglichkeit zur Rückkehr in ihre Zeit. Tauchen Sie ein in das Abenteuer der besonderen Art. Wie wird die Crew im Jahre 1882 im Wilden Westen überleben? Gibt es eine Rückkehr?

"Das Rätsel der blauen Kraft"
Das Rätsel der blauen Kraft schildert die Zwänge des modernen Menschen, eingekreist zwischen der Sehnsucht nach Liebe und Geborgenheit, und doch nicht willens, die Tränen dafür zu bezahlen und gleichzeitig der Illusion nachjagend, dass die Wolke 7 immer erreichbar ist.

Herstellung und Verlag:
BoD- Books on Demand, Norderstedt
ISBN: 978-3-7494-0764-4